KB245798

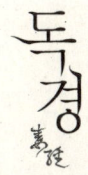

독경
毒經

허담 新무협 판타지 소설
FANTASTIC ORIENTAL HEROES

독경 1

허담 新무협 판타지 소설

초판 1쇄 찍은 날 § 2011년 7월 26일
초판 1쇄 펴낸 날 § 2011년 8월 3일

지은이 § 허담
펴낸이 § 서경석

편집부장 § 권태완
편집책임 § 어정원
편집 § 주소영

펴낸곳 § 도서출판 청어람
등록번호 § 제1081-1-89호
등록일자 § 1999. 5. 31
어람번호 § 제2-2128호

주소 § 경기도 부천시 원미구 심곡2동 163-2 서경B/D 3F (우) 420-822
전화 § 032-656-4452 팩스 § 032-656-4453
http://www.chungeoram.com
E-mail § chungeoram@chungeoram.com

ISBN 978-89-251-2583-1 04810
ISBN 978-89-251-2582-4 (세트)

독경

壽經

1

허소산

심독을 다루는 자 천하를 얻게 되리라

만 가지의 독 중 가장 무서운 독은, 심독(心毒)이라…

FANTASTIC ORIENTAL HEROES

허담 新무협 판타지 소설

청람

目次

序

만 가지의 독 중 가장 무서운 독은 심독(心毒)이라…….
심독을 다루는 자, 천하를 얻게 되리라.

第一章

허소산

독경
毒經

달빛 아래 청색 도광이 일렁였다. 곧이어 붉은 선혈이 도광
위에 뿌려졌다.

"이… 놈들!"

옆구리를 길게 베인 사내가 검을 들어 늑대의 눈을 가진 자
들을 노려봤다.

"그러게 순순히 말을 들었어야지. 이제라도 천년삼왕을 내
놔라. 아니면 너뿐 아니라 아들놈도 살아남지 못해!"

늑대 눈을 한 자는 모두 넷. 그중 얼굴에 길게 자상이 나 있
는 자가 섬뜩한 표정으로 협박했다. 그러자 상처 입은 사내가
재빨리 서너 걸음 뒤로 물러났다. 그의 등 뒤에는 예닐곱 살
정도로 보이는 소년이 겁에 질린 채 바들바들 떨고 있었다.

"설마 자식보다 삼(蔘)이 더 중한 것이냐?"

늑대 눈의 사내가 부상을 입은 사내가 물러난 만큼 다가서며 소리쳤다. 그러자 한 손으로 아이를 가린 채 부상당한 사내가 노기를 담은 목소리로 물었다.

"진정 삼을 주면… 물러가겠느냐?"

"물론. 천년삼왕은 신령한 물건인데 그걸 얻는 날 불경스럽게 피를 볼 이유는 없지."

늑대 눈의 사내가 고개를 끄덕였다. 그러자 부상 입은 사내가 잠시 망설이는 듯하더니 결국 품속에서 한지로 소중하게 여민 물건을 꺼내 늑대 눈의 사내에게 던졌다. 그러자 늑대 눈의 사내가 재빨리 물건을 낚아챘다.

"삼을 줬으니 그만 물러가라!"

"아니, 일단 물건을 확인해야지."

늑대 눈의 사내가 손에 든 물건을 풀어 헤쳤다. 그러자 기이한 향이 밤공기를 타고 사방으로 번져 나갔다.

"이크, 정말 천년삼이군."

사내가 눈을 부릅뜨며 말했다. 그러자 그의 뒤쪽에 서 있던 다른 자가 급한 목소리로 소리쳤다.

"대형, 얼른 다시 싸시우! 천년삼은 워낙 신묘한 약재라 삼의 약효가 바람을 타고 사라진다고들 하지 않습니까!"

동료의 급한 충고에 천년삼을 들고 있던 사내가 급히 삼을 한지로 휘감았다. 그리고는 충혈된 눈빛을 흘리며 중얼거렸다.

"흐흐흐, 이것만 있으면 우리도 이 생활을 끝낼 수 있겠군. 천년삼의 값이 금자 수백 냥이라고 했지?"

그러자 뒤에서 그의 동료가 대답했다.

"웬걸요? 제대로 임자를 만나면 수천 냥도 받을 수 있지요."

"그래? 그 정도면 대도에 나가 크게 자리를 잡고도 남겠군. 흐흐흐, 마적 생활 수십 년에 이런 횡재를 할 줄이야. 크핫하!"

사내가 갑작스레 찾아든 행운이 기쁜지 어깨를 들썩이며 웃음을 터뜨렸다. 그러다 문득 시선을 부상당한 사내와 그의 등 뒤에 있는 아이에게 주었다. 순간 그의 얼굴에서 웃음이 사라지더니 얼음처럼 차가운 살기가 깃들었다.

"본래 세상일이란 묘해서 누군가 복(福)을 얻게 되면 반드시 다른 누군가는 화(禍)를 입게 되지. 오늘 나는 큰 복을 얻었지만 넌 큰 화를 입겠구나."

"삼을 얻었으면 그만 물러가기나 해라!"

삼을 내준 사내가 불안한 표정으로 차갑게 소리쳤다. 그러자 삼을 손에 넣은 사내가 고개를 저었다.

"아니. 내 말을 좀 더 들어봐. 내가 세상 이치에 대해 더 할 말이 있으니까. 에… 또한 이런 복과 화의 얽힘은 무척 오묘해서 오늘의 복이 내일의 화가 되기도 한단 말씀이야. 그리고 대부분의 경우 복이 화로 변하는 것은 복을 얻었을 때 일 처리를 깔끔하게 하지 않기 때문이지."

순간 아이를 지키고 있던 사내의 눈빛이 변했다.

"설마… 약속을 지키지 않겠다는 것이냐?"

"흐흐흐, 영리하군. 맞았어. 너희 둘을 살려두는 것은 어리석은 일이야. 이제 우린 마적 생활을 접고 큰 성으로 가 제대로 된 삶을 살 거야. 그런데 후일 혹시라도 너와 네 아들로 인해 우리의 과거가 밝혀지면 무척 곤란하지 않겠나? 혹은… 너와 네 아들이 나중에라도 오늘의 빚을 받으려 할 수도 있고. 그러니 어찌 너희를 살려두겠느냐. 이보게들, 마지막으로 칼 한 번 더 써야겠네."

사내의 말에 그의 뒤에 있던 세 명의 사내가 앞으로 나섰다.

"알겠습니다, 형님. 뒤처리는 저희가 하지요. 형님은 귀한 물건을 지니셨으니 물러나 계십시오."

"후후, 역시 내 마음을 알아주는 사람은 아우밖에 없다니까. 그럼 어서 일을 끝내게."

천년삼을 손에 든 사내가 훌쩍 몸을 날려 뒤로 물러났다.

"난 네놈들 이름도 모른다!"

다가서는 삼 인의 마적들을 향해 아이를 지키고 있던 사내가 도를 고쳐 잡으며 소리쳤다.

"흐흐흐, 얼굴을 봤잖아? 그렇다고 눈알을 뽑아줄 수도 없고. 눈 없이 세상 살기가 어디 쉽겠어? 차라리 죽는 게 낫지."

삼 인의 마적 중 하나가 능글거리며 말했다.

"이… 잔혹한 놈들!"

"우릴 원망하지 말거라. 천년삼을 손에 넣은 것도, 그 사실을 우리가 안 것도 모두 하늘의 운명인 것이다. 하늘의 뜻을 누가 거스를까? 자, 이제 그만 죽어줘야겠다. 그래도 부자가 함께 가니 외롭지는 않을 게다."

말을 끝내는 순간 마적의 눈이 붉게 충혈됐다. 동시에 세 개의 도가 아이를 지키는 사내의 몸을 향해 벼락처럼 떨어져 내렸다.

"안 돼!"

아이를 지키던 사내가 도를 휘두르는 대신 고함을 지르며 아이를 끌어안았다.

파팟!

아이를 품 안에 끌어안은 사내의 등에서 피분수가 솟아올랐다. 아이와 사내가 한 몸이 되어 땅 위에 나뒹굴었다. 사내는 피가 온몸을 적시는 와중에도 아이를 품속에서 내놓지 않았다.

"끝을 내!"

뒤쪽에서 천년삼을 손에 든 사내가 냉정하게 소리쳤다. 그러자 이미 이성을 잃고 늑대의 심성으로 변한 세 명의 마적이 다시금 아이와 사내를 향해 도를 휘두르며 달려들었다. 그런데 그 순간!

"멈춰라, 이놈들!"

갑자기 숲 저쪽에서 산을 뒤흔드는 노성이 들려오더니 어둠을 뚫고 세 대의 강전이 부자의 목숨을 노리는 마적들을 향해 닥쳐들었다.

"웬 놈… 컥!"

"억!"

"악!"

두 부자의 목숨을 노리던 마적들이 한순간 작살에 꿰인 물고기처럼 강전을 몸에 박은 채 땅 위에 나뒹굴었다. 그들 중 둘은 화살에 맞아 즉사했고, 한 명은 어깨를 부여잡은 채 재빨리 튕겨 일어나 주위를 살폈다.

"아우, 가세!"

한순간 다급한 목소리가 천년삼을 든 자의 입에서 흘러나왔다. 부상을 입은 그의 동료가 사내를 바라봤을 때 이미 천년삼을 품에 넣은 사내는 어두운 숲 속으로 사라지고 있었다.

"젠장, 같이 갑시다!"

어깨에 화살을 꽂은 마적이 천년삼을 든 자의 뒤를 따라 번개처럼 장내를 벗어났다. 그런데 그 순간 다시 한 대의 화살이 도주하는 마적을 향해 날아들었다.

쐐애액!

어둠을 뚫고 날아든 화살이 마적들이 도주한 방향을 향해 찢어질 듯한 파공음을 내며 사라졌다.

"컥!"

어둠 속에서 다시 한마디의 비명성이 흘러나왔다. 그리고 다음 순간 마치 아무 일도 없었다는 듯 숲이 고요함을 되찾았다.

투툭!

갑작스레 찾아든 숲의 고요를 한 사내의 발걸음 소리가 깼다.

"이런……!"

장내에 나타난 사내가 쓰러져 있는 부자를 보며 혀를 찼다. 피에 잠겨 있는 부자의 목숨이 이미 끊어진 듯 보였기 때문이다. 그런데 두 부자의 주검을 바라보던 사내의 눈빛이 한순간 번뜩였다.

"엇!"

사내가 재빨리 자세를 낮춰 아이의 몸을 감싸고 있는 어른의 몸을 들췄다. 순간,

"죽엇!"

한마디 날카로운 외침과 함께 아버지의 몸 아래 누워 있던 아이가 고사리 같은 손으로 단검을 휘둘러 댔다.

"이크!"

사내가 홀쩍 뒤로 물러나 아이의 단검을 피했다. 그리고 재빨리 손을 들어 자신을 향해 달려들려는 아이를 제지하며 소리쳤다.

"걱정 마라! 널 해치려는 게 아니다! 난 널 구해주려는 거야!"

그러나 사내의 말에도 불구하고 아이는 공포와 원한이 뒤섞인 눈빛을 풀지 않았다.

"애야, 저들을 봐라. 저들은 모두 내 활에 맞아 죽은 거야."

사내가 마치 사냥감을 보듯 화살에 꿰뚫려 죽어 있는 두 명의 마적을 가리키며 말했다. 그런 사내의 표정은 한편으론 죽

은 마적들보다도 더 무서워 보였다. 사내의 험상궂은 외모 때문일까. 아이가 손에 든 단검을 더욱 세게 움켜쥐며 소리쳤다.

"당신도 천년삼왕을 노리고 저들을 죽였다는 걸 알아!"

"천년삼왕? 설마 네 아비에게 천년삼왕이 있었단 말이냐?"

사내가 놀란 눈으로 되물었다. 그러자 아이가 울 듯한 표정으로 소리쳤다.

"그래! 어머닐 위해 아버지와 내가 석 달을 백두를 헤매고 다녀서 캔 천년삼왕이었다고! 그런데… 그런데……!"

아이의 눈에 다시금 살기가 돌았다. 순간 사내가 나이답지 않은 아이의 살기에 놀라 자신도 모르게 몸을 뒤로 물렸다. 그리곤 한동안 아이를 바라보다 천천히 다가서며 말했다.

"검을 거둬라. 네 사정은 알겠다. 하지만 난 천년삼왕에 욕심을 낼 사람이 아니다. 난 그냥 지나가는 길에 너희 부자가 마적들에게 칼부림을 당하는 걸 보고 구해주려고 했던 것뿐이다. 그러니… 그 칼은 그만 내려놓아라. 칼을 들어 사람을 찌르기엔 넌 너무 어려."

사내의 목소리는 투박하면서도 그 속에 따뜻한 온기가 있어 자연스레 아이가 팔에서 힘을 빼게 만들었다. 단검을 든 아이의 손이 천천히 허리 아래로 내려왔다. 더불어 아이의 눈에 가득했던 원한과 살기가 사라지고 절망과 슬픔이 그 자리를 대신했다.

"아… 아버지! 으헝!"

아이가 피투성이의 아버지를 부둥켜안고 울기 시작했다. 사내는 아이가 우는 것을 말리지 않았다. 대신 서너 걸음 뒤로 물러나 아이와 죽은 아이의 아비를 묵묵히 지켜보기 시작했다.

사내는 무던한 인내심을 지닌 자였다. 아이는 근 한 시진 동안 죽은 아비를 부둥켜안고 울었지만 사내는 아이의 울음을 말리지 않았다. 마치 기다리는 것에 통달한 사람처럼 그는 아이가 스스로 지쳐 울음을 멈출 때까지 기다렸다. 그리고 드디어 아이가 울음을 멈췄다.

"다 울었느냐?"

"아저씨는 왜 가지 않으셨죠?"

아이는 아마도 사내가 여전히 그곳에 머물러 있는 것이 불안한 모양이었다. 다시금 아이의 눈에 경계의 빛이 떠올랐다.

"무슨 말이 그러냐? 그럼 어린 널 두고 내가 이곳을 떠났어야 한단 말이냐? 이곳이 호랑이와 늑대가 우글거리는 곳이란 걸 모르진 않을 텐데?"

"그럼 절 지켜주고 계셨단 말인가요?"

"그래."

"왜죠?"

"허허, 이놈 봐라. 어린놈이 무슨 의심이 그리 많노? 딱한 처지에 처한 사람을 보면 도와주는 것이 인지상정이지 무슨 이유가 있어야 한단 말이냐?"

"하지만……."

아이가 말꼬리를 흐렸다.

"네 녀석이 마적 떼의 습격을 받고 보니 심성이 날카로워진 모양이구나. 그러나 날 두려워할 필요는 없다. 내 활과 화살은 오로지 사냥감을 향해서만 움직이니까. 아, 아닌가? 가끔 이런 마적 놈들도 상대하긴 하지."

사내가 빙그레 미소를 지었다. 그러자 험상궂던 그의 얼굴에서 언뜻 사람을 안심시키는 따스함이 느껴졌다. 아이도 그의 미소에 안심이 되는지 굳어졌던 얼굴을 풀었다.

"자, 이젠 네 사정을 좀 들어야겠다. 먼저… 이름이 뭐냐?"

"소산… 허소산이에요."

"허소산이라……. 헛헛, 이것도 인연인가? 나와 성이 같구나. 난 허산왕이라고 한다."

"허… 산왕? 이름이 이상하네요."

아이라 그런지 아비의 죽음이 가져온 슬픔도 호기심 앞에서는 잠시 잊은 듯했다.

"산왕이란 이름이 어때서? 돌아가신 나의 부친께서 최고의 사냥꾼이 되라고 지어주신 이름이란다. 산왕! 멋지지 않아?"

"뭐, 사냥꾼의 이름으론 멋지군요."

아이가 심드렁하게 고개를 끄덕였다. 그러자 사냥꾼 허산왕이 잠시 멋쩍은 표정을 짓다가 이내 큰 소리로 물었다.

"좋아, 소산! 그래, 집이 어디냐? 왜 이 깊은 산에 들어온 거지? 이곳은 나와 같은 사냥꾼도 잘 오지 않는 곳인데……."

순간 허소산의 얼굴이 급격하게 어두워졌다. 다시금 아픈

현실이 그의 눈앞에 다가선 탓이다.

"어… 어머니……."

소년이 다시 울 듯한 표정이 되었다.

"어머니에게 무슨 일이라도 있는 거냐? 아니, 정말 이상하군. 너와 같이 어린애를 왜 이 깊은 산에 데려왔을까? 집과 어머니가 있다면 어머니 곁에 있어야 할 나이건만……."

허산왕이 의혹 어린 표정을 지었다.

"어, 어머니는 아파요. 절 돌봐줄 수 없으실 정도로요. 그래서… 그래서 아버질 따라오게 된 거예요."

"널 돌볼 수 없을 정도라면 정말 무척 많이 편찮으신가 보구나."

허산왕의 말에 허소산이 고개를 끄덕였다.

"그래요. 아버지 말씀이, 어머니의 병을 고치려면 영약이 필요하다고 했어요. 천년삼왕 같은……. 그래서 아버지와 백두에 온 거예요. 그리고 결국 삼을 찾았는데… 우앙!"

허소산이 다시 울음을 터뜨렸다. 어머니를 고칠 천년삼왕은 마적에게 빼앗겼고 아버지는 죽었으니 소년 허소산에게 닥친 운명은 비참하기 이를 데 없는 것이다. 허산왕은 허소산이 다시 울음을 터뜨리자 허소산에게 다가가 가볍게 어깨를 두드리며 소년의 울음을 달랬다.

"자자, 그만 그쳐라. 사내의 슬픔은 짧아야 하는 법이다. 그래, 그럼 어머니는 어디 계시냐?"

"천약촌에요. 이웃집 아주머니가 돌봐주고 계세요. 그런데 천약촌을 아세요?"

볼에 눈물이 마르지 않은 채로 허소산이 물었다.

"안다. 예전에 약재를 구하기 위해 들러본 곳이다. 그런데… 제법 먼 곳이구나."

"보름을 걸어 왔어요. 집 떠난 지는 벌써 한 달이 넘었고요."

허소산의 말에 허산왕이 고개를 끄덕이다가 나직한 목소리로 허소산에게 말을 건넸다.

"소산, 내 말을 들어보거라. 아무래도 지금은 네 아버지를 천약촌으로 모시고 갈 수는 없을 것 같구나. 천약촌까지는 거리가 너무 멀어."

"하지만……."

"물론 자식 된 도리로 아버지를 고향에 모시고는 싶겠지만 지금으로선 불가능한 일이다. 그러니 이곳에 아버지를 묻어드리고 나중에 기회를 봐 고향으로 모시는 것이 어떻겠느냐? 일단은 얼른 돌아가서 어머니를 뵈어야지 않겠느냐?"

"이대로는… 이대로는 집에 갈 수 없어요."

허소산이 고개를 저었다.

"꼭 아버지를 모시고 가야겠다는 말이냐?"

"그게 아니라 영약 없이는 집에 갈 수 없단 말이에요. 영약이 없으면 어머니를 살릴 수 없어요. 그러니 전 다시 천년삼과 같은 영약을 찾아야 해요."

"아, 소산아, 네가 어려서 잘 모르나 본데 천년삼왕 같은 물건은 그렇게 쉽게 찾을 수 있는 영약이 아니란다. 천년삼왕을 보았다는 사람조차 백 년에 한 명 나올까 말까 하단다. 그런데 다시 천년삼을 찾겠다니… 비록 이 백두가 깊고 신령스런 땅이지만 천년삼을 한두 달 사이에 두 번이나 내줄 수는 없는 일이다."

"하지만 찾지 못하면 어머니가 돌아가신다고요. 그런데 어떻게 이대로 돌아가요. 그리고 제가 비록 어리긴 하지만 약초에 대해선 아저씨보다 더 많이 알아요. 그러니… 꼭 찾을 수 있을 거예요."

"허허, 이놈아, 나도 태어나면서부터 산을 탄 사람이야. 비록 약초꾼이 아니라 사냥꾼이긴 하지만 그래도 귀한 약초들에 대해선 좀 알고 있다."

"제 아버진 천약촌에서 가장 뛰어난 약초꾼이었어요. 그래서 전 어려서부터 약초에 대해 많은 걸 배웠다고요. 어떤 땅에서 어떤 약초가 자라는지 모두 알아요. 더군다나 아버지께서 말씀하시길, 제게 약초를 찾는 본능적인 재주가 있다고 하셨어요. 사실 이번 천년삼도 제가 발견한 거라고요."

"응? 정말?"

허산왕이 믿을 수 없다는 듯 되물었다.

"정말이에요. 천약촌에서도 저만큼 약초에 대해 잘 아는 사람은 없어요."

"이 녀석아, 천약촌은 약초꾼들이 모여 사는 곳이다. 수대에 걸쳐 산을 탄 사람도 많지. 그런데 어린 네가 그들 중에서 약초에 대해 제일 잘 안다는 것이냐?"

"못 믿으시는 거예요?"

허소산의 얼굴에 불쾌한 빛이 떠올랐다.

"그럼 어느 누가 네 말을 믿겠느냐? 네 나이가 아직 열 살도 되지 않았지?"

"올해로 여덟이에요."

"그래? 나이보다 체구가 작구나."

"쳇, 체구가 작은 게 뭐가 어때서요?"

"하긴, 키가 커봐야 싱거울 뿐이지. 어쨌든 여덟 살짜리가 천약촌에서 약초에 대해 제일 잘 안다면 누가 믿겠느냐?"

허산왕의 말에 허소산이 잠시 침묵을 지키다가 불쑥 입을 열었다.

"사실 이런 말까지 하고 싶지는 않지만 천약촌 사람들은 절 천재라고 했어요."

"천재?"

"그래요. 전 이미 이 년 전에 사서삼경을 모두 읽었다고요. 의서도 많이 읽어서 약초에 대해선 누구보다 많이 안단 말이에요."

"지금 사서… 뭐라 그랬냐?"

"사서삼경 몰라요?"

허소산이 되묻자 허산왕이 멋쩍은 표정으로 머리를 긁적이며 대답했다.

"솔직히 말하자면 난 아는 글자가 백 개도 안 돼. 뭐, 사냥꾼이 사냥만 잘하면 되지 글씨는 필요없으니까."

"틀린 말은 아니에요. 나도 아저씨가 글을 모른다고 무시할 생각은 없어요. 어쨌든 사서삼경은 무지 어려운 책들이에요."

"음, 그렇구나. 그래서 네가 약초에 대해 잘 아는구나. 사서삼경을 읽어서."

"아이 참, 사서삼경하고 약초하고는 상관이 없어요. 단지 내가 글을 잘 안다는 말을 하려는 것뿐이라고요."

"음, 그렇군. 좋아, 그럼 네가 정말 약초에 대해 잘 아는지 시험해 볼까?"

허산왕이 눈빛을 반짝이며 물었다.

"어떻게 시험을 한다는 거죠?"

허소산이 물었다.

"말했지만 내가 비록 사냥꾼이긴 하지만 애초에 산에서 사는 사람이라 나도 약초에 대해 좀 알거든. 덕분에 최근에 제법 귀한 약재를 하나 얻었지. 그러니 내가 보여주는 약재가 어떤 건지 한번 맞혀보려무나."

"좋아요. 그런 거라면 자신있어요."

"호! 정말 자신있나 보구나. 하지만 쉽지 않을 거다. 돌아가신 내 아버지께서 말씀하시길, 이 약재를 알아볼 수 있는 사람은 천하에 거의 없을 거라 했거든. 나도 평생에 오직 두 번만 본 물건이니까. 예전 아버님과 함께, 그리고 이번에 다시. 자, 이게 무슨 약재냐?"

허산왕이 품속에서 투박한 무명천에 싼 물건을 꺼내 들었다. 잠시 후 허산왕이 무명천을 풀자 그 안에서 기이하게 생긴 물건이 모습을 드러냈다. 작은 조롱박 모양을 한 물체는 소나무 송진이 만들어내는 약재인 봉령 같기도 하고 또 어찌 보면 퇴화된 돌덩이 같기도 했다. 혹은 오늘 밤 허소산과 그의 아비가 빼앗긴 천년삼이 색이 바랜 모습 같기도 했다.

"이 물건이 뭔지 알겠느냐?"

허산왕이 다시 물으며 허소산에게 손에 든 약재를 넘겼다. 그러자 허소산이 잠시 약재를 살피더니 한순간 크게 놀라 눈을 부릅떴다.

"이걸… 이걸 어디서 구했어요?"

"그 물건을 안단 말이냐?"

더 놀란 것은 허산왕이었다. 허산왕은 비록 허소산이 영특하긴 하지만 그가 내놓은 물건을 알 거라곤 전혀 예상치 못했던 것이다.

"이건… 천년석목이군요."

"허! 네가 정말 그 물건을 아는구나. 이 녀석, 정말 천재냐?"

"그럼 제가 거짓말을 하는 줄 아셨어요?"

"아니, 뭐… 네가 똑똑하다는 건 짐작했지만 그래도 천년석목을 알아볼 줄은 몰랐지."

"아저씨, 이 천년석목 어디서 구하셨어요?"

허소산이 잔뜩 기대를 담은 눈으로 허산왕에게 물었다.

"삼 일 전 동쪽 산에서 영물인 백사를 만났지. 그런데 놈이 얼마나 빠른지 마치 나는 듯 절벽 위로 도망가는 것이 아니냐.

결국 놈은 잡지 못했다. 그런데 놈을 찾아 근방을 뒤지다 보니 절벽 중간쯤에서 네 머리만 한 넓이의 굴이 있더구나. 그 안에서 찾았다. 예전에 아버지가 말씀하시길, 백사는 언제나 영약을 지키고 있다더니 바로 그 녀석을 지키고 있었던 모양이다."

허산왕의 말에 허소산이 고개를 끄덕였다. 그리고는 재차 물었다.

"그곳에 절 데려다 주실 수 있으세요?"

"거긴 왜?"

"어쩌면… 어머니 약재를 찾을 수 있을 것 같아서요."

"그게 무슨 소리냐?"

"기물선초라는 책에 보면 이 천년석목은 본래 쌍으로 자란다고 해요. 한쪽은 흑목, 다른 한쪽은 백목인데 이건 그중 흑목일 거예요. 그러니 그 근방에 가면 분명 백목을 찾을 수 있을 거예요. 천년석목이라면… 천년삼에 미치지는 못하지만 그래도 그에 버금가는 약재이니 어머니를 구할 수 있을 거예요."

"음… 그곳은 너무 험해서 네가 갈 수가 없을 텐데. 나도 하루에 채 십 리를 움직이지 못하는 곳이란 말이다."

"하지만 전 꼭 가야 해요. 가서 백목을 구해야 해요."

허소산이 애절한 표정으로 말했다. 그러자 허산왕이 잠시 생각에 잠겼다가 물었다.

"그런데 그 약이라는 게 꼭 백목이어야 하는 거냐?"

"무슨 말씀이세요?"

"흑목으로는 네 모친을 구할 수 없냐는 말이다."

"그야 흑목도 어머니의 약이 될 수는 있죠."

"그럼 백목을 찾으러 갈 필요가 뭐가 있느냐? 네 손에 흑목이 있는데."

허산왕이 별 이상한 녀석을 보겠다는 듯 물었다.

"하지만… 하지만 이건 제 것이 아니잖아요. 이건 아저씨 건데……."

"사람이 살고 죽는 문제에 네 것, 내 것이 어디 있느냐? 비록 그 물건이 대단히 귀한 물건이라 해도 내겐 별 소용이 없는 물건이니 가져가서 네 모친을 살리는 데 쓰도록 해라."

"그, 그래도… 이건 약상(藥商)에 팔면 엄청난 값을 받을 수 있는 물건이에요. 아저씨가 십 년은 산을 타지 않고 호강하며 살 수 있는……."

"흐흐, 내가 재물 얻자고 산을 타는 줄 아느냐? 그랬다면 난 아마 벌써 큰 부자가 됐을 거야."

"그럼 왜 산을 타시는 거예요?"

"그야 산이 좋기 때문이지. 산이 내 집이고 산이 내가 사는 세상이다. 그러니 넌 아무 걱정 말고 그 약재를 가지고 집으로 돌아가거라. 얼른 가서 어머니를 구해야지."

"정말… 정말 그래도 돼요?

"물론이다. 내가 비록 글을 모르는 무식쟁이라도 허언을 하지는 않는다. 그런데… 천약촌까지 너 혼자 갈 수는 없을 텐데. 또다시 마적을 만나지 않으리란 법도 없고. 쩝, 어쩔 수 없군. 오랜만에 압록을 넘어봐야겠군."

"같이 가주실 거예요?"

"그럼 그 귀한 걸 들고 너 혼자 보낼 수야 없잖느냐?"

허산왕의 말에 허소산이 감격한 표정을 짓다가 이내 얼굴빛이 변했다.

"왜, 왜 제게 이렇게 잘해주시는 거죠?"

잔뜩 의심을 머금은 표정으로 허소산이 물었다. 그러자 오히려 허산왕이 어리둥절한 표정으로 물었다.

"잘… 해주면 안 되는 거냐?"

"그, 그건 아니지만……."

"어려운 사람은 돕고 사는 게 당연한 거 아니냐?"

허산왕이 험상궂은 외모에 어울리지 않게 순박한 표정으로 물었다.

"그야 그렇지만… 그래도……."

"걱정 마라. 뭘 바라고 하는 일은 아니니까. 그나저나 좀 전에도 말했지만 일단 아버지는 이곳에 묻어드리고 가야 한다. 천약촌까지 모시고 갈 수는 없어. 너무 험하고 먼 길이니까. 아버지도 산사람이셨으니 널 원망치는 않으실 거다. 산사람의 법도가 그러하니. 나중에… 네가 컸을 때 원하는 곳으로 모시거라."

"알겠어요."

허소산이 시무룩한 표정으로 고개를 끄덕였다.

"좋아, 넌 그럼 앉아서 잠시 쉬고 있으려무나. 이런 일은 어른이 해야 할 일이니."

말을 마친 허산왕이 두툼한 도를 꺼내 들고 무른 땅을 찾아 땅을 파기 시작했다. 허소산은 아비의 시신 곁에 쪼그리고 앉아 눈물을 글썽이다가 간혹 허산왕의 땅 파는 모습을 바라봤다.

허산왕은 반 시진이 안 돼서 두 개의 무덤을 만들었다. 하나는 허소산의 아버지 것이었고, 다른 하나는 그의 활에 죽은 두 명의 마적을 위한 것이었다.

그는 비록 허소산을 구하기 위해 마적들을 죽이기는 했으나 그들의 무덤만큼은 정성껏 만들어주었다. 그런 허산왕의 행동은 그가 험상궂은 외모의 거친 사냥꾼이지만 심성이 여린 사람이란 것을 말해주고 있었다.

허산왕과 허소산은 그날 밤을 그렇게 죽은 사람을 묻어주며 뜬눈으로 새우고 나서 새벽이 숲에서 어둠을 몰아낼 무렵 서쪽으로 걸음을 옮겼다.

*   *   *

허산왕과 허소산이 만난 백두의 남쪽 자락에서 허소산의 고향인 천약촌까지는 보름이나 걸리는 먼 길이었다. 그 중간에 백두에서 시작된 압록을 건너야 했고, 또 두 개의 야인 부락을 지나야 했으므로 만약 허소산 혼자였다면 천하의 기물인 천년서목을 지니고 무사히 천약촌에 도착할 거라 장담할 수 없는 길이었다.

　그러나 허소산 곁에 허산왕이 버티고 있자 길을 가며 만난 사람들은 제풀에 두 사람에게 길을 열어줬다. 백두의 깊은 숲을 벗어나 사람 사는 곳으로 나오자 허산왕의 외모는 더욱 험악해 보였다. 그래서 두 사람에게 시비는커녕 말을 붙이는 사람조차 없었다. 더군다나 허산왕은 수중에 제법 두둑한 은전을 지니고 있어서 허소산은 그가 예상했던 것보다 훨씬 편하고 빠르게 천약촌에 당도할 수 있었다.

　"좀 커진 것 같군."

　언덕 아래로 구불거리며 이어진 길 끝에 옹기종기 모여 있는 오십여 호의 초옥들을 보며 허산왕이 중얼거렸다. 천약촌이었다.

　"언제 와보셨어요?"

　"네가 태어나기 훨씬 전에."

　"그럼 십 년도 넘었잖아요?"

　"십 년이 뭐냐? 이십 년쯤 되었을걸."

　"그럼 당연히 변했겠죠. 십 년이면 강산도 변한다잖아요?"

　"글 좀 안다고 아는 척하는 거냐?"

　"이건 어른들이 자주 하는 말인데 글하고 무슨 상관이에요."

　"흐흐, 그런가?"

　허산왕과 허소산은 보름여를 여행하는 동안 무척이나 친밀

해져 있었다. 일단 험한 외모 속에 감춰진 따뜻한 심성을 알게 되자 허소산은 급격하게 허산왕을 의지하기 시작했다. 마치 죽은 아버지를 대신해 새로운 아버지를 하늘이 내려준 것처럼.

허산왕의 마음도 다르지 않았다. 본래 허산왕은 대대로 엽사의 업을 가업으로 하는 집안에서 태어났다. 그의 선조들은 누구 하나 특출 나지 않은 사람들이 없을 만큼 사냥에 관한 한 전설적인 존재들이었다.

탁월한 엽사였으므로 그의 선조들이 혼인을 해 후손을 보는 것은 어려운 일이 아니었다. 적어도 엽사 허 씨 집안에 딸을 주면 굶지는 않는다는 사실을 모르는 사람이 없었으니까.

그런데 허산왕의 대에 들어서 면면히 이어지던 허 씨 집안의 후손이 끊어질 위기에 처했다. 허산왕이 그의 선조들보다 엽사로서의 실력이 떨어지기 때문은 아니었다. 아니, 오히려 그는 그의 선조 누구보다 뛰어난 사냥꾼이었다. 그럼에도 그가 여인을 맞아들이지 못한 이유는 단 하나, 그의 험상궂은 외모 때문이었다. 사람들은 외모에 숨겨진 그의 따뜻한 심성을 알아보지 못했다. 그러니 뛰어난 엽사임에도 불구하고 그에게 딸을 주겠다고 선뜻 나서는 사람이 없었다.

허산왕도 철이 들면서부터 어쩌면 자신이 평생 혼자 살아야 할지도 모른다고 생각했다. 그의 부모가 살아 있을 때는 어떻게든 허산왕을 혼인시키려 했으나 그의 얼굴을 본 여인치고 그와 혼인하길 원하는 여인은 없었다. 어디 가서 과부를 보쌈

해 오지 않는 이상 그가 혼인해 허 씨의 핏줄을 이을 가능성은
없었다. 그렇다고 그의 심성에 보쌈을 해올 일도 없었으니 결
국 부모는 허산왕 대에서 허 씨의 대가 끊길 것이라는 암울한
예감 속에 세상을 등졌다.

  그 예상처럼 허산왕은 부모가 세상을 등진 이후 줄곧 혼자
살아왔다. 누구도 그의 곁에 머물지 않았다. 아니, 그는 사람
을 떠나 숲으로 들어왔다. 숲이 그의 집이고, 산짐승이 그의 친
구였다. 처절할 것 같던 외로움도 세월과 함께 익숙해진 허산
왕은 이제 숲에서 완전한 자유를 누리는 온전한 산사람이었
다.

  그런데 그런 허산왕의 가슴 깊은 곳에도 사람에 대한 그리
움이 남아 있었던 모양이다. 그는 허소산과 보름을 여행하는
동안 완전히 허소산에게 빠져들고 있었다.

  허소산은 더 이상 허산왕을 무서워하지 않았다. 아마도 허
산왕이 자신을 죽음의 위기에서 구해줬다는 사실이 그의 험상
궂은 외모에 대한 두려움을 없애주었는지도 몰랐다. 더군다나
보름 동안 함께 여행을 하며 허산왕의 거친 외모 속에 감춰진
따뜻한 심성을 알게 되었으므로 더더욱 허산왕에게 살갑게 구
는 허소산이었다.

  죽은 부모를 제외하고 태어나서 처음으로 허산왕은 타인의
따뜻한 말을, 부드러운 손길을, 그리고 진심이 담긴 대화를 허
소산을 통해 경험하고 있었다.

  그러니 허산왕이 허소산에게 빠져들지 않을 수가 없었다.

더군다나 허소산은 체구는 좀 작았지만 귀엽게 생겼을 뿐 아니라 천재란 소릴 들을 만큼 똑똑하기도 했다. 비록 허소산이 여덟 살짜리 꼬마라고는 해도 허산왕은 자신이 가지지 못한 것을 가진 허소산에게 일종의 경이로움마저 느끼고 있었다.

"가요."

허소산이 흐뭇한 미소로 자신을 바라보며 실실거리고 있는 허산왕을 재촉했다. 아이의 마음속에는 한시라도 빨리 어머니를 만날 생각으로 가득 차 있었다.

"그래, 어서 가자꾸나."

허소산의 내심을 짐작한 허산왕이 고개를 끄덕이고는 서둘러 걸음을 옮기기 시작했다.

천약촌은 산을 타는 약초꾼들이 모여들어 형성된 마을이다. 덕분에 사람들의 인심이 제법 훈훈했다. 산을 타는 사람들이 모두 그렇듯이 그들의 심성은 저자의 다른 마을 사람과는 사뭇 달랐다. 그러나 그런 그들에게조차도 허산왕의 험상궂은 외모는 쉽게 마음을 열기 어려운 것이었다.

허산왕이 허소산을 앞세우고 천약촌에 들어섰을 때 사람들의 눈빛은 일순 허소산에 대한 반가움이 일었다가 이내 그 뒤에 서 있는 허산왕에 대한 경계심으로 굳어졌다.

다른 때라면 앞다투어 허소산을 마중했을 사람들이 지금은 자신들의 초옥을 벗어나지 않고 눈빛으로만 허소산을 마중했다. 허소산 역시 다른 때와 달리 마을사람들과 인사를 나누는 대신 부리나케 마을을 관통해 어머니가 머물고 있을 초옥으로 달려갔다. 허산왕은 마치 죄를 지은 사람처럼 달리는 허소산의 뒤를 묵묵히 따를 뿐이었다.

"어머니!"

허소산이 작은 개울에서 십여 장 떨어진 곳에 아담히 서 있는 초옥으로 뛰어들며 소리쳤다.

"어머니!"

안에서 대답이 없자 허소산이 다시 소리를 치며 바람처럼 달려가 초옥의 문을 열었다. 그러나 기대와 달리 방 안은 텅비어 있었다.

"어딜… 가셨지? 움직이기 힘드실 텐데……?"

허소산이 고개를 갸웃하며 문밖으로 고개를 돌릴 때, 마침 대여섯 명의 사람이 허소산의 초옥으로 다가왔다.

가장 앞에 서 있는 사람은 푸근한 외모의 중년 여인이었고, 그 뒤로 장정 다섯이 여인을 호위하듯 서 있었는데, 그들은 초옥 마당에 서 있는 허산왕을 잔뜩 경계하고 있었다.

"소산, 돌아온 거니?"

초옥의 입구 멀찍이서 중년 여인이 걸음을 멈추고 방을 나서고 있는 허소산에게 물었다.

"네, 아주머니. 그런데 어머니는……?"

허소산이 허산왕을 지나쳐 중년 여인에게 다가서며 물었다. 그러자 중년 여인이 흘깃 허산왕을 살피며 나직이 물었다.

"누구냐?"

"절 구해주신 분이에요. 그런데 어머니는……?"

다시 허소산이 물었다. 그러자 중년 여인의 표정이 어두워지며 오히려 다시 질문을 던졌다.

"아버지는……?"

순간 허소산의 표정이 굳어졌다.

"아버지는… 아버지는 돌아가셨어요."

"뭣? 아버지가 돌아가셨다고? 어떻게?"

"천년삼을 노린 마적들에게……."

"마적? 저, 저런 죽일 놈들!"

중년 여인 뒤에 있던 사내 중 한 명이 노성을 흘렸다.

"그런데 용케 살아왔구나, 소산."

중년 여인이 얼른 허소산의 손을 잡으며 말했다.

"저 아저씨 덕분이에요. 아저씨가 아니었다면 저도 죽었을 거예요. 그런데 아주머니, 어머니는……?"

허소산이 다시 묻자 중년 여인이 허소산을 품에 꼭 안으며 탄식을 흘렸다.

"하늘도 무심하지. 이 어린것을 혼자 두고……. 그렇게 금실이 좋더니만 가는 것도 같이 가야 했나? 무심한 사람들."

第二章
인연 (因緣)

독경讀經

　허소산과 그의 아비가 영약을 구하기 위해 백두 깊은 곳으로 산행을 나갔을 때 병든 허소산의 어머니를 돌본 사람은 천약촌에서 괴산댁이라고 부르는 상 씨 부인이었다. 천약촌은 천하의 약초꾼들이 모여들어 마을을 형성한 곳이기에 그 내력이 각양각색이지만, 약초꾼들의 순박함은 너나 할 것 없었다. 사람을 살리는 약초를 캐는 사람들의 심성은 자연스레 순후할 수밖에 없어 허소산과 그의 아비도 큰 걱정 없이 병자를 괴산댁에게 맡길 수 있었던 것이다.

　그런데 그 순후한 성정의 괴산댁 상씨부인이 며칠째 그녀답지 않은 경계심으로 한 사람을 주시하고 있었다. 외모로 보자면 절대 천약촌에 어울리지 않는 사람, 황야에서 마적질이나 하기에 딱 적당한 외모의 사내가 괴산댁의 신경을 거스르고 있었다.

어머니가 죽은 것을 안 이후 허소산은 삼 일째 식음을 전폐하고 있었다. 그런데 그 와중에 본래의 계획대로라면 이미 천약촌을 떠나 다시 산으로 들어갔어야 할 허산왕이 무슨 일인지 계속 천약촌 허소산의 초옥에 머물고 있었다.

물론 목숨을 구해주고 또한 천년석목이라는 귀한 약재까지 선뜻 내준 허산왕의 성품으로 볼 때, 졸지에 고아가 된 허소산을 홀로 남겨두고 천약촌을 떠나기 어려웠을 수도 있었다. 하지만 따지고 보면 이곳엔 그보다 더 살뜰하게 허소산을 돌봐줄 사람이 많았다. 괴산댁만 해도 허소산을 자기 자식처럼 아끼는 사람 중 하나였던 것이다.

그러니 기실 허산왕이 사람들의 의심 어린 시선을 받으며 굳이 천약촌에 머물 이유는 없었다. 그러나 허산왕은 사람들의 불편한 시선에도 불구하고 무던하게 천약촌에 남아 있었다.

사실 그런 행동은 허산왕 자신도 쉽게 이해하기 힘든 일이었다. 그는 외모에 대한 열패감으로 사람들 앞에 모습을 드러내기 싫어 산을 집 삼아 살아왔다.

물론 그에게도 고향은 있어 일 년에 한두 번은 사냥으로 얻은 물건들을 팔고자 그 고향땅에 들르긴 했다. 그러나 그가 고향의 본가에 머무는 시간은 모두 합쳐야 일 년에 채 한 달이 되지 않았고, 그나마 그의 얼굴을 모르는 다른 마을에는 하루라도 머문 적이 없는 그였다. 그런 그가 사람들의 시선을 무시하고 수일간 천약촌에 머물고 있는 것은 그로서도 무척 곤욕이었다.

그러나 허산왕은 쉽게 천약촌을 떠날 수 없었다. 이유는 단하나, 어느새 커져 버린 허소산에 대한 정 때문이었고, 그의 심중에 버릴 수 없는 욕심 하나가 생겨났기 때문이다.

"안 될 거야. 휴, 그냥 떠날까?"

허산왕이 근심 가득한 얼굴로 초옥 앞마당을 서성이며 혼잣말을 중얼거리고 있었다. 그때 마침 허소산에게 뭐라도 먹여볼 요량으로 음식을 만들어 오던 괴산댁 상씨부인이 허산왕을 발견하고는 흠칫한 표정으로 걸음을 멈췄다. 아무리 보아도 쉽게 정이 가는 얼굴이 아닌 허산왕이었다.

그러나 괴산댁은 이내 단단히 결심한 표정으로 입술을 물더니 허산왕을 향해 다가왔다. 허산왕은 깊은 생각에 잠겨 있어 미처 괴산댁이 다가오는 것을 모르고 있다가 그녀가 입을 연 후에야 상념에서 깨어났다.

"이, 이보세요, 허 엽사!"

괴산댁으로서는 큰 용기를 낸 목소리였지만 떨리는 음성은 어찌할 수 없었다. 더불어 그녀의 얼굴조차 잔뜩 겁을 집어먹은 표정이었다.

"아, 아주머니, 소산을 보러 오셨구려."

나이로 보자면 괴산댁보다는 허산왕이 십여 세 이상 많아 보였다. 거친 인상 때문에 나이보다 젊어 보이는 면이 있어도 허산왕의 나이는 이미 오십이 넘은 지 오래였다.

"소산이 통 음식을 먹지 않아서 먹을 것을 좀 가져왔어요."

"마침 잘 오셨소이다. 나도 무척 걱정을 하고 있는 참이오. 음식을 만들 줄 알면 뭐라도 만들어주겠지만 산에서 사냥이나 하며 살던 사람이라⋯⋯."

"소산의 끼니 걱정은 마세요. 그것보다⋯⋯."

괴산댁이 말꼬리를 흐렸다.

"뭐 하실 말씀이라도⋯⋯?"

"한 가지 허 엽사께 여쭤고 싶은 것이 있습니다만."

"아, 뭐⋯ 물어보시우."

허산왕은 누군가 자신에게 관심을 갖는 것이 여간 생경했지 만 그렇다고 괴산댁의 질문을 피할 수도 없었기에 고개를 끄덕였다.

"엽사께선 언제까지 이곳에 머물 생각이신가요?"

괴산댁의 질문에 허산왕의 표정이 묘하게 변했다. 한편으로 는 조금 화가 난 것 같기도 했고, 또 한편으론 마치 도둑질을 하다 들킨 사람처럼 당황한 듯 보이기도 했다.

"내가⋯ 마을에 머무는 것이 사람들을 불편하게 하고 있 소?"

"꼭 그런 것은 아니지만⋯⋯."

"음, 내 행색이 괴이하여 사람들이 날 경계하는 것은 알고 있소. 하지만 난 그리 나쁜 사람이 아니오. 산속에서 사냥이나 하며 살 뿐 누구에게 해를 입힌 일이 없는 사람이라오. 그러니… 너무 걱정하지 마시오. 마을에 누가 되는 일은 없을 거요."

"물론 소산을 도와주신 일을 보아 허 엽사님이 어떤 분인지는 이미 알고 있습니다. 단지 생각보다 오래 머무시는 것 같아서……."

"음, 사실 나도 이렇게 오래 이곳에 머물 줄은 몰랐소. 사람들이 날 꺼리기도 하지만 나도 사람들 만나는 걸 불편해하는 편이라 저자에 나가도 반나절 이상 머물지 않는 편이라오."

"그렇군요. 그럼 혹 무슨 특별한 이유라도……?"

괴산댁의 물음에 허산왕이 잠시 곤혹스런 표정을 짓다가 결심을 한 듯 고개를 끄덕였다.

"솔직히 말하자면 내가 꼭 하고 싶은 일이 있긴 하오."

"그것이 무엇인가요?"

"음… 그것은……."

허산왕은 쉽게 입을 열지 못했다. 괴산댁은 재촉하지 않고 허산왕이 입을 열 때까지 기다렸다. 오늘은 이 무서운 엽사가 도대체 왜 천약촌을 떠나지 않고 머무는지 그 이유를 반드시 알아야겠다는 생각이었으므로 잠시의 기다림은 큰 문제가 아니었다. 허산왕은 한동안 머뭇거리다 어렵게 입을 열었다.

"사실은… 소산이 때문이오."

"소산이요? 그 아이가 왜……?"

괴산댁이 되묻자 허산왕이 정색을 하며 괴산댁을 바라봤다. 그의 호목이 정색을 하자 단단히 결심을 했던 괴산댁이 자신

도 모르게 뒤로 서너 걸음 물러나는 것은 어쩔 수 없었다,

"내 아주머니께 부탁할 말이 있소."

"무… 무엇인가요?"

"보시다시피 내 행색이 이러하여 난 평생을 혼자 살아왔소. 또한 이렇게 홀로 산에서 사냥이나 하며 한세상 보낼 생각이었소. 그런데 소산이를 만난 뒤 욕심이 생겼소. 아니, 솔직히 말하자면 이곳에 도착해 소산이의 모친이 돌아가셨다는 것을 알고 난 후의 일이오. 난… 소산이를 데리고 가고 싶소."

허산왕의 말에 괴산댁이 화들짝 놀라며 물었다.

"소산이를 데려가고 싶다고요?"

"그렇소. 난 평생 여인을 모르고 살았으니 자식이 있을 리 만무하오. 해서 무자식이 내 팔자려니 했는데 소산을 본 이후에는 그 아이에 대한 욕심이 사라지지 않는구려. 아, 그래서 말인데 아주머니께서 날 좀 도와줄 수 없겠소?"

"소산이를 설득해 달라는 말인가요?"

"그렇소."

그러자 괴산댁이 당황한 표정으로 머리를 주억거렸다.

"그, 그게… 난 허 엽사님을 잘 모르고… 또 소산이는 천약촌에서 모두 아끼는 아이인지라……."

"그, 그렇구려. 아, 물론 나도 내가 과한 욕심을 내고 있다는 건 알고 있소. 소산인 영특한 아이이니 그 아이를 원하는 사람도 많을 거요. 난 이처럼 흉측한 외모에 산이나 타는 사냥꾼에 불과하니……. 휴, 내 처지를 모르는 것이 아니나 나도 모르게

욕심이 생기는구려. 음."

허산왕이 외모에 어울리지 않게 의기소침한 표정으로 고개를 저었다. 그 모습을 보니 잔뜩 허산왕을 경계하던 괴산댁의 마음에 측은한 감정이 떠올랐다. 그러나 그렇다고 허소산을 이 괴이한 사냥꾼에게 내주고 싶은 생각은 추호도 없는 괴산댁이었다.

"허 엽사님의 생각은 잘 알았습니다. 하지만 소산이는 이 천약촌에서 자란 아입니다. 여기가 그 아이에겐 집이지요. 더군다나 천약촌의 사람들은 모두가 소산을 아끼는 친척과 다름없습니다. 그 아이를 위해서도 허 엽사님께서 욕심을 거두시는 것이……."

"음, 아, 뭐, 나도 내 욕심 때문에 소산이를 힘들게 할 생각은 없소이다. 허허, 본래 나도 안 될 일이라고 생각하고 있었소이다. 허허허. 에이, 아무래도 난 내일 이곳을 떠나야 할까 보오."

"그, 그러시렵니까?"

"계속 남아 있으면 욕심만 과해질 것이니. 아, 음식이 식겠구려. 어서 들어가 보시우."

허산왕이 얼른 길을 터주었다. 그러자 괴산댁이 가볍게 고개를 숙여 보인 후 서둘러 허소산이 있는 방 쪽으로 향했다.

"소산, 소산!"

방문을 열고 들어온 괴산댁이 들고 온 음식은 아무렇게나 한쪽에 내려놓고 급히 허소산을 불렀다.

허소산은 방 한쪽에 앉아 있다가 괴산댁이 자신을 급히 부르자 고개를 돌렸다.

"오셨어요?"

허소산의 표정은 지난 삼 일과 달리 편안해 보였다. 아마도 이젠 어머니의 죽음을 마음으로 받아들이고 있는 듯했다. 허소산의 나이를 생각했을 때 그건 무척 빠른 일이었다. 허소산의 눈빛이 맑아진 것을 본 괴산댁이 반가운 내색을 했다.

"소산, 이제 기운을 차린 거냐?"

"네, 이젠 걱정 마세요."

허소산이 며칠 사이 처음으로 괴산댁에게 미소를 보였다.

"아이구! 그래, 넌 다른 애들과는 다르지. 내 그래서 사실 크게 걱정은 하지 않았다."

"그런데 밖에 무슨 일이 있나요? 왜 절 그렇게 급히 찾으셨어요?"

허소산이 묻자 괴산댁이 재빨리 밖을 살핀 후 마치 큰 비밀이기라도 한 듯 허소산에게 귓속말을 속삭였다.

"소산아, 내 말 잘 들어라."

"말씀하세요."

"너 절대 저 사람 허 엽사를 따라가면 안 된다."

"그게 무슨 말씀이세요? 제가 아저씨를 따라가다뇨?"

"그러게 말이다. 그럴 일은 없겠지만 내 노파심에서 하는 말이란다. 허 엽사는 널 데려가고 싶어해."

"아저씨가 절요?"

"그래. 네 부모가 모두 죽은 것을 알고 널 양자로 들이고 싶은 모양이다. 그래서 이곳을 떠나지 않고 있는 거고."

"아저씨가 그래요?"

"내게 부탁을 하더구나, 도와달라고. 흥, 하지만 어림도 없지. 널 어떻게 저런 사람에게 내주겠느냐?"

괴산댁이 말도 안 된다는 듯 콧방귀를 흘렸다.

"좋은 분이에요."

"뭐, 물론 저 양반, 나쁜 사람인 것 같지는 않구나. 하지만 그렇다고 널 욕심내다니. 넌 우리 같은 약초꾼이지 사냥꾼으로 살 사람이 아냐. 넌 천재다. 이미 사서삼경을 모두 떼었잖아? 넌 분명히 아주 훌륭한 사람이 될 거다. 그때까지 이곳 천약촌의 사람들이 모두 널 도와줄 거고. 그러니 아무 걱정 말아라."

"고마워요, 아주머니."

"고맙기는. 자, 이제 밥을 좀 먹자. 먹어야 기운을 차리지. 네 부모님도 네가 이렇게 풀이 죽어 있는 걸 원치 않으실 게다."

"알았어요. 먹을게요."

"호호, 그래, 이제야 소산이 답구나. 자, 귀한 석이버섯으로 죽을 좀 쒔다. 삼도 하나 넣었으니 기운을 차리기엔 좋을 거다."

"비싼 거잖아요?"

"비싸긴! 자자, 어서 먹기나 해라."

괴산댁이 나무로 만든 숟가락을 들어 소산의 손에 쥐어줬다. 그러자 소산이 얼른 숟가락을 받아 들고 죽을 한입 떠먹었다.

"맛있어요."

"오냐. 많이 먹고 얼른 기운 차려라."

고고한 달빛이 천약촌에 내려앉고 있었다. 밤이 깊은 삼경, 허산왕은 허소산의 초옥 마루맡에 앉아 넋이 나간 사람처럼 달을 보고 있었다. 하루 이틀 보는 달이 아니건만 오늘은 유난히 스산하게 보이는 달빛이다.

"휴······."

허산왕이 땅이 꺼져라 한숨을 내쉬었다. 그리고는 절레절레 고개를 저었다.

"괴산댁 말이 옳아. 소산을 산으로 데려가면 안 돼. 다들 천재라고 하는 아이를 산으로 데리고 들어가 사냥꾼으로 만든다는 건 말이 안 되지. 다 내 욕심이다. 부질없는 짓이야. 애초에 혼자 살기로 작정한 몸이 아닌가. 소산을 산으로 데려가 아이의 앞날을 망칠 수는 없지. 흐흠, 내일··· 내일 떠나자."

허산왕이 결심을 굳힌 듯 두어 번 고개를 끄덕였다. 그런데 그때 문득 마루와 붙어 있는 방문 안쪽에서 허소산의 목소리가 들려왔다.

"정말 내일 가실 거예요?"

순간 허산왕이 흠칫하며 고개를 돌렸다.

"자지 않고 있었느냐?"

"잠이 안 와요."

살짝 문이 열렸다. 허소산의 얼굴이 빠끔히 모습을 드러냈다.

"난 자는 줄 알았지."

허산왕이 멋쩍은 표정으로 말했다. 자고 있지 않았다면 자신이 하는 말을 허소산이 들었을 것이기 때문이다.

"아저씨가 사는 곳은 어때요?"

허소산이 문득 물었다. 그동안 백두에서 천약촌으로 돌아오며 두 사람이 나눈 이야기는 대부분 허소산의 신상에 관한 것뿐이었다. 물론 간혹 허산왕의 신세도 흘러나왔지만 허산왕은 자세한 신세 내력은 밝히지 않았었다.

"나야 산에 살지."

"헤헤, 산이 전부 아저씨 집이에요?"

허소산이 웃음을 흘리며 물었다. 그러자 허산왕이 정색을 하며 고개를 끄덕였다.

"맞아. 산이 곧 내 집이야."

"그런 것 말고요. 사냥을 하지 않을 때 머무는 집이요."

"음… 사실 그것도 마찬가진데……."

"사냥을 하지 않을 때도 산을 돌아다닌다고요?"

"비슷해. 솔직히 난 백두의 준령을 따라 다섯 개쯤 거처를 가지고 있어. 계절과 기분에 따라 머무는 곳을 바꾸지. 부모님이 돌아가신 이후에는 줄곧 그렇게 살았다. 그러니 산이 곧 내 집이란 말이 틀린 건 아니야."

"그렇군요. 그럼 부모님이 돌아가시기 전까지 살았던 곳은 어디에요?"

그러자 허산왕이 손을 들어 남쪽을 가리켰다.

"백두를 따라 산맥이 해동의 남쪽으로 내려가는 건 알고 있지?"

"네."

"그 산맥을 따라가다 보면 연화산이란 곳이 나오는데 혹시 들어봤느냐?"

"연화산이라……. 들어본 것 같기도 하고 아닌 것 같기도 하고."

"약초꾼들에겐 제법 알려진 산이란다. 어쨌든 그 산 남쪽에 큰 호수가 있는데 그 호숫가에 백림촌이란 곳이 있다. 그곳에 내 뿌리가 있구나."

"백림촌이요? 이름이 이상하네요."

"마을 근처에 자작나무 숲이 있어서 그렇게 부른단다. 가을이 되면 낙엽 진 자작나무가 신령스런 흰빛을 드러내기 때문이지."

"아, 그렇군요. 그런데 그럼 부모님이 돌아가신 이후엔 백림촌에 전혀 가지 않으셨어요?"

"웬걸, 살기는 산에 살아도 가기는 간단다. 사냥한 것들을 그곳에서 거래하거든. 적어도 일 년에 한두 번은 그곳에 머문

단다."

"어떤 곳이에요?"

"음… 사냥을 하는 사람들도 있고 약초를 캐는 사람도 있고… 호수 근처에 전답을 가지고 있어서 농사짓는 사람도 있지. 제법 번화해. 한 백오십여 호는 될걸?"

"그렇군요. 한번 가보고 싶어요."

허소산의 말에 허산왕이 흠칫했다.

"언젠가 네가 장성하면 한번 찾아보려무나. 그때까지 내가 살아 있을지 모르겠지만 백림촌에 와서 엽사 허 씨 집안을 찾으면 날 만날 수 있을 게다. 물론 내가 산을 내려와 있다면 말이다."

허산왕의 말에 허소산이 빙그레 웃으며 물었다.

"미룰 것 있나요? 이번에 가면 되죠."

허소산의 말을 처음엔 제대로 알아듣지 못한 허산왕이 금세 말귀를 이해하고는 화등잔처럼 크게 눈을 뜨며 허소산에게 되물었다.

"소산, 너 지금 뭐라고 했느냐?"

"왜 나중에 가냐고요. 이번에 가보면 되잖아요?"

"소산… 소산……."

허산왕이 귀신에 홀린 사람처럼 말을 더듬었다.

"괴산댁 아주머니께 말씀 들었어요. 아저씨가 절 데려가고 싶어하신다고요."

"그, 그렇긴 하지만……."

"저 아저씨와 같이 갈래요. 그래도 되죠?"

"아, 그… 뭐… 나야……."

허산왕이 차가운 밤공기에도 땀을 흘렸다. 그 모습이 워낙 순박해 보여 어린 허소산이 키득거리며 웃었다.

"왜, 왜 날 따라가려는 거지?"

허소산이 웃거나 말거나 허산왕이 물었다.

"그야 아저씨가 좋으니까요."

"내가 좋아?"

허산왕이 어리둥절한 표정으로 물었다.

"네."

"이상하군. 다른 사람들은 모두 날 싫어하는데……."

"아저씨가 잘못 알고 있는 거예요."

허소산이 아이답지 않게 진지한 표정으로 말했다.

"뭘 말이냐?"

"사람들은 아저씨를 싫어하는 게 아니에요. 두려워하는 거죠."

"두려워한다고?"

"그래요. 아저씨 모습을 보고 두려워하는 거예요. 하지만 전 아저씨가 무서운 분이 아니라는 걸 알고 있으니까 아저씨랑 함께 가려는 거라구요."

"음… 뭐, 맞는 말이다. 흐흠, 사실 내가 무서운 사람은 아니지. 그런데 소산아."

"말씀하세요."

"나로서야 네가 나와 함께 간다면 더 바랄 것이 없다만 사실 어쩌면 넌 이 천약촌에 남는 게 더 좋을 수도 있을 것 같구나. 이곳 사람들은 모두 널 아끼고 있으니까. 아저씨는 험상궂은 사냥꾼일 뿐이고… 또 산에서 살아야 하고… 또……."

"다른 이유가 또 있어요?"

"글도 모르는 무식쟁이고……."

"하하, 그러고 보니 참 이유가 많네요. 하지만 그래도 전 아저씨랑 갈래요."

"정말?"

"그럼요. 아저씨, 천약촌 사람들이 모두 절 좋아한다고 하셨지요?"

"그래, 그런 것 같더구나."

"하지만 천약촌 사람들이 자신들의 자식들보다 절 더 좋아할까요?"

"그… 그건……."

"당연히 아니죠. 어떻게 자식보다 절 더 좋아하겠어요. 하지만… 아저씬 아니죠. 자식이 없으시잖아요. 그렇죠?"

"그… 그래. 난 널……."

"제가 아저씨 아들이 되는 거예요. 어때요?"

허소산의 말에 허산왕이 당황하면서도 감격스런 표정을 지었다.

"그, 그래 준다면야 나야……. 소산, 정말 그래 주겠니?"

"그럴게요. 아니, 아저씬 절 아들로 받아주실 건가요?"

"물론, 당연히! 나야… 으흐흐. 나야 뭐, 으흐흐……."

허산왕이 실없는 웃음을 흘렸다. 그러자 허소산이 빙그레 미소를 지으며 밖으로 나왔다. 그리고는 허산왕 곁에 앉아 보름달에 시선을 주었다.

장대한 체구의 허산왕과 작은 체구의 허소산은 어울리지 않는 듯하면서도 묘하게 보기 좋은 그림을 만들어냈다. 한동안 달을 쳐다보던 허소산이 슬며시 허산왕의 어깨에 머리를 기댔다.

"아저씨가 사시는 곳에서도 달이 저렇게 밝아요?"

"그럼! 더 크고 더 맑고 더 밝지!"

"빨리 가보고 싶어요."

"오냐. 내일 바로 가자. 으흐흐!"

천약촌 사람들은 복잡한 심정으로 허소산을 떠나보냈다. 괴산댁은 물론 천약촌의 촌장인 팔십의 홍 노인조차 허소산을 말렸지만 이미 허소산과 허산왕은 하룻밤 새 부자의 연을 맺은 터라 허소산이 떠나는 것을 막을 수는 없었다.

사람들은 언제든 돌아와도 된다는, 그리고 그간 경계 어린 시선으로 멀리한 허산왕에게 애써 용기를 내어 허소산을 잘 돌봐달라는 부탁을 건네며 두 사람을 떠나보냈다.

누가 보아도 전혀 부자지간이라 볼 수 없는 상이한 모습의 두 사람은 그렇게 서로의 손을 굳게 움켜잡고 그들이 온 길을 되짚어 천약촌을 떠났다.

*   *   *

하늘 높이 솟은 준봉들이 끝없이 펼쳐진 깊은 산속, 한 명의 장한이 어깨에 흰점이 꽃 모양으로 새겨진 사슴을 걸쳐 메고 들짐승처럼 빠르게 산을 타고 있었다.

산은 가파르고 험해 짐을 들지 않아도 쉽게 이동할 수 없는 지형이었지만 사내는 마치 평지를 달리듯 산을 탔다.

"후훅!"

사내의 입에서 깊은 숨소리가 흘러나왔다. 아마도 보기와는 달리 그도 험한 산길에 숨이 차는 모양이었다.

그렇게 얼마를 달렸을까. 문득 사내의 앞에 사람과 짐승이 함께 오갔을 법한 작은 길이 나타났다. 그러자 사내의 걸음이 더욱 빨라졌다. 사내는 나는 듯이 산길을 달려나갔다. 그렇게 이각여를 이동하자 전망 좋은 산허리에 서 있는 한 채의 오두막이 모습을 드러냈다.

사내의 걸음은 오두막이 나타나자 더욱 빨라져 한순간에 오두막에 도착한 후 어깨에 메고 있던 사슴을 바닥에 내려놓았다.

"음, 역시 아직 돌아오지 않았군. 그런데 과연 소산이 사냥에 성공할까?"

사내는 오 년 전 꼬마 허소산을 천약촌에서 데리고 온 허산왕이었다. 세월은 그의 험상궂은 얼굴을 약간은 부드럽게 만

들었는데 어쩌면 그의 귀밑부터 뿌려지기 시작한 백발 때문인
지도 몰랐다.

"쉽지는 않을 거야. 여우는 그리 쉽게 잡을 수 있는 사냥감
이 아니니까. 위험하진 않지만 여간 영특한 놈이 아니거든. 기
다리는 동안 저녁이라도 지어놓을까?"

허산왕이 초옥 동쪽을 바라보며 중얼거리는데 문득 오두막
뒤에서 소년의 목소리가 들려왔다.

"저녁은 제가 준비할게요."

"소산!"

허산왕이 고개를 돌리자 제법 사냥꾼의 모습을 갖춘 소년
하나가 모습을 드러냈다. 허소산이었다.

"오늘도 아버지가 먼저 오셨군요."

허소산이 마당에 놓여 있는 사슴을 보며 말했다. 그의 어깨
에도 여우 한 마리가 올려 있었다.

"벌써 오다니 대단하구나."

"하지만 항상 아버지에게 지고 있죠."

"이 녀석아, 난 평생을 사냥한 사람이야."

"그렇긴 하지만 이번엔 저도 운이 좋았다고요. 집을 나서자
마자 여우를 발견했어요."

"음, 그런데 왜 이렇게 늦었지?"

"그만 기척을 들키고 말았어요."

"저런, 사냥감을 만나면 항상 조심하라지 않았느냐? 여우야
모르지만 간혹 큰 짐승들은 널 공격할 수도 있어. 사냥에서 가

장 중요한 게 뭐라고 했지?"

"인내심이요."

"그래, 그걸 잊지 마라. 기다리는 것, 사냥감이 널 경계하지 않는 순간을 기다리는 것이 가장 중요해. 그래야 잡는 사람도 죽는 사냥감도 서로 편한 거야. 엽사에게도 도가 있다. 비록 짐승을 죽여 살아가지만 사냥당하는 짐승을 최대한 고통없이 죽여주는 것이 바로 사냥꾼의 도(道)인 것이다. 항상 그걸 잊지 마라."

"걱정 마세요. 아버지께 사냥을 배우면서부터 줄곧 들은 말이라 이젠 잊으려고 해도 잊을 수가 없는 말이니까요."

"하하, 그도 그렇구나. 보자, 그럼 내가 이것들을 손질할 테니 네가 밥을 짓겠니?"

"그렇게 할게요. 제가 만든 음식이 훨씬 맛있죠?"

"흐흐, 당연하지."

허산왕이 웃음을 흘리며 사슴과 여우를 동시에 집어 들고 오두막 옆 작은 실개천으로 걸어갔다.

갓 잡은 신선한 사슴구이와 산에서 나는 귀한 버섯과 나물들을 무쳐 낸 저녁상은 왕후장상의 식탁이 부럽지 않을 만큼 훌륭했다. 푸짐하게 차려진 상은 오두막 앞마당의 평상에 올려 있었는데 허산왕과 허소산은 식사 내내 웃고 떠드느라 제법 긴 시간 동안 저녁 식사를 했다.

두 사람이 식사를 마쳤을 때는 어느새 밤이 찾아와 동쪽 하

늘에 달이 떠오르고 있었다. 두 사람은 상을 치우는 일을 미뤄
두고 평상에 앉아 달구경을 시작했다.

"백림촌에 한번 다녀와야겠다."

말없이 달구경을 하던 허산왕이 문득 입을 열었다.

"벌써 그렇게 됐나요?"

"음, 창고에 물건이 가득하니 다녀와야 할 때구나."

"그러고 보니 저도 책이 다 떨어졌어요."

"벌써 그 책을 다 읽었단 말이냐?"

"다 읽은 지 두 달이나 된 걸요."

허소산의 말에 갑자기 허산왕이 깊은 한숨을 내쉬었다.

"왜 그러세요? 무슨 걱정이 있으세요?"

"음, 널 이렇게 산속에서 살게 해도 되는 건지 모르겠어서
말이다."

"또 그 말씀이세요?"

"너라면… 큰 사람이 될 수 있어. 백림촌의 송 형도 널 사냥
꾼으로 만드는 것은 큰 죄를 짓는 일이라고 했다."

"송씨 아저씨가 그런 말씀을 하셨어요?"

"그래. 지난번에 갔을 때 정색을 하고 말하더라고. 그러면
서 널 개경으로 데려가고 싶다고 했단다."

"개경이요?"

"그곳에 가서 자신이 안면이 있는 제법 이름난 학사에게 널
소개시켜 주고 싶다고 했지."

"전 관심없어요."

허소산이 냉랭하게 말했다.

"나 때문이냐? 나 때문이라면……."

"아뇨. 아버지 때문은 아니에요. 아, 물론 아버지와 함께 지내고 싶은 마음도 이유 중 하나이기는 하죠. 하지만 그것보다 전 벼슬을 하는 데는 관심이 없어요."

"보통 네 나이 또래의 아이들은 출세하는 걸 일생의 꿈으로 여기는데… 그럼 넌 설마 나처럼 사냥꾼이 되겠다는 말이냐?"

"그걸 바라지 않으세요?"

허소산이 되묻자 허산왕이 고개를 저었다.

"난 네가 사냥꾼이 되기를 바라지는 않는다. 사실 뭐 사냥꾼이 되어서 나쁠 것도 없긴 하지. 하지만 넌 사냥꾼이 될 사람은 아니야."

"왜요? 저처럼 빨리 사냥하는 법을 배운 사람은 없을 걸요?"

"물론 그렇지. 재능으로 보자면 넌 세상에서 가장 뛰어난 사냥꾼이 될 수 있을 거다. 그러나 사람에겐 본래 자기 몫으로 타고난 삶이 있는 법이다. 내가 볼 때 넌 사냥꾼이 될 사람은 아닌 것 같아."

"가업이잖아요?"

"그깟 놈의 가업, 끊기면 어때. 신경 쓰지 마라. 제사나 받들면 조상에게 할 일은 다 한 거야. 사냥꾼의 업을 잇게 하겠다고 글도 제대로 가르쳐 주지 않았으니 제사상이나 받으면 조상들도 만족할 게다. 어쨌든 벼슬이 싫다면 넌 무슨 일을 하고 싶은 거냐?"

허산왕이 진지하게 물었다. 허소산은 허산왕이 허투루 말을 하는 것 같지 않자 신중하게 생각에 잠기더니 잠시 후 입을 열었다.

"뭐가 될 건지는 아직 모르겠어요. 하지만 일단 하고 싶은 일은 있어요."

"뭐지?"

"장사를 좀 배우고 싶어요."

"장사꾼이 되겠다고?"

허산왕이 얼굴을 찌푸리며 물었다.

"네."

"재물을 탐하는 거냐?"

허산왕이 걱정스런 표정으로 물었다.

"하하, 걱정 마세요. 재물 때문에 장사를 하려는 건 아니니까요."

"그럼 왜?"

"언젠가는 천하를 돌아보고 싶어요. 세상 사람들이 가보지 않은 곳까지요. 그러자면… 장사를 배우는 게 좋을 것 같아요. 본래 장사꾼이 가장 먼 곳까지 가는 법이잖아요."

"음, 그렇긴 하지. 그러니까 네 말은 장사를 해서 재물을 모으겠다는 것이 아니라 여행을 하고 싶다는 거지?"

"그렇지요."

허소산의 대답에 허산왕이 풀이 죽은 표정으로 말했다.

"산을 떠나고 싶다는 거구나."

"걱정 마세요. 당장은 아니잖아요."

"하지만 언젠가는 가겠지?"

"아버지랑 함께요."

"나도?"

"그럼요. 나 혼자는 절대 안 가요. 누가 날 지켜줘요, 아버지가 아니면?"

"하지만 난… 난 네게 방해가 될 거다. 내 외모는……."

"후후, 걱정 마세요. 지난번 백림촌에 갔을 때 들으니까 본시 장사꾼들은 아주 험악한 무사들을 일부러 고용한다고 하더라고요."

"내 외모도 쓸모가 있다는 말이냐?"

"외모뿐인가요? 전 아버지가 세상 누구보다도 현명하시다는 걸 알아요."

"무슨 말을! 난 글자도 모르는 무식쟁인걸!"

"그건 아버지가 일부러 글을 배우지 않으려 하시기 때문이잖아요."

"음… 그건 그렇지. 먹물이 들면 제대로 된 사냥꾼이 될 수 없으니까."

"어쨌든 제가 산을 떠날 때는 아버지도 함께 가시는 거예요? 그거 아세요?"

"뭘?"

"흰머리가 많이 나셨어요."

"그러냐?"

"아버지도 산을 떠나보실 때예요."

"흐흐, 죽기 전에 말이냐?"

"그런 말씀 마세요!"

허소산이 화난 표정으로 소리쳤다.

"이크! 알았다, 알았어. 아무튼 그런 생각이란 말이지. 그럼 이번 백림촌에 갔을 때 좀 알아볼까? 마침 다음 달 보름이 연중 가장 큰 장이 서는 날이니. 아, 전 대인도 오시겠구나. 그를 한번 만나보자."

"전 대인이라면……."

"음, 벽란도에 큰 상방을 가진 사람이지. 그의 만재방은 해동제일의 상가란다. 너도 보았지?"

"네, 두어 번 본 것 같아요."

"그 양반이 내 물건을 특히 좋아하니 이번에 가서 조언을 구해보자."

"알았어요. 그럼 내일 떠나는 건가요?"

"그래야지. 자, 그러니 오늘은 일찍 자자."

허산왕과 허소산 두 부자는 다음날 일찍 세 마리 말에 그동안 사냥해 모은 모피를 가득 싣고 산속 오두막을 떠났다. 허산왕은 백두 준령 속에 다섯 개의 오두막을 가지고 있었는데, 그들이 이번에 머문 오두막은 동북쪽에 치우쳐져 있어서 백림촌까지는 짧지 않은 길이었다.

오두막을 떠난 두 사람은 바삐 길을 재촉해 이틀이 지났을

때는 이미 백두의 남쪽 면에 이르러 있었다. 허산왕은 산세를
자신의 손금 보듯 하는 사람이었기에 보통 사람들이 알지 못
하는 지름길을 따라 빠르게 남쪽으로 이동했다.

그렇게 다시 삼 일을 이동하자 드디어 두 사람은 사람들의
왕래가 빈번한 관도에 다다랐다.

"음, 이젠 걱정이 없겠군."

관도에 도착한 허산왕이 안도의 한숨을 내쉬며 말했다.

"무슨 걱정이 있으셨어요?"

"산속에서야 걱정은 하나지. 산적들을 만나지 않을까 하
는……."

"산적을 만나도 전 걱정하지 않아요."

"오! 산적이 무섭지 않다는 거냐? 남자다운 소린걸?"

"그게 아니라 산적이 나타나도 아버지가 모두 물리칠 거잖
아요."

"응? 내가?"

"그럼요. 사실 아버지는 천하제일의 엽사면서도 또 아주 뛰
어난 무사나 마찬가지예요."

"그런 소린 처음 듣는구나."

허산왕이 어리둥절한 표정으로 말했다.

"예전에 절 구해주실 때 생각나세요?"

"아, 그때? 그럼 생각나지. 아들을 처음 만난 날인데 어찌 잊
을 수가 있겠느냐?"

"그때 아버지는 단숨에 마적들을 물리치셨잖아요. 그자들

은 무척 흉포한 놈들이었는데."

"음, 그때는 운이 좋았단다. 당시 놈들이 천년삼을 얻은 것에 흥분해 있어서 내가 접근하는 걸 몰랐던 거야. 그래서 일이 수월했지."

"그렇다고 해도 혼자 놈들을 물리치신 건 대단한 일이에요. 그러니 어떤 산적이 나타나도 전 걱정하지 않아요."

"하지만 소산아, 사람은 늙는단다. 난 그때보다 근력이 많이 떨어졌어. 그러니… 넌 너 자신을 지킬 힘을 길러야 해."

"걱정 마세요. 아버지께 배운 궁술과 검술이면 제 한 몸 지키는 것은 문제없어요."

"하긴 그렇지. 처음엔 체구가 작은 것이 걱정이었는데 천년 석목을 복용하고 나서는 아주 건강해졌어."

"그건 아버지가 드셨어야 했는데……."

"그런 말 말거라. 어린 네가 먹어야 옳은 거지. 나야 그동안 네가 캐온 귀한 약재들을 많이 먹었지 않느냐? 이번에 가져가는 약재도 제법 비싼 값을 받을 거야. 전 대인은 모피뿐 아니라 영산에서 나는 약재에도 관심이 많으니 이번엔 제법 많은 금자를 손에 넣을 수 있을 게다. 그럼 서책도 더 많이 살 수 있겠지?"

"송씨 아저씨가 새 책을 좀 구해놓으셨을까요?"

"지난번에 네가 특별히 부탁해 놓았으니 좋은 서책들을 구해놨을 거다. 넌 송 형 서점에서 가장 중요한 손님이니까."

"어떤 책을 구하셨을지 기대가 돼요."

"후후, 웬만한 책으론 우리 아들을 만족시킬 수 없지."

허산왕이 흐뭇한 시선으로 허소산을 바라보며 웃음을 흘렸다. 관도에 들어선 두 사람은 이제 좀 더 빠르게 남쪽으로 이동하기 시작했다.

백두에서 산을 따라 보름여를 이동한 끝에 두 부자는 연화산을 지나 무성한 자작나무 숲을 끼고 있는 한 마을에 도착했다. 백림촌이었다.

"드디어 도착했네요."

허소산이 긴 여행에 지쳤는지 두 팔을 벌려 백림촌을 안는 듯한 자세를 취하며 말했다.

"음, 그러게 말이다. 어이구, 벌써부터 장사꾼이 많이 모여 있구나. 아직 보름이 되려면 여러 날이 남았는데."

"부지런한 사람들이 귀한 물건을 얻게 되니까요."

"이제 곧 있으면 가을이 올 거고, 장진강이 얼면 배가 뜨지 못하니 이번이 북쪽의 상인들에겐 올해 마지막 기회인 거지."

"요동의 상인들은 고려삼도 밀매한다면서요?"

"음, 간혹 그런 일이 있지. 소금과 삼은 이문이 많이 남는 물건이니까. 그래서 어쩌면 이번엔 백림촌에 관원이 나와 있을 수도 있단다."

"우린 뭐 상관없는 일이니까요."

"하긴 그렇지. 자자, 얼른 가자꾸나. 집 꼴이 어떨지……."

허산왕이 걱정스런 표정을 지으며 걸음을 재촉했다.

자작나무 숲으로 둘러싸인 백림촌 동쪽 장진강으로 흘러드는 작은 개울을 끼고 제법 커다란 집 한 채가 서 있었다. 산촌에서 보기 힘들게 기와를 얹은 집이었는데, 그렇다고 고관대작이 사는 집처럼 화려해 보이지는 않았다.

그 집 앞에서 허산왕과 허소산이 걸음을 멈췄다. 이곳이 바로 백림촌에 있는 엽사 허씨 집안의 본가였다.

"어디 허물어진 데는 없지?"

"멀쩡해 보이는데요. 괜히 걱정했나 봐요."

허산왕의 물음에 허소산이 집 이곳저곳을 돌아보며 말했다.

"음, 역시 기와를 얹기 잘했어. 기와를 얹어놓으니 오래 집을 비워도 멀쩡하구나. 자, 어서 짐을 내리자. 그리고 오늘은 푹 쉬자꾸나."

"네, 아버지."

허소산이 힘차게 대답을 하고는 자신이 먼저 말 위에 실려 있는 짐들을 내리기 시작했다.

第三章
구리거울(銅鏡)

　허소산 부자가 백림촌에 도착한 지 사흘이 지나자 백림촌으로 모여드는 상인의 숫자가 점점 많아지기 시작했다. 마을 아래쪽으로 크고 작은 상인들의 천막이 세워지더니 그 천막의 행렬이 길게 장진강까지 이어졌다.

　상인들이 늘어나자 허산왕을 찾는 사람도 하나둘 생기기 시작했다. 큰 장을 앞두고 백림촌에 모피를 공급할 수많은 엽사들이 모여들었지만 그들 중 누구도 허산왕만큼 질 좋은 모피를 가지고 있지 못했다.

　허산왕의 모피가 귀중한 대접을 받는 것은 그가 다른 엽사들이 잡기 힘든 사냥감들을 사냥하기 때문이기도 하지만, 또한 그의 뛰어난 사냥술로 인해 그의 모피에는 사냥할 때 생긴 흉터가 거의 없고 모피의 보존 상태도 다른 엽사들과 달리 몹시 뛰어나기 때문이었다.

허산왕의 집안은 대대로 엽사로서 최고의 실력은 인정받아온 집안이라 사냥뿐 아니라 모피를 다루는 데에도 독보적인 기술을 가지고 있었던 것이다.

그러나 허산왕은 자신을 찾아오는 상인들에게 단 하나의 모피도 넘기지 않았다. 개중에는 위협 삼아 호위무사들을 거느리고 방문한 상인들도 있었지만 그들조차도 허산왕의 험악한 인상과 담대함에 눌려 소득없이 물러가곤 했다.

그렇게 백림촌이 사방에서 몰려드는 장사치들로 북적이기 시작하는 동안 허소산은 백림촌 유일의 서점인 송가서점을 매일같이 들락거리고 있었다.

"소산, 또 왔느냐?"

오늘도 어김없이 송가서점의 문을 연 허소산의 귀에 서점 주인 송고구의 목소리가 들렸다.

"이거 가져왔어요."

허소산이 품 안에 잔뜩 안고 온 서책을 내려놓았다.

"나보고 다시 사라고?"

"하하, 아니에요. 어차피 전 다 읽은 책이니 그냥 드리려고요."

"저런, 하지만 아무리 읽은 책이라도 다음에 다시 보고 싶을 때가 있을 텐데?"

"그건 걱정 마세요. 이 머릿속에 모두 들어 있으니까요."

"아이쿠야! 그게 정말이냐?"

"그럼요."

"저런, 쯧쯧!"

송고구가 혀를 찼다. 그러자 허소산이 의아한 얼굴로 송고구를 보며 물었다.

"글을 외우고 있는 게 무슨 문제가 되나요?"

"아니다, 아니야. 단지 너와 같은 천재가 사냥꾼이 될 거란 생각에 안타까워서 그러지. 산왕 그 사람도 참 무심하지. 왜 널 사냥꾼으로 만들려는지……."

"아버지가 제게 사냥꾼이 되라고 하시는 건 아니에요. 오히려 대처로 나가 글을 더 배우라고 권하기도 하시는 걸요."

"정말이냐? 그런데 넌 왜 산에 남아 있는 거지?"

"산이 좋아서요. 그리고… 아버지와 함께 있는 게 무엇보다 중요하니까요."

"음, 네 효성이야 이미 알고 있지만 그렇다고 네 인생을 산에서만 보내는 것은 썩 좋은 일이 아니다."

"전 그렇게 생각하지 않아요. 평생 산에서 살아도 좋은 것 같아요. 하지만 뭐 저도 산에만 머물지는 않을 거예요."

"응? 그게 무슨 말이냐?"

"어쩌면… 조만간 산을 내려올지도 몰라요."

"무슨 일이 있는 거냐?"

송고구가 호기심이 동한 표정으로 물었다.

"장사를 해볼까 해요."

"장사?"

허소산의 말에 송고구가 뜻밖이라는 듯 되물었다.

"네."

허소산이 고개를 끄덕이며 서간이 있는 곳으로 걸음을 옮겼다. 그러자 송고구가 허소산을 뒤따르며 물었다.

"의외구나. 네가 재물에 관심이 있는 줄 몰랐는걸."

"돈 싫어하는 사람 있나요?"

"그렇긴 하지만……."

"하하, 사실은 돈보다 여행에 관심이 있어요."

"여행?"

"네. 대상(大商)이 되면 세상 곳곳을 가볼 수 있잖아요. 아버지랑 그렇게 세상 구경을 좀 하려고요. 그래서 말인데… 가볼 만한 곳을 기록한 서책은 없나요?"

"글쎄다……. 가만 있자, 날 따라와 보거라."

송고구가 허소산을 이끌고 서점의 안쪽으로 깊이 들어갔다. 그리고는 산더미처럼 쌓여 있는 서책들을 이리저리 들추더니 하나의 서책을 꺼내 들었다.

"이게 어떨까?"

"천하지지(天下地誌)?"

서책은 질긴 기름종이로 기록되어 있어 오랜 세월 묵었음에도 불구하고 그 형태를 온전히 유지하고 있었다.

"오 년 전인가? 벽란도에 갔을 때 거래를 잘못해 패가망신한 장사치에게 산 거란다. 그 자신이야 대단히 소중한 책이라

고 했지만 그야 관심있는 사람에게나 그런 것이고… 공맹의
도를 담지 않은 이상 중한 책이라고 할 수 없지."

송고구는 서점을 하고 있긴 하지만 유학에 깊이 빠져 있어
은거학사를 자처하는 사람이었다.

"좋군요."

천하지지를 몇 장 들춰보던 허소산이 만족한 듯 말했다.

"좋아?"

"네. 천하 각 곳의 정보를 세세하게 기록하고 있어요. 이거
라면… 나중에 여행을 할 때 큰 도움이 되겠어요."

"음, 쓸 만하다니 다행이구나."

"그럼 이거하고… 지난번에 부탁드린 것은……?"

"아, 의서(醫書) 말이냐?"

"네."

"구하긴 했다면 굳이 의서까지 읽을 필요가 있겠느냐? 그
시간에 성현의 글을 한 줄 더 읽는 것이 나을 텐데."

송고구는 유학의 경전 이외의 서책은 모두 잡서로 취급하는
사람이었다. 굶지 않고 살기 위해 잡서도 팔고 있기는 하지만.

"사람이 어디 밥만 먹고 사나요?"

"하하하, 그 말도 맞구나. 의술도 익혀두면 쓸모가 있지. 대
저, 예부터 이름난 학자들은 의술에도 통달했으니. 오너라."

송고구가 이번에는 서점 중앙, 그가 하루 종일 시간을 보내
는 계산대로 허소산을 데려갔다. 그리고는 몇 권의 서책을 서
탁 위에 올려놨다.

"뭐, 귀한 것들은 아니다. 이것저것 구해봤다만……."

허소산은 송고구가 올려놓은 서책들을 하나하나 들춰보기 시작했다. 그러다 서책 하나에 눈길이 머물렀다.

"독집(毒集)?"

"아, 그거? 독초와 독충에 관한 서책인 모양이더라. 의원들은 독초에 대한 공부도 하는 것이 보통이니까. 간혹 독이 약으로 쓰이기도 하지."

"흥미롭군요."

"한번 읽어보아라. 너도 약초를 다루니."

"그래야겠어요. 독초 중에도 간혹 귀한 것이 있으니까요."

허소산이 고개를 끄덕이며 송고구가 내놓은 책들 중 독집을 포함해 세 개를 집어 들었다.

"이렇게요. 값은 나중에 치를게요."

"아직 모피를 넘기지 않은 모양이구나."

"네."

"하긴 허 형의 모피는 세상에서 가장 질이 좋으니 대상들이 모두 모일 때까지 기다리는 게 좋겠지."

"서책의 값은 제가 모은 약재를 팔아 마련할 거예요."

"그야 뭐 항상 그랬으니까. 그런데… 삼도 있냐?"

"다섯 뿌리 정도 가져왔어요. 필요하세요?"

"음, 사실 최근 들어 집사람의 몸이 좋지 않아서……."

"하나 가져올게요."

"그럼 책값은 그걸로 퉁 치는 거다?"

"하하하, 이제 보니 아저씨야말로 장사꾼이 되셔야겠어요. 제가 가져온 삼은 모두 오십 년 이상 된 것들이라고요. 그런데 겨우 책 네 권으로요?"

"후후후, 책보다 귀한 것이 세상에 어디 있겠느냐? 하지만 오십 년 근 삼 역시 귀하니 앞으로 열 권의 책값을 감해주마. 어떠냐?"

"알았어요. 요즘 송 아저씨는 장사가 썩 안 되는 것 같으니 제가 손해를 보지요."

"예끼, 이놈! 벌써부터 장사치 흉내를 내느냐?"

"하하하, 삼은 내일 가져올게요."

허소산이 얼른 서점을 벗어나며 소리쳤다.

"오냐. 내일 보자."

송고구가 기분 좋은 목소리로 인사를 받으며 손을 흔들었다.

송가서점에서 서책을 구해온 허소산은 하루 종일 자신의 방에 틀어박혀 서책을 읽었다. 허산왕은 그런 허소산을 흘깃흘깃 방문 틈 사이로 지켜보며 대견한 표정으로 엷은 미소를 흘리곤 했다.

"흐흐, 정말 행운이야. 저렇게 똑똑한 아들을 얻다니. 세상에 부러울 것이 없단 말이지. 이번에 돈을 좀 만지면 소산이 옷을 몇 벌 해 입혀야겠어. 옷이 날개라고 제대로 차려입으면 소산이만 한 아이는 세상에 없을 거야. 암, 그렇지. 글 잘하고

잘생기고. 호호호!"

허산왕이 연신 흐뭇한 실소를 흘리고 있을 때 문득 문밖에서 사람의 인기척이 느껴졌다.

"누가 왔소?"

허산왕이 얼굴에 웃음을 거두며 소리쳤다. 그러자 세 명의 사내가 허산왕의 집으로 들어섰다.

"계셨구려."

세 사내 중 하나가 마당으로 들어서며 허산왕에게 아는 척을 했다.

"아, 장 대행수께서 오셨군요."

허산왕이 자리에서 일어나며 사내를 맞아들였다.

"허 엽사께서 이미 집에 와 있다는 소식을 듣고 대인께서 얼른 찾아뵈라 재촉을 하시더이다. 허 엽사의 물건을 다른 사람에게 빼앗기기 싫다시면서. 하하하!"

"전 대인께서 오신다면 다른 사람에게 물건을 넘길 일은 없지요. 그렇잖아도 기다리고 있었습니다."

"물건은 어느 정도요?"

"상품의 모피가 삼십여 장입니다."

"호, 대단하구려!"

"백림촌에 내려온 것이 반년 만이니."

"그럼 그간 계속 산에 계셨단 말이오?"

"그렇습니다."

"허허, 허 엽사께선 산신이 다 되었다는 소문이 있던데 정말 그런 모양이구려."

장 대행수라 불린 사내가 짐짓 과장된 감탄사를 흘리는 사이 방문 틈으로 밖의 동정을 살피던 허소산이 아예 문을 열고 밖으로 나왔다. 그러자 장 대행수가 호기심이 어린 눈으로 허소산을 바라봤다.

"누구……?"

"제 아들입니다. 소산아, 인사드려라. 전 대인이 이끄시는 만재방의 제일대행수님이시다."

허산왕의 말에 허소산이 공손하게 고개를 숙여 보였다.

"처음 뵙겠습니다. 허소산이라고 합니다."

"음, 허 엽사께 아들이 있다는 소리는 처음 듣는구려."

"오 년 전에 인연이 닿아 부자의 연을 맺은 아이지요."

허산왕이 뿌듯한 표정으로 말했다.

"아, 그러셨구려. 그런데 오 년 전이라면 한 번쯤 봤을 것도 같은데……."

"그동안은 바깥출입을 시키지 않았지요. 녀석이 싫어하기도 하고."

"그렇구려. 반갑구나. 난 장익이라고 한단다."

"앞으로 잘 부탁드리겠습니다."

"어허, 제법 강단이 있어 보이는구나. 하긴 허 엽사의 아들이니 당연한 일이겠지."

"대행수께서는 부디 이 아이의 물건에도 한번 관심을 두어 주십시오."

"허허, 부자가 달리 사냥을 하십니까?"

"하하하, 이 아이의 물건은 모피가 아니라 약재입니다. 본래부터 약초에 대해선 천재 소리를 들었던 아이라 제법 귀한 약재를 많이 가져왔지요. 아마… 이번 장에서 이 아이 것보다 좋은 약재는 구할 수 없을 겁니다."

"그렇소이까? 그럼 한번 봅시다."

"내일 아들과 함께 전 대인을 찾아뵙지요. 그때 물건을 보여드리겠습니다."

"알겠소이다. 그럼 내일 뵙지요. 혹여 다른 사람에게 물건을 넘기시면 안 되오. 그러면 내가 아주 곤란해지니 말이오."

"하하하, 걱정 마십시오. 만재방이 온 이상 만재방 이외의 곳에 물건을 넘길 일은 없을 겁니다."

"고맙소이다. 그럼 안심하고 돌아가겠소이다."

"내일 뵙지요."

허산왕의 말에 만재방의 제일대행수 장익이 가볍게 고개를 숙여 보이고는 허산왕의 집을 벗어났다.

"어떠냐?"

장익이 멀어지자 허산왕이 허소산에게 물었다.

"다른 사람들과는 조금 다르군요."

"그렇지?"

"상인치고는 너무 도도한 듯도 하고……."

"잘 봤다. 전 대인이 이끄는 만재방에는 일곱 명의 대행수가 있다. 그들은 모두 특별한 재주를 지닌 자들인데, 그중에서 저

장 대행수는 무공이 특출나게 뛰어난 것으로 알려진 사람이다. 그래서 다른 장사치들과는 조금 다른 면이 있지."

"무인이란 말인가요?"

"무인이라면 무인이지. 하지만 출신이 상인이니 강호의 무인들과는 다르다고 할 수 있다."

"그렇다면 전 대인은 왜 그를 아버지께 보낸 거지요? 혹 위협이라도 하는 건가요?"

"하하, 그렇지는 않다. 그가 비록 검을 잘 쓴다 해도 내가 겁을 먹을 사람은 아니지."

"맞아요. 아버지는 호랑이도 잡으시는 분인데요."

"후후후, 그가 호랑이보다 세긴 하다. 어쨌든 전 대인이 그를 내게 보낸 것은 내가 예전에 그와 약간의 인연을 맺었기 때문이란다. 십오 년 전 그가 만재방의 사람들을 이끌고 북쪽으로 상행을 나갔을 때 내가 약간의 도움을 준 적이 있다. 그 인연으로 만재방과 거래를 하게 된 것이란다."

"무슨 도움인데요?"

"길을 잃고 마적 떼의 습격을 당하고 있을 때 내가 좀 도와줬지."

"하하, 아버지는 마적을 상대하면 언제나 좋은 인연이 찾아오는군요."

"허, 그런가? 생각해 보니 그렇군. 만재방과도 거래를 트게 되었고, 아들도 생겼으니. 하하하! 다른 사람들에겐 몰라도 내겐 마적이 행운인 셈이구나. 자, 그럼 내일 전 대인에게 가져갈

물건을 챙겨놓자꾸나. 네 물건은 네가 챙기거라. 난 약재에 대
해선 문외한이니."

"알았어요."

"창고로 가자."

두 사람이 그들의 거처 뒤쪽에 있는 창고로 자리를 옮겼다.
두 사람이 산에서 가져온 물건은 집 뒤편의 창고로 쓰이는 건
물에 들어 있었다. 창고는 제법 커서 사방 십여 장의 넓이가
되었다.

창고에는 두 사람이 산에서 가져온 물건만 있는 것이 아니
라 대대로 허씨 집안에 전해 내려오는 사냥 도구들과 선조들
이 사방에서 얻어 들인 물건도 함께 보관되어 있었다. 허소산
은 가끔 이 창고에 들러 신기한 물건들을 찾아내곤 했기에 어
떤 면에서 놀이터와 같은 장소기도 했다.

창고에 들어선 두 사람은 부지런히 내일 가져갈 물건들을
챙기기 시작했다. 질 좋은 모피들은 허산왕의, 산에서 가져온
약재들은 허소산의 몫이었다. 허소산은 약재를 특성에 따라
다섯 가지로 나눴는데, 그 쓰임새를 구분하는 능력이 저잣거
리의 웬만한 의원을 뛰어넘는 것이었다. 더군다나 약재마다
그 보관 방법을 달리해 그의 약재를 사는 의원들은 언제나 어
린 허소산의 약재 다루는 솜씨에 감탄하고는 했다.

"나는 다 끝났는데 너는 아직 멀었냐?"

약재를 다루는 것보다는 모피를 다루는 것이 훨씬 수월한

일이기에 허산왕이 일을 일찍 끝내고 허소산에게 물었다.

"전 좀 더 걸려요."

"음, 그래? 그러면 보자. 오랜만에 창고를 좀 정리해야겠군."

허산왕이 오래된 물건들로 가득 찬 창고 안쪽을 보며 말했다.

"나중에 같이 해요."

"아니다. 시간 날 때 잠깐 하면 되지."

허산왕이 안쪽으로 걸어 들어가 이내 먼지 쌓인 물건들에 손을 대기 시작했다.

허소산이 약초를 정리하고 허산왕은 창고 안쪽을 정리하기를 이각여. 허소산도 얼추 약초 정리하는 일을 마치고는 허산왕이 있는 곳으로 걸음을 옮겼다.

"다 됐느냐?"

과거에 쓰던 무거운 사냥 창 두 개를 동시에 들어 올리며 허산왕이 물었다.

"네, 끝났어요. 그런데 제가 도울 건 없나요?"

"뭐, 창고 정리야 해봐도 그게 그거지. 저것들만 정리하고 나가자꾸나."

허산왕이 벽 한쪽에 쌓여 있는 작은 물건더미들을 가리키며 말했다.

"아주 오래된 건가 봐요?"

"그럴 게다. 한 십 년쯤 그대로 쌓여 있었던 것 같은데… 요즘 들어 그쪽에서 쥐 소리가 자주 나더구나. 아래에 있는 물건들은 상했을지도 모르겠다."

허산왕의 말에 허소산이 호기심이 동하는 얼굴로 먼지 쌓인 물건들에 손을 대기 시작했다. 몇 개의 자기와 작은 칼들, 그리고 가끔 날카로운 화살촉도 모습을 드러냈다.

"이 화살촉들은 조금 다른데요?"

"어디 보자."

허산왕이 허소산으로부터 화살촉을 받아 들었다.

"음, 이건 독촉이다."

"독촉이요?"

"그래. 예전에는 사냥에 독화살을 이용하는 경우가 있었다. 독화살을 이용하면 사냥감을 마비시켜 사나운 맹수도 쉽게 사냥할 수가 있지."

"그런데 왜 지금은 그렇게 하지 않죠?"

"그야 독을 쓸 줄 모르니까. 독화살로 사냥을 할 줄 아는 사람은 우리 허씨 집안 조상 중에서도 두어 명에 지나지 않았다고 하더구나."

"음, 독이라……."

허소산이 깊은 눈으로 독화살 촉을 살피며 중얼거렸다.

"너라면 혹 나중에라도 독을 쓸 수 있을지도 모르겠구나. 넌 약초에 능통하니. 의술도 좀 알고."

"나중에 한번 시도해 봐야겠어요. 마침 독에 관한 서책도 얻었거든요."

"그래? 독을 쓸 수 있으면 좋지. 하지만 독은 사냥감뿐만 아니라 사냥꾼에게도 위험한 것이라 조심해야 한다."

"알았어요. 보자. 또 뭐가 있나?"

허소산이 다시 물건더미를 뒤지기 시작했다.

쟁그렁!

문득 맑은 충돌음이 일어나며 물건더미에서 먼지에 쌓인 구리거울 하나가 바닥에 떨어졌다.

"동경이네요?"

허소산이 동경을 주워 들며 말했다.

"그 물건이 거기 있었구나. 난 잃어버린 줄 알았는데……."

"사연이 있는 물건인가요? 아! 전혀 낡지 않았어요. 보세요."

허소산이 놀란 표정으로 허산왕에게 동경을 내밀었다. 과연 손으로 살짝 먼지를 걷어내자 동경은 투명할 만큼 맑은 몸체를 드러냈다.

"본래 우리 집안 여인들이 쓰던 구리거울인데 어머니가 돌아가시고 나서는 쓸 사람이 없었지. 아무튼 육대존가 칠대존가 모르겠는데, 허덕송이란 조상님이 백두의 한 동굴에서 얻은 물건이란다. 나중에 네가 장가들면 네 안사람에게 주거라."

"그런데 글이 있는데요?"

"글?"

"네. 보세요."

허소산이 허산왕 앞에 동경을 더 가까이 들이댔다.

"맞아! 그 구리거울에 글이 새겨져 있었지. 가끔 어머님이 글씨 때문에 얼굴 모양이 일그러져 보인다고 불평을 하셨어."

"무슨 내용이죠?"

"나야 모르지. 나뿐 아니라 선조들도 그 글의 내용을 모르셨단다. 알다시피 우리 집안은 대대로 글을 익히지 않았으니까. 사냥꾼이 글을 많이 읽으면 헛바람이 든다고 해서 말이야. 그러고 보니 너라면 그 구리거울에 새겨진 글을 알아볼 수 있겠구나."

"음, 가져가서 한번 살펴봐야겠어요."

"그러려무나. 심심풀이로 좋을 게다. 자, 그만 나가자."

"더 정리 안 하고요?"

"다음에 또 하지, 뭐. 저녁 지을 시간 아니냐?"

창고 밖에 어느새 붉은 노을이 드리워지고 있었다.

백림촌 본가에서는 산에서와 달리 허산왕과 허소산은 각기 다른 방을 썼다. 엽사 허씨 가문의 수백 년 된 본가인만큼 집이 제법 커서 서로 다른 방을 써도 아무런 문제가 없었다. 더군다나 허소산은 백림촌의 본가에 오면 송가서점에서 가져온 책을 밤늦게까지 읽는 편이었으므로 방을 따로 쓰는 것이 서로에게도 좋았다.

촛불이 허소산의 방문에 그림자를 만들며 흔들리고 있었다. 대청마루를 가운데 두고 마주 보고 있는 허산왕의 방은 불이 꺼진 지 이미 오래였다.

"이상한 글이다."

문득 허소산의 낮은 목소리가 흘러나왔다. 허소산은 다른 때와 달리 서책이 아니라 낮에 창고에서 찾은 구리거울에 얼굴을 파묻고 있었다. 오래되었다지만 갓 만든 것처럼 깨끗한 구리거울은 허소산의 얼굴을 모공까지 섬세하게 비추고 있었다.

그러나 허소산의 관심은 거울에 비친 자신의 얼굴이 아니라 그의 얼굴을 조금씩 일그러뜨리는 구리거울의 글씨에 가 있었다. 글씨들은 아주 오래전에 새겨진 것인 듯 요즘에는 잘 쓰지 않은 고어(古語)가 포함되어 있었다.

백림촌에서는, 아니, 어쩌면 그 또래 나이의 아이들 중에서는 짝을 찾을 수 없을 만큼 글을 많이 알고 있는 허소산조차도 가끔 동경에 쓰인 고어를 알아보지 못해 한동안 시간을 소비해야 할 정도였다.

그런데 그렇게 어렵게 읽어낸 동경의 글들은 허소산이 예상했던 것과는 전혀 다른 의미를 가지고 있었다. 처음 허소산은 동경의 글들이 몇 구절의 시구일 거라고 생각했었다. 가끔 도자기나 거울에 장식 삼아 시구를 새기는 일이 종종 있었기 때문이다. 그러나 동경에 새겨진 글들은 시가 아니었다.

"천독공이라……. 독을 다루는 방법을 적은 것인가?"

허소산이 고개를 갸웃하며 중얼거렸다. 동경에 쓰여 있는 글들은 모두 독에 관한 것이었다. 그런데 그렇다고 의원들이 다루는 독서는 아니었다. 독서라면 오늘 허소산이 송가서점에서 구해온 독집(毒集)처럼 천하에 산재한 독초, 독충, 독물에 대해 기록하고 그 독의 특징들과 쓰임새, 그리고 다루는 방법을 기록하는 것이 보통이다. 그런데 구리거울에 쓰여 있는 글들은 일반적인 독서(毒書)와는 전혀 다른 내용을 지니고 있었다.

"이건… 이 글들이 정말이라면, 이 비결들은 독을 사람의 몸속에 흡수하고 간직해 다시 방출하는 방법을 나타내고 있다. 마치 무인들이 수련을 통해 기를 쌓듯이. 이건… 무공이야."

허소산도 무공을 수련하는 무림인에 대해서는 소문으로 들어 알고 있었다. 그 나이 또래의 아이들에게 무인은 선망의 대상이었다. 하늘을 날고 땅을 가른다는 믿지 못할 이야기를 들을 때마다 가슴 뜀을 느끼지 않는 아이는 없었다.

아니, 그렇게 바람 속에 섞여 들려오는 꿈같은 무인들의 활약이 아니더라도 허소산의 눈앞에도 현실적인 무인들이 존재했다. 당장 내일 만나게 될 전 대인의 만재방에도 솜씨가 뛰어난 무인이 여럿 고용되어 있다고 알려져 있었다.

아니, 그렇게 다른 곳에서 찾을 필요도 없었다. 그의 아버지 허산왕조차도 그 검과 활이 짐승이 아니라 사람을 향한다면 제법 뛰어난 무인이라고 할 수 있었다. 그러니 허소산에게 무인이란 그리 낯선 존재가 아니었다.

그러나 구리거울에서 말하고 있는 무공은 그렇게 허소산이 가까이에서 볼 수 있는 무인들이 사용하는 무공과는 전혀 다른 유형의 무공이었다. 구리거울의 무공은 독을 사용하여 진기를 모으는 무공이었던 것이다.

물론 강호에 독술에 능한 무인이 있다고는 하지만 이렇게 독을 양기나 음기처럼 진기의 한 줄기로 사용하는 무공이 있을 거라고는 전혀 생각지 못한 허소산이었다.

"독이 진기가 되기도 하는구나. 참으로 오묘한 무공이다. 그런데… 이것이 정말 익힐 수 있는 무공인 걸까?"

허소산이 의혹을 드러냈다. 그러면서도 한편으로는 작은 기대감이 얼굴에 서렸다. 무공을 익힌다는 것은 허소산에게도 꿈같은 일이기 때문이었다.

"자세히 좀 보자."

허소산이 처음부터 차근차근 구리거울에 쓰인 그들을 다시 해석하기 시작했다. 글을 모두 안다고 해도 그 의미들이 워낙 난해하고 추상적이어서 당장 동경에 새겨진 글의 모든 것을 이해할 수는 없었지만, 시간 가는 줄 모르고 동경의 글에 매달린 허소산은 그날 밤이 지났을 때 얼추 동경의 글들을 이해할 수 있었다.

동경의 글은 천독공이라는 독공을 설(說)하고 있었다. 그리하여 구리거울의 이름조차도 천독경(天毒鏡).

독경에 새겨진 천독공의 비결은 모두 다섯 개의 구절로 이루어져 있었다. 그 다섯 개의 구절은 독정(毒井), 독류(毒流), 산독(散毒), 무형독(無形毒), 심독(心毒)이라는 이름을 지니고 있었다.

"첫 번째 독정(毒井)의 비결은 사람의 몸속에 독을 들여 그 기운으로 공력을 쌓는 방법이구나. 마치 무인이 진기를 쌓듯이 손에 닿는 모든 독을 몸속에 간직하고 그 기운을 모으는 방법. 보자. 이 독정의 단계를 백인독이라 썼네. 그렇게 모인 독의 기운이 십성에 이르면 한 번 발출로 백 인을 상하게 할 수 있다? 글대로라면 정말 무서운 독공이다."

허소산이 혀를 내둘렀다. 한 번에 백 인을 살상할 수 있는 독공이라니 그 무공의 무서움보다 사람 백 인을 한 번에 죽인다는 잔혹함에 소름 끼치는 허소산이었다.

"익혀도 쓰기는 어려운 무공이겠어."

허소산이 고개를 저으며 중얼거렸다. 그러나 천독공의 다음 네 단계에 비하면 독정의 단계는 오히려 인간적인 비결이라고 할 수 있었다.

"독류(毒流), 이건 천인독이라니 천 인(千人)을 상하게 한다는 거군. 몸 안에 쌓인 독들을 전신의 기경팔맥으로 흐르게 해 몸을 강하게 하고 독의 기운을 도검처럼 유형의 기운으로 만들어 쓸 수 있다라……. 정말 사실일까?"

천독공 두 번째 단계인 독류부터는 기실 허소산을 의심에 들게 하는 무결들이었다. 허소산으로선 믿을 수 없는 경지들이 나열되어 있기 때문이었다. 독류는 몸에 쌓인 독기를 이용해 체외에 유형의 기운을 만들어내는 단계인데 한 번에 천 인을 죽일 수 있는 무공이라 적고 있었다.

세 번째 단계인 산독(散毒)으로 넘어가면서 천독공은 더욱 무서운 무공으로 변했다. 손을 쓰지 않고도 몸의 독기를 자유자재로 발출할 수 있는 이 단계에 이르러서 천독공은 만인독이라는 표현을 쓰고 있었다.

그러나 네 번째 단계인 무형독(無形毒)에 비하면 앞의 세 구절은 그나마 인간적인 무공이라고 할 수 있었다.

"무형독, 체내의 독기를 단련해 무색무취의 독기로 만들고 그 독을 단지 의지만으로 사용할 수 있다니, 이런 일이 과연 가능한 걸까? 만약 가능하다면 천하에 이 무공을 당해낼 사람은 없을 거야."

허소산이 마치 이미 자신이 무형독의 경지에 이른 듯 촛불 그림자가 드리워진 문 쪽을 바라보며 중얼거렸다. 그러다 잠시 후 다시 동경으로 시선을 돌린 허소산이 고개를 갸웃하며 중얼거렸다.

"이 마지막 다섯 번째 비결은 뭘 의미하는 것일까?"

구리거울에 새겨진 천독공의 마지막 단계인 심독의 비결에는 오직 한 줄의 글귀만이 새겨져 있었다.

만 가지의 독 중 가장 무서운 독은 심독(心毒)이라.

심독을 다루는 자, 천하를 얻게 되리라. 그러나 이 경지는 오직 신만이 이르는 경지. 인간의 마음을 주재하는 것은 오직 신뿐이기 때문이니.

"심독이란 게 과연 존재하는 걸까? 말 그대로라면 마음의 독이라는 건데… 이건 무공 비결이랄 수 없겠구나. 그렇다면 이 천독공은 결국 네 개의 단계로 이뤄진 무공이란 것이군. 그런데… 정말 이 무공을 익힐 수 있을까? 아니, 그것보다 익혀도 되는 걸까?'

허소산이 가만히 손을 들어 구리거울에 새겨진 글귀들을 어루만지며 중얼거렸다. 어느새 창밖으로 새벽빛이 스며들고 있었다.

"무공?"

아침을 먹다 말고 허산왕이 의아한 얼굴로 물었다.

"네."

"갑자기 무공은 왜?"

"그냥… 오랫동안 사냥을 가업으로 해왔으니 자연히 무공이 필요하지 않았을까 해서요."

"음, 뭐, 그런 걸 따로 익힐 필요가 없었지. 우리 허씨 집안은 어려서부터 산을 타고 사냥을 해서 웬만한 무림인보다 칼을 잘 쓰니까 마적들 따위 몇은 문제없어. 너도 알지 않느냐?"

"그야 그렇지만 혹 정식으로 무공으로 익혀볼 생각은 없으셨어요?"

"음… 젊은 시절 한때 그런 생각을 한 적은 있다. 내 외모가 무림에서는 그래도 쓸모가 있지 않을까 해서. 몇 번 무림에 연을 둔 사람들의 권유도 있었지. 내 몸이 아깝다나 어떻다나.

얼굴은 이래도 몸은 제법 쓸.만하니까."

"그런데 왜 무공을 익히지 않으셨어요?"

"그냥… 조금 두려웠다.

"두려웠다고요? 아버지가요?"

허소산이 믿을 수 없다는 얼굴로 되물었다. 허소산은 허산
왕과 부자의 연을 맺은 이후 허산왕이 무엇인가를 두려워하는
것을 본 적이 없었다.

"정말이다. 난 두려웠다."

"도대체 누가요?"

"내 자신이."

"네?"

"너도 알다시피 난 내 외모에 대해 심한 열등감에 시달렸다.
그래서 아예 더 깊은 산으로 들어간 거고. 그러나 산으로 들어
갔다고 해서 날 괴물 취급하던 사람들에 대한 분노가 사라진
것은 아니었다. 난 내가 무공을 익힌다면 소위 말하는 대마인
이 될 것 같다는 생각을 했다. 난 그게 두려웠어. 외모만이 아
니라 심성까지 마인이 될까 봐서. 먹고살려고 사냥을 한다지
만 사람 사냥꾼이 되긴 싫었단다."

허산왕의 말에 허소산이 미소를 지으며 고개를 끄덕였다.

"역시 아버지예요. 하지만 제 생각은 좀 달라요."

"뭐가 말이냐?"

"아버진 무공을 익히셨어도 절대 대마인 같은 건 되지 않으
셨을 거예요."

"왜 그렇게 생각하지?"

"아버지가 누구보다 의지가 굳은 분이란 걸 알고 있으니까요. 어느 책인가에서 보니까 본래 마인이란 의지가 약한 사람들의 도피처 같은 것이래요. 아버진… 절대 누굴 함부로 해칠 사람이 아니에요."

"정말?"

"그럼요. 그래서 전 아버질 존경해요."

"흐흐, 정말이지?"

"제가 왜 거짓말을 하겠어요. 전 아버지가 자랑스러워요."

"고맙구나. 난 솔직히 널 아들로 삼으면서도 네가 날 부끄러워할까 봐 걱정이 많이 되었단다. 무식하고 추하게 생겨서."

"괜한 걱정을 하셨네요. 아버진 누구보다 좋은 분이세요."

"고맙구나."

허산왕이 상 위로 손을 건네 허소산의 손을 굳게 잡았다. 그러자 허소산 역시 허산왕의 손을 마주 잡으며 말했다.

"그런데 아버지."

"왜?"

"제가 무공을 익히는 것은 어때요?"

"네가?"

"예."

"왜 갑자기 무공을……?"

"그냥 갑자기 관심이 생겨서요. 장사를 하려면 필요할 것 같기도 하고…….”

“음, 대상을 꾸리려면 무사들이 필요하기는 하지. 뭐, 나쁠 것은 없을 것 같다. 그러나 사냥술을 익히는 것과 무공은 다른 면이 있어. 먼저 어떻게 무공을 익히지? 모든 일이란 시작이 중요해서 무공도 좋은 스승을 만나야 좋은 무공을 익히는 법인데. 아무에게나 무공을 배워서야 사냥술보다도 못할걸. 백림촌에도 무관이 두 군데 있기는 하지만 거기서 배울 건 없을 거다. 그곳의 관주들이야 내 상대도 안 될 테니까.”

“그렇긴 해요. 그런데 아버지, 이 구리거울 말이에요.”

허소산이 어젯밤 밤을 새워 들여다본 동경을 꺼냈다.

“응, 그게 왜?”

“여기 새겨진 글들… 사실 이거 무공 비결 같아요.”

“뭐, 뭐라고?”

허산왕이 놀란 눈으로 동경을 바라봤다.

“어제 제가 자세히 살펴봤는데 독으로 무공을 익히는 방법인 것 같더라고요.”

“독으로 무공을 익혀? 난 무공에 대해선 잘 모르지만 독으로 무공을 익힌다는 말은 처음 듣는구나. 그게 가능한 얘기냐?”

허산왕이 의혹이 가득한 표정으로 물었다.

“저도 사실 잘 모르겠어요. 그런데 누가 장난으로 새겨놓은 글 같지는 않아요. 그래서 한번 관심을 두어보려고요.”

“소산아, 세상에서 가장 무서운 물건이 독이란다. 당하는 사람도 그렇지만 독을 쓰는 사람도 위험하긴 마찬가지다. 그래서 독을 쓰는 사냥술이 어려운 거야. 그러니 신중하게 생각해라. 독을 배우는 건 의원들도 조심하는 법이다."

"이건 좀 달라요. 독초나 독물 등에 대한 것을 배우는 것이 아니라 세상에 존재하는 독을 체내로 흡수해 그 기운으로 무공을 익히는 무공인 듯해요. 그러니… 이 무공을 익히면 오히려 독에서 자유로워질 거예요. 아버지, 아버지도 같이 익히실래요?"

"이 나이에 무슨 무공이냐?"

허산왕이 손사래를 쳤다.

"그래도 혹시 모르니 저와 함께 익혀봐요. 제가 이 비결들을 완벽하게 해석하면 말씀드릴게요."

"뭐, 손해 날 일은 아니니까."

허산왕이 심드렁하게 대답했다. 그는 새롭게 무엇인가를 배운다는 것에 그리 흥미가 없는 모양이었다.

"어쨌든 이 구리거울에 있는 독공을 완전하게 익히기 위해서는 진기를 다루는 무공에 대해 좀 알아둬야 할 것 같아요. 기를 움직이는 법을 알아야 이 비결의 난해함을 온전히 이해할 수 있을 것 같아요."

"옳은 말 같구나. 그런 특이한 무공을 익히는 것에는 준비가 필요한 법이지. 아무튼 간단한 호흡법이라도 배워야 한다는 건데……."

"서책을 구할 수 있으면 좋겠어요."

"책으로 무공을 배운다고?"

"누가 가르쳐 주면 좋겠지만 그럴 사람을 만나긴 어려울 테니까요."

"그렇지. 무공 전수는 몹시 까다롭다고들 하더라. 송 형에게 부탁해 볼까?"

"송씨 아저씨는 무공 서적을 취급하지 않을걸요. 문무의 가름이 분명한 분이라⋯⋯."

"쯧쯧, 고지식한 사람 같으니라고. 그런 사람이 어떻게 나와 같은 사냥꾼은 사귀었는지 몰라."

"그분이 사람 보는 눈이 있는 거죠."

"하하하, 그러냐? 그렇다면 기분 좋은 일이지. 자자, 무공 이야길랑 이만하고 서두르자. 만재방이 자리를 잡은 곳이 장진호 부근이라니 제법 걸릴 게다."

"이상한 일이에요. 만재방 정도면 백림촌에 숙소를 구할 수 있을 텐데."

"예전부터 그랬다. 아마도 다른 사람들의 시선을 피해 자유롭게 지낼 만한 자신들만의 공간이 필요했던 게지. 어쨌든 한 시진은 족히 걸릴 게다."

"말을 준비할게요."

"오냐. 서두르자."

허산왕과 허소산이 자리를 털고 일어났다.

집을 나서자 왁자한 사람들의 목소리가 두 사람의 귀를 파고들었다. 어느새 백림촌은 사방에서 모여든 장사치들로 발 디딜 틈이 없었다. 곳곳에서 모피와 약재, 그리고 동쪽 바다에서 나온 소금을 거래하는 장사치들로 가득했고, 더불어 산에 사는 사람들은 다가올 겨울을 나기 위한 준비로 장사치들로부터 이런저런 물건을 구입하고 있었다. 가을 끝이라 모든 것이 풍성한 장터였다.

허산왕과 허소산은 서둘러 말을 몰아 장진강변으로 향했다. 반 시진 정도 이동한 끝에 강변에 닿은 두 사람은 남쪽으로 방향을 틀어 강 상류의 호수 쪽으로 이동했다.

가을 햇살은 눈부시게 밝았고, 곳곳에서 노랗게 물들어가는 나무들이 사람의 시선을 잡아끌었다. 그리고 그 풍경의 끝에 또 한 폭의 그림이 그려져 있었다. 거대한 산으로 둘러싸인 호수가 두 사람 눈에 들어왔던 것이다.

"저긴가 보구나."

허산왕이 손을 들어 호수와 강의 경계에 서 있는 이십여 채의 천막을 가리켰다.

"맞아요. 가운데 천막 위에 만재방의 깃발이 걸려 있어요."

"그런데 뭔가 좀 이상한 것 같구나."

허산왕이 눈을 크게 뜨고 만재방의 막사를 살피며 말했다.

"맞아요. 좀 이상해요. 웬 사람들이 저렇게 많지요?"

만재방의 막사 앞에는 제법 많은 사람들이 몰려들어 있었다. 장사치의 천막에 사람이 모여드는 거야 당연한 일이지만 보아하니 거래를 하기 위해 모여든 사람들은 아닌 듯싶었다.

"가보자꾸나. 어째 분위기가 묘하구나. 만재방에 문제가 생
겼다면 다른 거래처를 찾아봐야 할 텐데."

허산왕이 말고삐를 잡아끌며 걸음을 재촉했다.

第四章
무공대결

만재방의 막사 앞, 수십 명의 사람이 반원을 그린 채 장진강 변의 백사장과 이어진 공터에 서 있었다. 차림새로 보면 만재방과 거래를 하기 위해 온 사냥꾼이나 약초꾼, 혹은 소규모 상인들이 분명했음에도 그들의 눈초리가 기이했다.

상인이란 눈에 재물에 대한 탐욕을 본능적으로 담고 있게 마련이다. 그런데 지금 만재방 막사 앞에 모여 있는 자들은 탐욕보다는 호기심으로 가득 차 있었다.

"무슨 일이오?"

무리를 이루어 모여 있는 사람들 사이를 비집고 들어서며 허산왕이 오십대 중년 사내에게 물었다. 그러자 사내가 귀찮다는 듯 허산왕은 보지도 않고 퉁명스레 대답했다.

"보면 모르오? 싸움이 일어날 것 같지 않소?"

허산왕은 사내의 심드렁한 반응에도 불구하고 재차 질문을 던졌다.

"아니, 만재방의 숙영지 앞에서 무슨 싸움이 일어난단 말이오?"

"아, 이 사람 참 귀찮게 하네. 모르면 가만히 지켜보기나 하면 될… 홉!"

눈초리를 치올리며 허산왕을 돌아보던 사내가 허산왕의 험상궂은 얼굴에 놀라 급히 입을 닫았다. 허소산과 살면서 많이 유해진 허산왕의 외모였지만 여전히 저자의 사람들에겐 공포를 안겨줄 만했다.

"누가 누구와 싸운단 말이오?"

상대가 겁을 먹든 말든 다시 허산왕이 물었다.

"그… 그러니까… 그것이… 마, 마상가와 흑룡문의 무사들이 아침부터 만재방에 시비를 걸고 있소이다. 그래서 지금 막 양측이 사람을 내어 무공 대결을 벌이려 하고 있소."

"마상가와 흑룡문? 그들이 왜 만재방과 시비를 붙는단 말이오? 마상가와 흑룡문은 압록을 중심으로 활동하는 상가들이고 만재방은 벽란도에 기반을 둔 상가인데."

"그래서 문제가 된 것이오. 흑룡문과 마상가는 만재방이 이 북방까지 와서 좋은 물건들을 거둬가는 것이 불만인 것이오. 본래부터 그들은 이 장진강의 대시를 자신들이 주관한다고 자부하는 상가들이니까 말이오."

"그래도 그렇지, 만재방이 백림촌 대시(大市)에 참여한 것이 처음도 아니고⋯⋯."

허산왕이 여전히 고개를 갸웃하자 사내가 마치 큰 비밀이라도 말해주는 것처럼 새우눈을 한 채 주변을 두리번거리며 속삭였다.

"그동안이야 만재방의 힘을 상대할 엄두가 나지 않아 나서지 못했지만 최근 들어 흑룡문과 마상가에서 제법 뛰어난 고수들을 끌어들인 모양이더이다."

"고수? 무림인 말이오?"

"그렇소. 요동에선 모르는 사람이 없다는 흑천삼객을 이 일에 끌어들였다 하더이다."

"나야 뭐 무림인에 대해선 잘 모르니까."

허산왕이 고개를 주억거렸다.

"아니, 흑천삼객을 모른단 말이오?"

"유명한 자들이오?"

"유명하고말고! 수년 전부터 그들은 요동에서 가장 무서운 자들로 알려진 자들이란 말이오. 명성을 얻고도 그 출신이 비밀에 싸여 있는 자들인데 들리는 소문에 의하면 살문(殺門) 출신이란 소문도 있더이다."

"살수들이란 말이오?"

"소문이 그렇다는 말이오. 하지만 오늘 이렇게 밝은 대낮에 모습을 드러낸 것을 보면 살수 같지는 않구려. 뭐, 그야 어쨌든 지난 십 년 새 요동에서 그들에게 패한 자의 숫자가 백여 명에

이른다 하오. 모두 일류고수로. 더군다나 그들 중 삼분지 일
은……."

사내가 손을 들어 목을 그었다. 죽었다는 말이다.

"음, 흉험한 자들이구려."

"그렇소. 그러니 흑룡문과 마상가가 감히 만재방에 도발을
한 것 아니겠소? 아무리 만재방에 재주가 뛰어난 사람들이 많
다고 해도 오늘은 이 위기를 헤쳐 나가기 쉽지 않을 거요."

중년 사내가 만재방에 대한 걱정보다는 오히려 앞으로 일어
날 싸움에 대한 기대감에 눈빛을 번쩍였다. 허산왕과 허소산
도 사내의 말에 흥미가 일어 만재방의 막사 앞 공터로 시선을
주었다.

막사 앞 공터에는 이십여 명의 인물이 만재방의 막사를 바
라보고 서 있었는데 한결같이 도검을 패용해 그 위세가 대단
했다. 그들 맞은편 만재방의 막사 입구에도 십여 명의 인물이
불청객들을 막아서고 있었는데, 찾아온 자들의 위세에도 불구
하고 누구도 겁먹은 사람은 없어 보였다.

"왜 방주께서는 모습을 보이지 않은 것이오?"

문득 불청객 중 한 명이 큰 소리로 입을 열었다. 그러자 만
재방 쪽 사람이 차가운 음성으로 대답했다.

"그대들의 방문이 워낙 급작스러워 방주께선 미처 의관을
정제하지 못하셨소. 잠시만 기다리시오."

차갑게 응대한 사람은 허산왕과 허소산도 알고 있는 인물이
었다.

"그분이군요."

허소산이 나직하게 말했다.

"그래, 장 대행수가 나섰구나. 하긴 장 대행수는 만재방의 대행수 중 최고수로 알려진 사람이니까. 이런 불청객들을 상대하는 것은 그의 몫이겠지."

"찾아온 사람들도 만만치 않아 보여요."

"정말 그렇구나. 오늘 만재방이 간단치 않은 일과 마주쳤구나. 그러나 만재방의 저력은 대단하니 어떻게 이 위기를 다루는지 한번 구경해 보자꾸나."

허산왕은 비록 흑룡문과 마상가의 인물들이 위협적으로 보이기는 하지만 여전히 만재방의 힘을 믿는 모양이었다. 그때 다시 흑룡문과 마상가 쪽 인물이 소리쳤다.

"우리가 방주를 뵙자고 청한 지 이미 이각이 지났소. 이거 손님을 너무 오래 기다리게 하는 것 아니오?"

"흥, 불청한 손님이니 그 정도 기다림은 당연한 것 아니겠소?"

여전히 싸늘한 만재방 제일대행수 장익의 대답이다.

"흐흐흐. 과연 해동제일의 상단을 자처할 만한 배포군. 감히 우리 흑천삼객을 맞이하고도 여유를 보이다니."

마상가와 흑룡문의 무리 좌측에 특별한 행색의 삼 인이 서 있었다. 검은 무복 차림에 머리 위에도 역시 검은 갓을 쓴 자들이었는데, 갓에 얼굴이 가려 그 실체가 자세히 드러나지 않았다.

"저들이 흑천삼객인 모양이에요."

"그렇구나. 한눈에 보아도 범상치 않아 보이는구나."

담력이 큰 허산왕 역시 흑천삼객으로 보이는 자들의 기이한 기세에는 경계심을 드러냈다.

"흑천삼객의 명성을 어찌 모르겠소. 하지만 그렇다고는 해도 역시 불청한 객이니 잠시 기다리심이 옳을 것이오."

장익은 흑천삼객조차도 안중에 없는 듯 보였다.

"흐흐. 이거 정말 체면이 말이 아니군. 우리 흑천삼객이 어디서 이런 푸대접을 받아보았단 말인가? 옛말에 주인을 불러내려면 문간의 개를 패라는 말이 있지. 어떤가, 집 지키는 개에게 매질을 좀 해볼까?"

"그게 좋겠네. 매질이라면 내가 흥미가 있으니 나에게 맡기게."

흑천삼객 중 한 명이 앞으로 나서며 말했다.

"조심하게. 사나운 개라고 들었네."

"흥, 그래 봐야 개는 개일 뿐이지."

앞으로 나선 흑천삼객의 일인이 장익의 오 장 앞으로 다가섰다. 마상가와 흑룡문의 인물들은 그런 흑천삼객의 행동을 만류하지 않았다. 아니, 오히려 그들은 득의한 미소를 지어 만족감을 표시하고 있었다. 흑천삼객은 바로 이럴 때 써먹으려고 불러들인 사냥개가 아니던가.

"장익이라고 했던가?"

앞으로 나선 흑천삼객의 일인이 장익을 보며 물었다.

"그렇다. 내가 만재방의 제일대행수 장익이다. 내 이름을 들어보았는가?"

"뭐, 장사꾼의 일개 하인을 내가 알 바는 아니고, 난 마여금이라고 하는데 내 이름은 알고 있나?"

"나 역시 장사꾼들에게 불려 다니며 사냥개 노릇을 하는 자들의 이름까지 알지는 못하지."

"하하하. 제법 강단이 있군. 감히 나 마여금 앞에서 그런 소리를 지껄이다니. 하지만 오늘 이후 그대는 반드시 내 이름을 기억하게 될 거야. 왜냐하면 최소한 팔다리 하나는 끊어져 나갈 테니까."

흑천삼객 마여금이 살기를 드러내며 말했다.

"그대 역시 나 장익의 이름을 잊지 못하게 될 거다. 내 검이 그대의 몸뚱이에 지워지지 않을 흔적을 남길 테니까."

장익이 서슴없이 다섯 걸음을 앞으로 옮겨 마여금과 마주 섰다. 요동을 주름잡던 마여금은 한 치도 양보없이 자신을 상대하고 있는 장익의 기세에 잠깐 놀란 빛을 보였지만 이내 차가운 살기를 드러내며 협박을 해댔다.

"네가 궁벽한 해동 구석에 박혀 있어 세상이 얼마나 넓은지 모르는구나. 오늘 내가 네게 우물 밖에 다른 세상이 있음을 알려주리라."

"세상 구경으로 말하자면 그대의 알량한 눈은 내 눈에 비할 바가 아니다. 난 상선을 타고 만 리를 여행한 사람, 어찌 요동 구석에서 살수질이나 해먹고 사는 그대의 눈에 비할까."

"놈!"

장익의 비웃음에 마여금이 노성을 토해냈다. 그리고는 재빨리 도를 뽑아 들었다. 두터운 도신이 아침 햇살을 받아 눈부신 빛을 흘려냈다.

"생각을 바꿨다. 네 팔다리가 아니라 목을 베겠다."

붉은 살기가 마여금의 눈에서 번쩍였다. 그러나 장익은 폭풍 같은 마여금의 살기에도 흔들리는 기색이 없었다. 장익이 천천히 검을 뽑아 들었다. 어떤 장식도 달려 있지 않은 단출한 그의 검이 오히려 상대로 하여금 서늘한 느낌을 갖게 했다.

고수는 검을 뽑아 드는 발검의 자세, 검을 들고 서 있는 기수식, 그리고 그 몸이 흘려내는 기운으로 상대의 무공을 가늠한다. 마여금은 한눈에 장익이 보통 인물이 아님을 깨달았다.

"역시 만재방이 이름을 얻은 이유가 있었구나."

"한낱 살수 무리에게 겁박당할 곳은 아니지."

"흐흐흐. 과연 그럴까?"

마여금이 한줄기 미소를 흘리는 순간, 그의 도가 땅을 쓸었다.

그르륵!

도끝에 걸린 흙이 분수처럼 하늘로 솟구쳐 올랐다. 다음 순간 마여금의 왼손이 어지럽게 흔들렸다. 그러자 하늘로 떠오른 흙먼지가 파도처럼 장익을 향해 밀려들기 시작했다.

"얕은 수를 쓰는구나."

허산왕이 인상을 찡그리며 중얼거렸다. 마여금의 수법은 삼류무사들이나 하는 짓으로 사냥꾼인 허산왕조차 비웃을 행동이었다. 그러나 마여금은 태연하게 하류배들이나 하는 짓을 앞세워 장익의 시야를 가리고 그 틈에 상대를 향해 달려들었다.

장익은 밀려드는 먼지구름을 바라보고 있다가 한순간 번개처럼 검을 위에서 아래로 내리그었다.

웅!

장익의 검에서 짧고 강렬한 파공음이 일어났다. 순간 그의 검로를 따라 다가오던 먼지구름이 물결 갈리듯 좌우로 갈라졌다. 그러자 그 뒤를 따라 접근하는 마여금의 신형이 장익의 눈에 들어왔다.

마여금은 장익의 검에 의해 먼지구름이 갈라지는 순간 도를 아래에서 위로 그어 올렸다.

부왕!

마여금의 도가 귀곡성과 같은 파공음을 만들어냈다. 먼지구름을 흩어놓느라 일초의 검식을 허비한 장익이 한순간에 마여금의 도풍에 휘말렸다.

"엇!"

멀리서 두 사람의 싸움을 지켜보고 있던 장사치들이 놀란 음성을 흘려냈다. 싸움이 시작하자마자 끝날 것처럼 보였기 때문이다.

그러나 사람들의 우려는 기우에 지나지 않았다. 한순간 장익이 가볍게 발을 차자 그의 신형이 물 찬 제비처럼 일 장 뒤로 물러나며 마여금의 도를 흘려냈던 것이다. 그뿐이 아니었다. 헛되이 허공을 가르고 지나가는 마여금의 등을 향해 장익이 반격의 일 초를 전개했다.

팟!

문풍지를 잘라내듯 날 선 장익의 검이 아슬아슬하게 마여금의 옷자락을 베고 지나갔다.

"음!"

마여금이 어렵사리 신형을 틀어 장익의 검을 피해낸 후 낮은 신음성을 흘리며 재빨리 삼사 장 뒤로 물러났다. 그러나 장익은 마여금이 스스로를 정비할 여유를 주지 않았다.

탓!

땅을 박차며 하늘로 솟구친 장익이 단번에 세 번의 칼질을 해댔다. 그러자 그의 검이 바람개비처럼 돌아가며 마여금의 목을 쳐갔다.

"홍!"

마여금의 입에서 한마디 비웃음이 흘러나왔다. 동시에 그가 도를 들어 장익의 검 중심을 향해 강하게 후려쳤다.

우웅!

마여금의 도에서 강력한 파공음이 일어났다. 장익의 검을 향해 날아간 그의 도가 뿌연 그림자를 만들어냈다.

"도기다!"

누군가의 입에서 경악스런 음성이 흘러나왔다. 마여금의 도에 서린 기운은 일류고수들이나 만들어낸다는 도기(刀氣)였던 것이다.

카캉!

진기를 도에 모아 형성한 도기는 사람의 근력이 만들어내는 힘보다 수배나 강한 힘을 낸다. 그 도기가 장익의 검을 때리자 풍차처럼 돌아가던 장익의 검이 우박 떨어지듯 요란한 소리를 내며 뒤로 튕겨져 나왔다. 장익의 신형도 낙엽처럼 훌훌 뒤쪽으로 날아갔다.

"이제야 하늘 위에 또 다른 하늘이 있음을 알겠느냐?"

도기를 만들어내 단번에 장익의 공세를 물리친 마여금이 호기를 드러내며 장익을 따라 날아올랐다. 그의 도가 한순간 하늘의 빛을 가렸다. 도가 만들어내는 그림자가 장익의 머리 위에 드리웠다. 절체절명의 위기. 도기를 만들어낸 고수를 상대할 힘이 장익에게는 없어 보였다.

"어떡해요!"

허소산이 손을 둥글게 말아 쥐고 안타까운 음성을 흘렸다. 자신과는 상관없는 싸움이지만 그래도 내심 인연이 있는 장익을 응원하고 있었던 모양이다.

"걱정 마라. 눈빛이 살아 있어."

허산왕이 허소산의 어깨를 잡으며 말했다. 과연 허산왕의 말처럼 장익은 위기에서도 날카로운 눈빛을 흘리고 있었다. 그의 전신을 마여금의 도가 그물처럼 휘감아왔지만 그의 눈에는 두려움이 없었다. 그리고 한순간 그의 검이 움직였다.

팟!

미세한 파공음과 함께 그의 검이 흰 빛줄기가 되어 허공을 가로질렀다. 검은 정확히 마여금의 도를 쥔 손목을 향해 움직였는데, 그 빠르기가 전광석화와 같아서 마여금이 장익의 반격을 피할 여유를 주지 않았다.

"헉!"

득의하던 마여금의 입에서 당혹스런 음성이 흘러나왔다. 더불어 그가 수련한 도법이 아닌 본능적인 움직임으로 도를 든 손을 위로 들어 올렸다.

삭!

소름 끼치는 파열음이 일어나며 그의 팔뚝 아래를 장익의 검이 번개처럼 베고 지나갔다.

"욱!"

팔의 힘줄이 상했는지 마여금이 고통스런 신음성을 흘려내며 도를 든 손을 떨어뜨렸다. 장익이 그런 마여금을 향해 재차 달려들려는 순간, 갑자기 싸움을 지켜보고 있던 흑천삼객 중한 명이 두 사람 사이로 뛰어들었다.

"검을 멈춰라!"

장익과 마여금 사이를 막아선 사내가 역시 도를 들어 장익을 겨누며 소리쳤다. 그사이 다른 흑천삼객 한 명이 팔에 깊은 부상을 입은 마여금을 부축했다.

"한 번에 모두 상대해 주는 것도 괜찮겠지."

장익이 새롭게 뛰어든 사내를 보며 중얼거렸다.

"촌구석에 사는 자치고는 제법 검을 쓰는구나!"

사내가 장익을 경계하며 소리쳤다.

"벽란도는 천하의 거상들이 모여드는 곳. 오히려 그대들이 살고 있는 요동이 더 촌구석이라고 할 수 있지. 그래서 그런가? 흑천삼객의 도가 무섭다고 하더니 별것 아니군."

장익의 말에 사내의 얼굴이 꿈틀거렸다.

"삼제가 방심하여 네게 일검을 허용한 것을 가지고 기고만장하지 말거라."

"방심이라……. 그럼 제대로 된 도를 그대가 보여주겠나?"

"내 도를 받아낼 수 있겠느냐?"

"그대의 아우도 처음에는 그렇게 자신만만했었지."

"삼제의 무공이 약한 것은 아니지만 나 천고강에 비할 수는 없다."

순간 장내의 사람들 중 일부가 천고강의 이름을 되뇌며 웅성거렸다. 기실 장익 역시 천고강의 이름은 알고 있었다. 흑천삼객의 맏이 천고강의 명성은 강호일백대 고수에 거론될 만큼 대단한 것이었다.

"천고강. 그대의 이름은 귀에 익군. 한 번쯤 만나고 싶었다. 압록을 넘어 요동으로 왕래하는 상인들에겐 제법 두려운 이름이라던가?"

"후후. 요동에서 장사를 하려면 반드시 내 체면을 살려줘야 하지."

"스스로 상인들의 등이나 치는 도적의 무리라고 자복하는 것인가?"

장익의 비웃음에 천고강의 표정이 한순간 싸늘해졌다.

"검만큼 입도 날카롭구나."

"장사는 본래 입으로 하는 법이니까."

"아마도… 넌 다시는 그 입으로 거래할 수 없을 것이다."

천고강의 얼굴에 찬바람이 불었다.

"모르지. 오히려 이젠 요동을 왕래하는 상인들이 그대에게 금자를 바치지 않아도 될지."

"좋아, 좋아. 말싸움은 이만하면 됐고, 이젠 검을 보자!"

천고강이 한순간에 도를 사선으로 그어 올렸다.

웅!

순간 강렬한 파공음이 일어나며 천고강의 도가 푸릇한 도기를 반 장 길이로 만들어냈다. 앞서 마여금이 만들어냈던 희미한 도기와는 차원이 다른 경지의 도기. 장익이 생각보다 강력한 천고강의 도법에 놀라 훌쩍 뒤로 물러났다.

"약속대로 네 입을 봉해주마!"

천고강이 뒤로 물러나는 장익을 바람처럼 따라붙었다.

천고강의 명성은 헛된 것이 아니었다. 그의 도는 마여금과는 확연히 달랐다. 마여금의 도가 강함에 치우친 도법이라면 천고강의 도법은 강함에 빠름을 겸비하고 있었다.

그의 도는 빛처럼 빨랐으며 수시로 도기를 만들어내 장익을 당혹스럽게 만들었다. 장익은 빠른 신법과 번개 같은 검법으로 천고강의 공세를 상대하고 있었지만 시간이 지날수록 수세에 몰리는 것은 어쩔 수 없는 일이었다.

마여금이 장익에게 패해 뒤로 물러날 때까지만 해도 낭패한 표정을 짓고 있던 마상가와 흑룡문의 인물들은 천고강이 만재 방 최고의 대행수라는 장익을 몰아붙이자 그제야 얼굴에 웃음 기를 드리웠다.

승부는 누가 봐도 명확해 보였다. 빈틈없이 허점을 메우며 장익을 공격하는 천고강의 도법은 그가 왜 강호백대고수로 거론되는지를 여실히 증명하고 있었다.

"끝을 보자."

완전히 싸움의 전세를 장악했다고 판단한 천고강이 싸움을 끝내려는 듯 한순간 허공으로 솟구치더니 머리 위로 도를 들어 올렸다. 그러자 그의 도에 근 일 장에 달하는 도기가 만들어졌다.

"아!"

사람들의 입에서 탄성이 흘러나왔다. 강호에서 흐릿하게나마 도기를 만들어내는 고수를 만나기도 어려운데 천고강의 도기는 온전한 형태를 지니고 있었으니 이런 고수의 무공을 구경한다는 것은 대단한 횡재가 아닐 수 없었다.

장익의 눈빛도 달라져 있었다. 앞서 마여금을 상대할 때와는 전혀 다른 표정이었다. 그의 눈에 어두운 그늘이 만들어졌다. 애써 검을 들어 천고강의 도를 막을 준비를 했지만 자신감은 여실히 사라진 모습이었다.

"가거라!"

아예 목숨 줄을 끊어놓으려는 듯 천고강이 살기 가득한 노성을 흘리며 장익을 향해 도를 내려쳤다.

쿠아앙!

일 장의 도기를 만든 천고강의 도가 소름 끼치는 파공음을 만들어냈다. 장익이 입술을 깨물며 천고강의 도기를 향해 검을 들어 올렸다. 그러나 그의 검은 폭풍 앞의 갈대처럼 위태로워 보였다. 이대로라면 그의 검은 천고강의 도기에 부러지고 동시에 그의 몸도 두 갈래로 갈라질 것이 분명했다.

"아아!"

만재방과 인연이 있는 장사치들 사이에서 안타까운 탄성이 흘러나왔다. 장익은 이름있는 대행수여서 이곳에 그와 개인적인 인연이 있는 장사치들이 적지 않았다.

그런데 그렇게 상대가 되지 않을 것 같은 검과 도가 격돌하는 순간 갑자기 만재방의 천막 쪽에서 한줄기 검은 그림자가 바람처럼 장내를 향해 날아들었다.

"손에 사정을 두시오!"

갑작스레 장내에 뛰어든 노인이 일성을 터뜨리며 중도(中刀)로 천고강의 대도를 쳐냈다.

카캉!

도기를 머금었던 천고강의 도가 장익의 눈앞에서 노인의 중도에 막혀 전진을 멈췄다.

"누구냐?"

자신의 도를 막아낸 자에 대한 분노 때문일까. 천고강이 시퍼런 노기를 드러내며 노인에게 소리쳤다.

"잠시 싸움을 멈추시오. 그대들이 원하는 대로 방주께서 나오셨으니."

노인의 말에 천고강이 슬쩍 막사 앞을 살피더니 훌쩍 몸을 날려 다른 흑천삼객이 있는 곳으로 물러났다.

"괜찮으신가?"

천고강이 물러나자 노인이 한쪽 무릎을 꿇고 있는 장익에게 물었다.

"괜찮습니다. 부끄러운 모습으로 방의 명예를 실추시켰습니다. 죄송합니다."

"명예는 무슨! 우리가 칼잡이 문파도 아니고. 몸만 상하지 않았으면 됐네. 장사꾼에겐 몸이 밑천이야. 가세. 방주께서 나오셨네."

"알겠습니다."

장익이 무릎을 펴 신형을 세운 후 성큼 걸음을 옮겨 막사 앞으로 다가갔다. 그 뒤를 노인이 여유있는 움직임으로 따랐다.

"누구죠?"

허소산이 한순간에 나타나 장내를 정리한 노인을 보며 물었다.

"글쎄다. 나도 모르는 사람인데… 장 대행수와 나누는 대화로 보아선 만재방에서도 어른 취급을 받는 사람인 듯한데 나도 처음 보는구나."

"대단한 분 같아요."

"그렇구나. 그가 손을 쓰는 것을 난 제대로 살피지 못했다. 사냥꾼의 눈을 피할 수 있다는 건 대단한 고수라는 말인데……."

"저런 분이라면 무공을 배울 만하겠어요."

"음, 벌써 그런 생각을 하고 있었느냐?"

"헤헤, 오늘 보니 세상에는 생각보다 무공을 배울 수 있는 사람이 많은 것 같아요."

"중요한 것은 심성이지. 악인에게선 악인이, 선인에게선 선인이 배출되는 것이 보통의 이치거든. 간혹 다른 경우도 있지만 예외란 그리 흔한 게 아니니까."

"사냥꾼에게선 사냥꾼이 나오고요?"

"옳거니! 네가 제대로 알아들었구나."

허산왕이 빙그레 미소를 지었다.

허소산과 허산왕이 불현듯 장내에 나타나 장익과 천고강의 싸움을 중지시킨 노인에게 관심을 보이는 사이, 장익과 노인은 만재방의 천막 입구에 나타난 또 다른 노인 곁에 다가섰다.

"방주, 일을 어렵게 만들었습니다."

장익이 노인에게 고개를 숙이며 말했다. 화려하진 않지만 잘 차려입은 의복에 얼굴에 수많은 경험으로 축적된 지혜를 머금은 듯한 노인이 가볍게 고개를 저었다.

"자네 잘못이 아니야. 귀한 손이 왔으니 주인이 나와 맞아야 하는 것은 당연한 일이지. 두 분, 오랜만에 뵙는구려."

노인이 흑천삼객이 아닌 흑룡문과 마상가의 인물들을 건네다 보며 입을 열었다. 그러자 양 파의 인물들이 잠시 침묵을 지키더니 이내 두 사람이 앞으로 나서며 만재방주 전욱에게 고개를 숙여 보였다.

"백불동이 방주를 뵙소이다."

"오랜만에 뵙습니다. 여상봉입니다. 기억하실지……."

"하하. 내가 어찌 흑룡문의 여 대인을 모르겠소? 그래, 양 가의 가주들께서는 모두 안녕들 하시오?"

전욱이 아침부터 칼부림을 하러 찾아온 사람들을 대하는 것 같지 않은 친근한 목소리로 물었다.

"역시 장사꾼은 장사꾼이군요."

허소산이 적을 앞에 두고도 부드러움을 잃지 않은 전욱을 보고는 감탄했다.

"괜히 고려제일의 상인 중 한 명이 된 것이 아니란다. 산전수전 모두 겪은 사람이야. 들리는 말로는 십 국의 말을 할 줄 안다더구나."

"정말 대단한 분이군요."

"아암, 장사를 배우려면 저런 사람에게 배워야지."

허산왕이 크게 고개를 끄덕이며 말했다. 그사이 전욱과 두 사람의 대화는 서서히 날이 서기 시작했다.

"솔직히 말씀드리자면 가의 가주께서는 요즘 무척 심기가 불편하십니다."

전욱을 보며 백불동이 말했다. 백불동은 마상가의 가주 백

지동의 아우로 마상가에서는 이인자인 사람이었다.

"아니, 무슨 병환이라도 얻으셨소?"

"몸의 병이 아니라 마음의 병을 얻으셨지요."

"마음의 병이라……. 허허. 백 가주로 말할 것 같으면 요동 천 리를 손바닥에 놓고 움직이는 사람인데 어찌 마음에 병을 얻었을꼬?"

전욱이 짐짓 걱정스러운 표정을 지으며 물었다. 그러자 백 불동이 씁쓸한 미소를 흘리며 말했다.

"가주께서 얻으신 마음의 병은 바로 방주께서 주신 겁니다."

"그게 무슨 말이오? 내가 마상가의 가주에게 병을 주다니?"

"방주께선 이미 사해의 상로를 확보하신 고려 최고의 상인 이시지요."

"고맙구려."

"그런데도 방주께선 다시 북로의 상로를 탐하시니 어찌 본가의 가주께서 마음의 병을 얻지 않을 수 있겠습니까?"

순간 전욱이 눈을 가늘게 떴다.

"그게 무슨 말이오? 물론 본 방이 간혹 북행을 다녀오기는 하지만 그건 예외적인 경우이고, 평소 만재방은 압록의 경계를 넘어 상로를 개척한 경우가 없거늘. 그것이 마상가와 흑룡문의 체면을 생각해서 한 결정임을 모른단 말이오? 오히려 해동의 산물을 두 상가에 넘겨 두 상가는 큰 재물을 얻고 있지 않소?"

전욱의 말에 백불동이 살짝 얼굴을 붉히며 고개를 끄덕였다.

"물론 만재방이 압록을 넘은 경우는 거의 없지요. 하지만 기실 압록이 문제가 아니라 평양 이북의 상로는 본래 우리 양가의 것이었지요. 그런데 언제부터인가 평양 이북의 사람들도 모두 만재방과 거래하고 우리 양가를 불편하게 생각하니 어찌 양가의 가주들께서 마음이 상하지 않을 수 있겠습니까?"

"이해할 수 없는 말을 하는구려. 언제부터 평양 이북의 상로가 두 문파의 것이었소? 고려 상단의 역사를 아는 사람이라면 결코 그런 말을 할 수 없을 텐데?"

"저는 방주와 조금 다르게 알고 있습니다. 본래 백두를 중심으로 사방 천 리의 권역은 우리 두 상가의 상권이었지요."

"후후, 지금 억지를 부리는 것이오?"

"억지는 우리가 아니라 만재방이 부리고 있지요. 이미 충분한 부와 명예를 얻었음에도 어느새 북로의 상권에 손을 뻗어 좋은 물건을 모두 손에 넣고 있지 않습니까?"

"우리 만재방이 좋은 물건을 얻는 것은 물건의 주인들에게 합당한 대가를 치르기 때문이오. 반면 그대들 두 상가가 점점 설 자리를 잃는 것은 물건의 주인들에게서 헐값으로 물건을 거둬들이려 하기 때문인 것이오. 상인에게도 도(道)가 있으니 마상가와 흑룡문은 그 상도(商道)를 어겼기에 상인들의 신뢰를 잃은 것이오."

"장사치라면 누구라도 싸게 사서 비싸게 파는 것을 최고의 도로 생각하고 있습니다. 그게 바로 상도지요. 만재방은 이런 상도를 어긴 것이고 말입니다. 해서… 오늘의 일이 벌어진 것이니 우리 두 상가를 원망치는 마십시오."

"허허. 정말 궤변도 이런 궤변이 없구려. 좋소. 그건 그렇다 치고, 상인 간의 분쟁에 강호의 살객들을 끌어들인 것은 어느 곳의 상도인가?"

전욱이 한 꼬투리 노기를 드러내며 물었다. 그러자 이번에는 백불동도 쉽게 답하지 못했다. 본래 상가 간의 분쟁은 힘이 아니라 타협과 거래로 해결을 보는 것이 상례였다. 이렇게 도검을 앞세워 상대를 겁박하는 것은 흑도의 무리나 하는 짓이었다. 아니면 서로 멸문을 각오하고 싸움을 벌이기 위함이든지.

"이미 여러 차례 만재방에 북로에서 물러나 달라고 말하지 않았습니까?"

"무슨 말이오? 정식으로 이 문제를 논하려 한 적은 없지 않소?"

"우린 이미 충분히 우리의 의사를 전달했다고 생각하고 있습니다."

"그렇소? 흠, 좋소. 일단 그대들의 뜻은 알겠소. 그러니 오늘은 그만 물러가시오. 내 이번 백림촌의 대시가 끝나면 사람을 보내 두 상가의 가주들과 이 문제를 논의해 보겠소이다."

이쯤 되면 만재방으로서는 큰 양보를 한 셈이었다. 전욱의 말 속에는 북로의 상권을 포기할 수도 있다는 의미가 내포되어 있었기 때문이다. 그러나 백불동과 여상봉은 좀 더 욕심을 냈다.

"우린… 오늘 방주의 대답을 들어야겠습니다."

순간 전욱의 눈이 가늘어졌다.

"이 전 모를 이렇게 압박하는 이유가 뭔가? 내 충분히 양보를 한 것 같은데?"

"거래란 말을 꺼냈을 때 끝내야 하는 법이지요."

백불동이 고집을 부렸다.

"불가하다면?"

"그럼 역시 도검이 말을 하겠지요."

백불동이 슬쩍 흑천삼객를 바라봤다. 흑천삼객은 깊은 부상을 입은 마여금에 대한 분노 때문인지 시퍼런 살기를 드러낸 눈으로 전욱을 노려보고 있었다.

"내게 방금 전 한 가지 생각이 떠올랐는데 들어보시겠는가?"

전욱의 목소리가 차분하면서도 딱딱해졌다. 순간 백불동이 전욱의 기세에 흠칫하다가 이내 호기를 드러내며 고개를 끄덕였다.

"방주의 고견이야 언제나 감사하지요."

"내 생각에 마상가와 흑룡문은 결코 단독으로 이런 분란을 일으킬 수 없는 곳이네. 비록 요동에서 살객을 데려왔다고 해도 말이야. 만재방이 그렇게 허술한 곳은 아니거든. 그건 그대들의 가주들이 더 잘 알 테지. 지금이야 사람이 없지만 벽란도

로 돌아가 전력을 정비하고 두 상가를 공격하면 어찌 그대들
이 우리 만재방을 상대할 것인가? 그럼에도 이런 도발을 했다
는 건 두 상가 뒤에서 누군가 뒷배를 봐주고 있다는 말인데…
어딘가?'

전욱의 날카로운 질문이 칼날처럼 백불동의 귀에 꽂혀들었
다. 그러자 백불동이 흠칫한 표정을 지었다. 여상봉 역시 당황
스런 표정을 지은 채 백불동을 바라봤다.

"누군가? 누가 그대들을 충동질해 만재방을 시험하고 있는
가?"

"그, 그게 무슨 말이오? 왜 우리 두 상가가 만재방을 상대할
수 없다고 생각하는 거요? 우리에게도 그럴 능력이 충분히 있
소!"

백불동이 당황한 빛이 역력하면서도 애써 호기를 부렸다.

"아니, 마상가와 흑룡문은 결코 만재방을 도발할 수 없다.
그대들은 내 상단의 상대가 될 수 없어. 분명 뒤에 누군가가
있어."

"흥. 만재방이 천하제일의 상가라도 된다고 생각하시는 모
양입니다?"

"천하제일은 아니라도 천하제일을 논할 힘은 있지. 그리
고… 오늘 그대들은 그 힘을 보게 될 거다. 그러면 말하지 않
을 수 없겠지, 뒤에 누가 있는지. 아무래도 사신(四神)의 힘을
빌려야 할 것 같습니다."

전욱이 시선을 돌려 장익을 천고강의 손에서 구해낸 노인을

보며 말했다.

"그러지요. 저 둘은 오직 우리 사신만이 상대할 수 있을 것 같습니다."

노인이 흑천삼객 중 몸이 성한 두 사람을 가리키며 말했다.

"그리해 주십시오. 나머지는 대행수들로 상대케 하리다."

"알겠습니다. 아우."

노인의 부름에 만재방 사람들 중에서 또 다른 노인 한 명이 앞으로 나섰다.

"오랜만에 손을 써야겠네."

"좋군요. 흑천삼객이라면 손에 낀 이끼를 떨어낼 상대지요."

"후후, 아우만 신이 났군."

"나야 세 분 형님과 달리 싸움을 좋아하니까요."

"좋아, 그럼 시작해 보세."

두 노인이 어깨를 나란히 하고 공터의 중앙으로 걸어나왔다. 그리고는 흑천삼객을 보며 차분한 목소리로 말했다.

"지금이라도 늦지 않았으니 그대들은 이쯤에서 물러나는 것이 어떤가? 이 일은 기실 상가들의 문제이니 무림인이 낄 자리는 아닌 듯한데……."

노인의 말에 흑천삼객 천고강이 노기를 드러내며 응수했다.

"이 일은 더 이상 다른 사람의 일이 아니다. 아우가 상했으니 이제 우리 흑천삼객의 일이 되었다. 만재방으로부터 그 대가를 받아내겠다."

"좋은 길을 두고 험한 길을 가겠다니 어쩔 수 없군."

노인이 중도를 들어 올렸다. 그러자 그의 곁에 있던 노인 역시 장검을 빼 들었다. 두 사람이 병장기를 들어 올리자 천고강과 나머지 흑천삼객 한 명도 서릿발 같은 기세로 도를 빼 들었다. 네 명의 고수가 병장기를 꺼내 들자 장내에 한기가 돌기 시작했다.

그런데 그렇게 네 사람의 격돌이 시작되려 하자 지금껏 만재방주 전욱을 맞아 치열한 기 싸움을 벌였던 마상가의 백불동과 흑룡문의 여상봉이 갑자기 훌쩍 뒤로 물러나 버렸다.

흑천삼객을 두 명의 노고수에게 맡겨두고 마상가와 흑룡문의 사람들을 상대하려던 전욱은 두 사람이 물러나자 씁쓸한 미소를 지으며 만재방의 행수들을 뒤로 물러나게 했다. 백불동과 여상봉은 흑천삼객과 만재방의 두 노고수 간의 승패를 보고 자신들의 행보를 결정하려 함이 분명했다.

초청한 고수들이 목숨을 걸고 승패를 겨루는 마당에 정작 자신들은 뒤로 몸을 빼 돌아가는 정세를 살피는 짓은 상인이라도 비난받아 마땅한 행동이었다. 그러나 백불동과 여상봉의 얼굴엔 어떤 부끄러움도 나타나지 않았다.

"참으로 염치없는 사람들이네요."

이미 돌아가는 사정을 눈치챈 허소산이 혀를 찼다.

"그러게 말이다. 아무리 장사치들이 잇속을 우선하는 자들이라 해도 자신들의 싸움을 남에게 맡기고 몸을 빼다니… 쯧쯧."

"그나저나 과연 만재방의 저 노인들이 흑천삼객을 상대할수 있을까요? 좀 전에야 기습을 해서 천고강이란 자를 물러나게 했지만······."

"글쎄다. 나도 그게 걱정이구나."

그런데 그때 불현듯 두 사람의 귀에 한줄기 냉소가 들려왔다.

"걱정 말아요. 두 분이 분명히 저 못생긴 자들을 혼내줄 테니까."

갑작스런 목소리에 허소산과 허산왕이 동시에 시선을 돌렸다. 그러자 그들 틈에 어느샌가 십이삼 세쯤 되어 보이는 아이한 명이 고개를 비쭉 내밀고 공터에서 벌어지는 싸움을 바라보고 있었다.

"넌 누구냐?"

허산왕이 얼떨떨한 표정으로 물었다.

"남의 이름은 왜 물어보세요?"

아이의 대답이 당돌하다.

"야, 아버지와 나 사이에 먼저 끼어든 건 너라고. 그럼 당연히 네 정체를 밝혀야 하는 것 아냐?"

허소산이 차가운 목소리로 따져 물었다.

"흥. 샌님 같은 소리 하고 있네. 싸움 구경하려고 자리 좀 비집고 들어온 걸 가지고 뭘 그래?"

아이가 지지 않고 대꾸했다.

"이 녀석! 너 몇 살이야?"

허소산이 눈에 쌍심지를 돋우며 물었다.

"내 나이는 알아서 뭐하게? 여자 나이는 함부로 묻는 게 아냐. 그것도 모르니?"

"여, 여자?"

"그럼 내가 남자로 보이니? 눈이 어떻게 된 모양이구나?"

아이가 다시 매섭게 쏘아붙였다. 허소산이 당황한 표정으로 자세히 살피니 과연 남장을 하고는 있지만 얼굴 생김이 여자 아이가 분명했다.

"너 정말 여자아이구나?"

"그럼 내가 거짓말을 하는 줄 알았니?"

"흥. 여자고 남자고 나이 좀 묻는 게 무슨 큰 잘못이냐?"

"그러니까 강호의 협객은 자잘한 예의 같은 것은 지키지 않는다 이거니?"

"강호의 협객? 누가 강호의 협객이래?"

"네가 하는 말투가 꼭 그렇잖아?"

"넌 정말 이상한 애구나. 눈이 어떻게 된 것 아냐? 난 그저 사냥꾼에 약초꾼일 뿐이라고. 강호의 협객은 무슨……."

허소산이 혀를 찼다. 그러자 남장을 한 여자아이가 실망한 표정으로 중얼거렸다.

"난 또 제법 힘상궂은 아버지를 두고 있어서 무림인인 줄 알았지. 그런데 이제 보니 산사람이었구나?"

"그래. 이제 우리가 어떤 사람인지 알았으니 너도 네 정체를 밝혀."

"뭐, 못 밝힐 것도 없지. 난… 음, 조명이라고 해."

"조명? 둘러댄 것 아냐?"

"누가 둘러댔다고 그래? 내 이름은 조명이 맞아."

"좋아, 나이는?"

"열세 살. 넌?"

"네가 열세 살이라고? 정말?"

"그렇다니까. 이젠 네 나이와 이름을 말해봐."

"나도 열세 살이야. 이름은 허소산."

"소산? 작은 산? 그럼 네 아버지는 대산이겠네?"

조명이라 이름을 밝힌 아이가 허산왕을 흘깃 보며 말했다.

"넌 정말 예의가 없구나. 어른에게 그게 무슨 말버릇이야?"

허소산이 화를 내며 말했다.

"왜 또 화를 내? 난 그냥 네 아버지께서 워낙 장대한 체구를 지니고 계셔서 한 말인데. 기분 상하셨어요?"

조명이 허산왕의 옷깃을 잡아끌며 물었다. 그러자 험상궂은 허산왕이 어울리지 않는 미소를 지으며 고개를 저었다.

"아니다. 그렇게 생각할 수도 있지. 하지만 네 짐작은 틀렸다. 내 이름은 허산왕이라고 한단다."

"허산왕이라……. 생각보다 더 대단한 이름이네요. 산속의 왕이란 말인가요?"

"그래. 우리 아버지는 천하에서 가장 뛰어난 엽사셔."

허소산이 자랑스럽게 말했다.

"그래? 그럼 호랑이도 잡아보셨어요?"

조명이 허산왕에게 물었다.

"물론 잡아봤지. 이번에도 호피를 좀 가져오긴 했단다."

"와! 정말요? 어디 좀 보여주세요."

"조명이라고 했지? 이봐, 꼬마 아가씨, 호피는 귀한 물건이야. 함부로 풀어놓을 물건이 아니라고. 그리고… 지금은 호피 구경보다 싸움 구경을 할 때인 것 같고."

허산왕의 말에 조명이 아차 하는 표정을 지으며 소리쳤다.

"아차! 싸움은 어떻게 되어가고 있지?"

第五章
만재방

독경
毒經

천고강과 지차무, 그리고 마여금 이 세 사람은 흑천삼객이란 별호로 활동한 이후 단 한 번의 패배도 경험해 보지 않은 고수들이었다. 강호의 변방이라는 요동에도 적지 않은 무림고수들과 모용세가로 대표되는 강호의 명문이 존재했지만 그들은 요동을 자신들의 안방처럼 휘저으며 살아온 자들이었다. 그런데 오늘 그들이 큰 낭패를 당하고 있었다.

흑천삼객을 상대하기 위해 나선 만재방 두 노인의 무공은 천고강과 지차무가 예상한 것 이상이었다. 이들은 간결하면서도 현묘한 검법과 도법을 사용했는데, 그들이 사용하는 초식중 허세가 섞인 것은 단 일 푼도 없었다. 그러니 그들의 작은 움직임조차도 천고강과 지차무에게는 큰 위협이 되고 있었다.

한 치도 방심할 수 없는 두 노인의 무공에 천고강과 지차무는 몸 대신 정신이 먼저 지쳐 갔다. 머리가 쉴 수 없으니 몸도 자연히 그 힘을 잃어갔다. 특히나 천고강은 자신을 상대하는 노인과의 공수가 백여 초를 지나면서부터는 눈에 띄게 그 움직임이 둔해지고 있었다.

노인이 사용하는 중도는 천고강의 장도에 비하면 병장기로서의 이점이 없었다. 더군다나 천고강은 도기를 만들어내는 내가의 고수. 그러나 노인은 단 일 촌의 도기도 만들어내지 않으면서 내가의 고수 천고강을 계속해서 위기로 몰아넣고 있었다.

짧게 휘둘러 대는 노인의 도는 일초마다 천고강의 도법을 중도에 끊었다. 덕분에 천고강의 도기가 미처 위력을 발휘할 수 없게 만들었는데, 그 와중에도 간혹 튀어나오는 박투술은 천고강을 완전히 수세에 몰아넣게 하는 절초였다.

팟!

한순간 노인의 도가 천고강의 손목을 노렸다. 이건 앞서 장익이 마여금의 팔을 공격한 그 초식과 비슷했는데, 그것으로 보아 장익이 노인의 무공에 영향을 받았음을 추측할 수 있었다.

천고강은 자신의 팔목을 쳐오는 노인의 초식을 피해 황급히 도를 거둬들였다. 그러자 그 빈틈으로 재빨리 노인의 일수가 파고들었다.

꽝!

겨드랑이 밑으로 파고든 노인의 일수가 경쾌한 파공음과 함께 천고강을 밀어냈다. 순간 천고강의 몸이 크게 흔들리며 세 걸음 뒤로 물러났다. 노인은 그런 천고강에게 여유를 주지 않고 따라붙으며 다시 도를 휘둘렀다.

팟!

짧고 강하게 공기를 끊어낸 노인의 도가 번개처럼 천고강의 허벅지를 훔쳤다.

"웃!"

천고강의 입에서 다급한 신음성이 흘러나왔다. 허벅지에 만들어진 상처에서 피가 쿨럭 흘러나왔다.

"죽인다!"

피를 본 천고강의 노성이 폭발했다. 그의 눈이 붉게 물들었다. 지금껏 감추어두었던 마기가 거침없이 폭사했다. 웬만한 사람이라면 그 마기에 오금이 저려 뒤로 물러날 법도 했지만 노인의 눈은 오히려 침착함을 더하며 천고강을 향해 다가갔다.

천고강의 도가 오른쪽 어깨 위로 올라갔다. 그러자 그의 도에 일 장에 이르는 도기가 형성됐다. 도기는 산을 가를 것처럼 진동하며 파공음을 일으켰다. 그러나 노인은 전진을 멈추지 않았다.

"죽어라!"

노인이 이 장 안쪽으로 접근해 들어오자 천고강이 강력한 도기를 떨쳐 냈다.

쿠아앙!

태산처럼 무거운 도기가 노인을 향해 떨어져 내렸다. 지금까지의 열세를 단 한 번에 만회할 것 같은 천고강의 공격, 아마도 수십 년 적공한 공력을 모두 토해낸 듯싶었다.

순간 노인이 비스듬히 도를 들어 올렸다. 천고강의 도기에 비하면 애처로울 만큼 작아 보이는 노인의 도가 한순간 천고강의 도기와 마주쳤다. 그런데 도와 도기가 마주치는 순간 모든 사람들이 기대했던 격돌음이 들려오지 않았다. 대신 노인의 도가 마치 미끄럼을 타듯 천고강의 도기를 감싸더니 한순간에 도기의 방향을 틀어버렸다.

"읏!"

자신의 의지와 상관없이 노인을 피해 흘러나가는 도기의 방향을 바로잡으려 천고강이 힘을 썼지만 한 번 노인의 도에 휘말린 도기는 더 이상 천고강의 의도대로 움직이지 않았다.

쾌쾅!

노인이 비껴낸 도기가 땅으로 향하더니 큰 가마솥만 한 웅덩이를 땅에 만들며 흩어졌다.

"컥!"

연후 천고강의 입에서 신음성이 흘러나왔다. 어느새 노인의 팔꿈치가 천고강의 명치에 격중한 것이다.

투투툭!

명치를 가격당한 천고강이 주춤주춤 뒤로 물러나더니 이내 호흡을 하지 못해 괴로운 표정을 지으면서 땅에 풀썩 주저앉았다.

"겨우 변방 요동에서 얻은 살명으로 기고만장하다가는 제 명에 죽지 못할 걸세. 그대의 무공이 제법 대단하기는 하나 절대의 경지에 오른 것은 아니야. 그러니 자중하게. 그대의 목숨을 거둘 수도 있으나 본시 상가의 사람은 원한보다는 선연 맺기를 좋아해 그대를 살려두겠네. 내가… 만재방의 사람이란 걸 행운으로 여기게. 만약 예전의 젊은 나였다면 그대의 목숨을 가져갔을 걸세."

노인이 주저앉은 천고강을 보며 타이르듯 말했다. 그러자 그즈음 겨우 호흡을 안정시킨 천고강이 물러나는 노인을 향해 재빨리 물었다.

"이름… 이름이 뭐요?"

"곧 죽을 늙은이 이름은 알아서 뭐하게? 설마 원한을 담은 건가?"

"아니, 아니오. 단지 당신과 같은 고수가 어찌 세상에 알려지지 않았는지 해서 말이오. 요동과 고려는 먼 것도 아니고, 더군다나 만재방에 속한 사람이라면……."

"세상에 크게 얼굴을 드러내지 않았으니 그대가 날 알 리는 없네. 내가 만재방에 속했다고는 하나 큰일이 아니면 방의 일에 간여하는 것도 아니고, 내 이름을 말해주지 못할 것은 없지. 난 하모극이라고 하네. 아마 들어보지 못했을 걸세."

"하… 모극……."

천고강이 재빨리 기억을 헤집었지만 하모극이라는 이름은

그의 머리에 없었다.

"자, 그만 일어나게. 사람들 보기 흉하이."

조금 전까지 생사를 결한 사이라고는 보기 어려운 노인의 태도에 천고강이 순순히 자리에서 일어났다. 그리고는 깊이 포권을 하며 입을 열었다.

"내 해동에 기인이사가 많다는 말은 들었지만 오늘에서야 그 말이 헛소문이 아님을 알게 되었소이다. 손속에 사정을 두어주셔서 고맙소이다."

"후후, 아주 막돼먹은 사람은 아니군. 자네 쪽 사람이 상했으니 그건 유감일세. 하지만 역시 원한보다야 선연 쪽으로 생각하는 것이 좋지 않겠는가?"

"그리하겠소. 아우, 이리 오게."

천고강이 자신이 패하는 순간 싸움을 멈춘 또 다른 흑천삼객 지차무를 불렀다. 그러자 지차무가 도를 거두고 천고강 옆으로 다가왔다.

"아우도."

천고강이 뒤를 돌아보자 한 팔을 부여잡고 있던 마여금이 주춤거리며 천고강 옆으로 다가왔다.

"아우, 내 아우의 상처가 가슴 아프지 않은 것은 아니나 오늘 만재방과 원을 맺어서는 좋을 것이 없을 듯한데……."

천고강이 마여금을 보며 말했다. 그러자 마여금이 무거운 얼굴로 고개를 끄덕였다.

"형님의 뜻대로 하십시오. 상처야 치료를 하면 나을 것이고… 애초에 압록을 넘는 게 아니었던가 봅니다."

"그건 아니지. 새로운 무공을 보았으니 무인으로서야 헛걸음한 건 아니고."

"그렇군요."

마여금이 고개를 끄덕였다. 비록 심성이 흉한 면이 있지만 또 한편으로는 호방한 무인의 기상을 지닌 흑천삼객이었다.

"하 노사, 허락하신다면 우린 그만 물러가겠소이다. 훗날 기회가 되면 다시 뵙지요."

천고강이 하모극을 향해 입을 열었다. 그러자 하모극이 부드럽게 고개를 끄덕였다.

"그리하시게. 인연은 무거운 법이니 언젠가 다시 만나게 되겠지."

"그럼."

천고강이 길게 말을 끌지 않고 가볍게 포권을 해 보인 후 두 아우와 함께 재빨리 장내를 벗어났다.

"정말 대단한 사람이군요."

허소산은 흑천삼객이 물러나자 하모극이라는 노인을 보며 중얼거렸다.

"그러게 말이다. 역시 만재방이 해동제일의 상가를 다투는 이유가 있었구나. 설마 저런 고수들이 존재할 줄이야. 일개 상가에 머물기에는 너무 강한 사람이 아닐까 싶구나."

허산왕도 고개를 끄덕였다. 그런데 그때 문득 허소산이 고개를 갸웃하며 물었다.

"그런데 아버지, 그 조명이란 아이 어디 있죠?"

"응? 그러게? 싸움 구경에 빠져 있다 보니 그 녀석이… 아니, 계집이지. 그 계집아이가 사라진 것도 모르고 있었구나."

"범상치 않아 보였죠?"

"그래, 너만큼 똑똑해 보이더구나."

"하지만 너무 버릇이 없었어요."

"그 나이 때는 버릇이 없는 게 정상이란다. 네가 너무 애늙은이 같은 거지."

"그럼 제가 이상한 거예요?"

"이상하다기보다… 뭐 특별하다고 하자. 그나저나 이제 저 사람들은 어쩌나? 쯧쯧."

허산왕이 흑룡문과 마상가 사람들을 보며 혀를 찼다. 흑천삼객이 물러가자 양 상가의 사람들은 당황한 빛이 역력했다. 그들 중 누구도 흑천삼객을 능가할 무공을 지닌 자가 없었다. 그러니 만재방의 노고수들을 상대할 사람이 있을 리 만무했다.

"자, 이제 어쩔 건가?"

전욱이 백불동과 여상봉을 번갈아 보며 물었다. 전욱의 추궁을 받은 두 사람은 마땅한 대답을 할 수 없는지 얼굴을 붉힐 뿐 침묵을 지켰다.

"아직도 평양 이북의 상로가 마상가와 흑룡문의 것이라고 억지를 부릴 텐가?"

전욱이 승자의 여유를 드러내며 물었다. 그러자 한동안 침묵을 지키고 있던 백불동이 입을 열었다.

"우리 두 상가가 만재방에 비해 한 수 모자람은 인정하지요. 그러나 오늘날 우리가 이런 극단의 방법을 쓴 것에는 만재방의 책임도 있습니다."

"무슨 책임 말인가?"

"지난 삼 년 사이 북방에서 나오는 상질의 물건 중 우리 양가가 확보한 양은 그전에 비해 절반으로 줄어들었지요. 그 이유는 방주께서 더 잘 알고 계실 겁니다."

"우리 만재방이 북방의 상품을 매점했다는 말인가?"

"아닙니까?"

"내 앞서도 말했지만 그건 그대들이 물건의 주인들에게 너무 박하게 대했기에 생긴 일일세. 제대로 값을 쳐주었다면 그들이 어찌 가까운 곳을 놓아두고 먼 곳의 만재방을 찾았겠는가? 상인에게 이윤이 중하기는 하나 그것도 상대를 살려놓고 나서의 일일세. 그대들 양 상가의 법칙대로라면 북방에서 사냥을 하고, 약초를 캐고, 땅을 파 금은을 캐내는 사람은 더 이상 존재하지 않을 걸세. 그러니… 돌아가서 양가의 가주들에게 전하게. 우리 만재방을 공격한다고 해서 북방의 산물을 독점할 수는 없다고. 자네들도 알다시피 장사치란 언제나 이득이 있는 쪽으로 움직이게 마련이니 만재방이 북방의 상로에서 물러나면 물건의 주인들은 또 다른 만재방을 찾을 걸세. 그대들의 물건 값을 제대로 쳐주지 않는 이상."

전욱의 일장 연설에 백불동과 여상봉의 얼굴이 다시 붉어졌다. 상도로 말하자면 전욱의 말이 틀린 것이 없었기 때문이다.

"방주의 말씀 잘 들었습니다. 돌아가는 것을 허락한다면 가주님께 그리 전하지요."

"돌아가는 길을 막지는 않겠네. 하지만 그전에 한 가지 확인할 일이 있네."

"무엇을……?"

"누가 이 일의 배후에 있는가?"

전욱이 거두절미하고 물었다. 순간 백불동과 여상봉이 크게 당황했다.

"앞서도 말했지만 난 마상가와 흑룡문이 단독으로 우리 만재방에 도전해 왔다고는 믿을 수 없네. 두 상가를 무시하는 것은 아니지만 만재방과 두 상가의 차이는 분명한 사실이지. 그렇다면 마상가와 흑룡문의 뒤에 믿을 만한 배후가 있다는 말인데… 흑천삼객 같은 무림인이 아니라 상권을 다시 짤 만한 가문이 말이네. 누군가?"

"그, 그런 것 없습니다. 말했지만 이번 일은 북방에서 우리 두 가문의 손해가 너무나 막심해서 일어난 일입니다."

여상봉이 당황한 기색을 감추지 못하고 말했다.

"편히 돌아가기가 싫은 건가?"

"설마 우릴 잡아두겠단 말씀입니까?"

"도검으로 만재방을 위협한 자네들이네. 상도를 따르자면 목을 베어도 두 문파는 할 말이 없지. 난 자네들 배후를 들어야겠네."

전욱이 단호하게 말했다. 그러자 백불동과 여상봉의 얼굴에 두려운 빛이 감돌았다. 그러나 잠시 후 흘러나온 그들의 대답은 한결같았다.

"배후는 없습니다. 이 일은 우리 두 가문이 살고자 어쩔 수 없이 한 일일 뿐입니다."

"좋아, 입을 열지 않겠다면 나도 두 사람을 보낼 수 없다. 제압하게!"

전욱의 명이 떨어지자 장익을 포함한 만재방의 대행수들이 일제히 도검을 꺼내 들고 백불동과 여상봉을 향해 다가갔다. 두 사람은 서둘러 몸을 빼려 했으나 이미 그들이 후미에도 일단의 만재방 인물들이 길을 막아서고 있었다.

그렇게 앞뒤로 포위된 두 사람과 그 수하들이 당황한 빛을 보이고 있을 때, 그들 앞에 다가선 장익이 차가운 음성으로 말했다.

"순순히 따라오시오. 그렇지 않다면 피를 보게 될 것이오."

장익의 위협에 백불동과 여상봉이 행보를 정하지 못하고 우물거리고 있던 그때 갑자기 장내에 공기가 파열되는 소음이 일어났다.

쒜애액!

사람들의 고막을 찢어내는 듯한 파공음에 장내의 인물들이 놀라 소리를 낸 물체를 찾으려 시선을 돌리는 순간,

퍼퍽!

"큭!"

"악!"

갑자기 두 마디 비명 소리가 터져 나오더니 백불동과 여상봉이 그 자리에서 고꾸라졌다. 쓰러진 그들의 가슴에선 붉은 피가 솟구치고 있었는데, 그 피 속에 날카롭게 갈린 암기가 빛나고 있었다.

"서랏!"

두 사람이 암기에 쓰러지기 전 이미 몸을 날린 하모극과 또 다른 노인이 싸움을 구경하는 사람들 머리 위를 날아 넘어 북쪽으로 달려가며 소리쳤다. 그들로부터 십여 장 밖에는 검은 복면을 한 자가 도주하고 있었는데, 그 무공이 대단해서 하모극 등의 추격을 받고도 오히려 그 거리를 빠르게 벌리고 있었다.

하모극 등의 추격은 오래가지 못했다. 채 반 각이 되기 전 복면인의 신형이 숲 속으로 사라졌기 때문이다. 평지에서도 따라붙지 못한 자를 숲 속에서 잡기란 불가능했다. 하모극이 추격을 멈추고 복면인이 사라진 숲을 한동안 응시하다가 이내 신형을 돌려 만재방의 막사로 되돌아왔다.

"죽었는가?"

하모극과 다른 노인의 추격이 실패한 것을 눈으로 확인한 전욱이 장익을 보며 물었다.

"그렇습니다."

장익이 손으로 백불동과 여상봉의 목을 짚어보고는 고개를 끄덕였다.

"일이 생각보다 어렵게 꼬이는군. 도대체 누굴까?"

전욱이 고개를 갸웃했다.

"아마도 두 사람이 입을 열 것을 미리 막기 위해 손을 쓴 것일 겁니다."

어느새 장내로 돌아온 하모극이 말했다.

"하 노사께서 보시기에 그자의 무공은 어떻습니까?"

"음, 도주하는 속도로 보아서는 절대 우리의 하수가 아닐 겁니다. 물론 강호에는 경공에 특별난 재주를 가지고 있는 자가 있기는 하나 암기술까지 통달한 것을 보면……."

하모극이 어두운 낯빛으로 고개를 저었다.

"조심해야겠군요."

전욱은 언제나 하모극에게 존대를 했다. 아마도 만재방 내에서도 하모극은 무척 존중을 받은 인물인 모양이었다.

"경계를 좀 더 강화해야 할 듯합니다."

"알겠습니다. 노사들께선 이제 좀 쉬십시오. 나머지 일은 대행수들에게 처리하도록 하겠습니다. 노고가 많으셨습니다."

"방의 일에 나서는 것이야 당연한 일이거늘 어찌 노고라 할 수 있겠습니까. 오히려 방주께서 앞으로의 일이 번거로워지실까 걱정입니다."

"일단 장내를 정리하고 숙의를 해보지요. 장 대행수!"

전욱의 부름에 장익이 재빨리 전욱의 앞으로 다가왔다.

"장 대행수, 일단 죽은 두 사람은 각 상가의 사람들에게 맡겨 되돌려 보내게."

"그들의 배후는……?"

"흉수가 저 두 사람만을 노린 것은 오직 두 사람만이 배후의 정체를 알고 있다는 말이네. 그러니 나머지 사람들까지 붙들어둘 필요는 없지."

"알겠습니다."

"그리고 이른 아침부터 본 방과 거래하기 위해 찾아온 사람들을 너무 기다리게 했으니 점심을 거르고 거래를 트도록 하시게."

"그리하겠습니다."

"물건 값은 후하게 쳐주게. 어쩌면… 사람들이 불안해할 수도 있으니 경계도 강화하고."

"번을 서는 사람을 더 늘리겠습니다."

"좋아, 그럼 수고하시게."

전욱이 장익의 어깨에 손을 한 번 얹고는 하모극 등과 함께 막사 안쪽으로 사라졌다.

*   *   *

"자자, 줄을 서시오. 본 방은 며칠 이곳에 머물 테니 시간이 없어 물건을 팔지 못하는 일은 없을 거요."

한바탕 소란이 지나간 만재방의 막사 앞 너른 공터에 금세 장이 섰다. 장이라고 해도 사람들이 뒤섞여 거래를 하는 장은 아니고 물건을 팔려는 사람들이 줄을 서서 만재방의 행수들과 거래를 하는 장이었다. 그러나 공터의 활기는 어느 시장 못지 않게 활발했다.

만재방에 물건을 넘긴 사람들의 얼굴엔 대부분 만족한 미소가 흘렀는데, 그건 만재방의 행수들이 제대로 된 물건에는 후한 값을 쳐주었기 때문이다.

허소산과 허산왕 역시 길게 이어진 줄 사이에서 자신들의 차례를 기다리고 있었다.

"아버지, 그냥 장 대행수님을 찾아가면 안 돼요? 장 대행수님이 손수 오셔서 아버지를 찾았으니 이렇게 줄을 서서 기다릴 필요는 없잖아요?"

"그래도 순서는 지켜야지. 다른 사람들도 모두 기다리는데."

허산왕이 주변을 살피며 말했다.

"아버진 다른 사람 눈치를 너무 보시는 게 흠이에요."

"으음, 내가 그런가? 하지만 먼저 거래를 한다고 나을 것도 없지 않느냐? 어차피 오늘 중에는 거래를 할 수 있을 텐데. 소산아, 사람이란 큰 손해를 보지 않는 이상 굳이 앞으로 나설 필요는 없단다. 타인의 이목을 받게 되면 사고가 나는 법이거든."

"이제 더 이상 무슨 사고가 나겠어요. 뭐, 아무튼 아버지가 기다리시자면 기다릴게요. 한 반 시진이면 우리 차례가

오겠네요."

허소산이 길게 이어진 줄을 허산왕의 어깨너머로 보며 말했다. 그런데 허소산의 예상과 달리 두 사람의 기다림은 채 일각이 걸리지 않았다. 어느새 두 사람을 보았는지 장익이 자신이 하던 일을 다른 사람에게 맡기고 급히 두 사람 곁으로 다가왔기 때문이다.

"아니, 여기서 뭐하시오?"

장익이 의아한 표정으로 허산왕에게 물었다.

"거래할 순서를 기다리고 있지요."

"허허, 내가 허 엽사를 일부러 청했는데 뭣하러 줄을 서서 기다리신단 말이오."

"그래도… 다른 사람들도 모두 기다리는데……."

"하하하. 허 엽사는 정말 외양과 달리 너무 순박하시구려. 자자, 그러지 말고 안으로 들어갑시다. 이번만큼은 허 엽사의 물건이라면 방주께서 직접 보려 하실 겁니다. 방주께서 이곳에 오는 일은 흔치 않으니."

장익이 서둘러 허산왕과 허소산을 막사 안쪽으로 이끌었다.

"좋군, 좋아!"

전욱은 연신 고개를 끄덕였다. 만재방주 전욱이 머무는 막사는 산골의 작은 초옥만큼이나 컸다. 한쪽에 비단으로 가려진 침상이 있고 중앙에는 호피로 감싸인 태사의와 커다란 탁자가 놓여 있었는데, 지금 그 탁자 위에는 모피가 가득 쌓여 있었다. 모두 허산왕이 내놓은 모피들이었다.

모피의 종류는 무척 다양했는데 전욱은 특히나 여우 가죽과 호랑이 가죽에 관심을 보였다.

"허 엽사, 우리 만재방과 거래한 지 얼마나 되었소?"

전욱이 만족한 미소를 지으며 허산왕에게 물었다.

"한 십오 년쯤 되었지요."

"허허. 벌써 그리되었구려. 그런데 이번 물건이 그동안 허 엽사가 가져온 물건 중 제일 좋은 것 같구려. 물론 그동안 거래한 물건 역시 상품 중 상품이란 건 알고 있지만 말이오."

"마음에 드셨다니 다행입니다."

허산왕이 전욱에게 가볍게 머리를 숙여 보였다.

"그런데… 혹 백호는 없소?"

문득 전욱이 물었다.

"백호라시면……?"

"백두에는 간혹 백호가 출현한다는데……."

"백호피를 원하십니까?"

"긴히 선물할 곳이 있어서 말이오."

"음, 누군지 모르지만 백호피를 선물하시겠다니 대단한 분인가 보군요."

"하하하. 대단하지요, 대단해. 해로를 이용하는 상단에게는 호랑이 같은 곳이니. 혹 구룡문이라고 들어보셨소?"

"구룡문……. 글쎄요. 산골에 박혀 사는 처지인지라……."

"음, 모르시는가 보구려. 하긴 구룡문이 강호에 출현한 지 이제 겨우 오 년이니 모를 수도 있겠구려. 지금 서해의 해로는 구룡문이라는 무림 문파에 의해 장악되어 있소. 수십 년 해상의 운송권을 독점하다시피 한 사해방조차도 구룡문의 눈치를 보고 있는 실정이라오."

"사해방이라면 저도 아는 곳인데… 그런데 사해방이 눈치를 보다니 정말 대단한 문파인가 보군요."

"지금 중원무림은 팔룡이라 불리는 여덟 개의 세력이 장악하고 있는데 구룡문은 가장 최근에 팔룡의 한자리에 든 문파라오."

"무림의 사정 또한 문외한인지라……."

허산왕이 머리를 긁적였다.

"하하하. 내가 산속에서 세상을 등지고 고고하게 사는 허 엽사에게 쓸데없는 소릴 한 모양이구려. 어쨌든 서해의 상로를 안정시키기 위해 나도 구룡문과 인연을 맺어야 한다오. 그래서 백호의 호피라면 아주 좋은 선물이 될 것 같은데… 혹 백호를 만난 적이 있으시오?"

"물론 백두에서 사냥을 하며 살다 보면 간혹 백호를 만나기는 하지요. 하지만……."

"사냥을 하기는 어렵다? 천하의 허 엽사조차도?"

"사냥을 하려면 굳이 못할 것도 없으나 그건 제 집안의 전통을 어기는 일이기에 할 수가 없군요."

"집안의 전통이라면……?"

"백호는 영물이지요. 산사람들에게 백호는 대대로 신성의 대상입니다. 그래서 오래전부터 사냥꾼들 사이에서는 백호를 사냥하지 않는 전통이 있어왔지요. 간혹 그 전통을 무시하고 백호를 사냥한 엽사가 있긴 하지만 그런 자의 끝이 좋은 것을 보지 못했습니다. 죄송합니다."

"아, 아니오. 내가 산사람들의 법도를 모르고 욕심을 낸 모양이구려. 영물은 함부로 손을 대는 게 아니지요. 백호에 대한 욕심은 내 접으리다. 오늘 허 엽사가 가져온 모피만으로도 충분히 좋은 선물을 할 수 있을 것 같으니."

말은 그렇게 하면서도 전욱의 얼굴에는 약간의 아쉬움이 남아 있었다. 아마도 허산왕이 가져온 모피들이 대단하기는 하지만 구룡문에 대한 선물로는 조금 부족하다 생각하는 모양이었다. 그런 전욱의 표정을 살피며 허산왕이 조심스레 입을 열었다.

"선물을 말씀하시니 한 말씀 드려도 되겠습니까?"

"말씀하시구려."

전욱이 갑작스런 허산왕의 말에 호기심을 드러냈다.

"제게… 아들 녀석이 하나 있습니다."

"이 아이를 말씀하시는 거구려."

전욱이 시선을 허소산에게 주었다.

"그렇습니다. 소산이라 하지요."

"소산이라……. 과하지도 부족하지도 않은 이름이구려. 좋구려. 세상의 도 중 중도가 으뜸이라. 정말 좋은 이름을 지었소."

아마 전욱은 성명학(姓名學)에도 일가견이 있는 모양이었다.

"이름은 제가 지은 것이 아니고, 어쨌든 이 아이는 사냥이나 하는 저와 달리 무척 똑똑하지요. 그중에서도 약초에 대해선 아마도 수십 년 산을 탄 약초꾼보다도 나을 겁니다. 해서 이번에 올 때 이 아이가 채취한 약재도 함께 가지고 왔지요. 그중에는 무척 귀한 선물로 쓰일 약재도 있을 겁니다. 그렇지, 소산아?"

허산왕이 허소산을 보며 물었다.

"괜찮은 게 몇 가지 있어요."

허소산이 담담하게 대답했다.

"그래? 그럼 어디 소년 약초꾼이 캔 약초를 구경해 볼까?"

전욱이 허소산의 약재에 관심을 보였지만 그의 표정으로 보아선 큰 기대를 하는 것 같지는 않았다. 그도 그럴 것이, 약재라는 것도 결국은 경험 많은 자의 손에 귀한 물건이 들어오게 마련이어서 아무리 약재에 대한 지식이 많다고 해도 산을 탄 세월을 무시할 수는 없었다. 그러니 허소산 같은 소년에게 구룡문에 선물할 만한 약재가 있을 거라고는 기대치 않은 전욱이었다.

전욱의 속마음이야 어떻든 허소산은 자신이 가져온 약재들을 전욱의 앞에 풀어놓기 시작했다. 그런데 허소산이 약재를 풀어놓기 시작하자 조금은 심드렁하던 전욱의 표정이 서서히 변하더니 금세 큰 관심을 가지고 약재 위로 고개를 숙였다.

전욱은 허소산의 약재를 보며 두 번 놀랐다. 하나는 생각보다 그 양이 무척 많다는 것이었고, 두 번째는 그 또한 약재도 거래하기에 약재에 대해 문외한이 아니건만 허소산이 꺼내놓은 약재 중에는 이름을 알 수 없는 약재가 무척 많다는 점이었다.

"음, 허 엽사의 말대로 아드님의 약재에 대한 지식이 대단한가 보구려. 나조차도 모르는 약재가 있으니."

"약재에 대해선… 이 아이를 따라갈 사람 거의 없을 겁니다."

허산왕이 다시 자랑스럽다는 듯 말했다. 그러자 전욱이 가만히 약재를 살피다가 문득 곁에 있던 장익을 보고 말했다.

"삼대행수를 불러오시게."

"예, 방주!"

장익이 얼른 고개를 숙여 보이고는 전욱의 천막을 나섰다.

"조금만 기다려 주시구려. 우리 만재방의 대행수 일곱 중 삼대행수 지몽하라는 사람이 있소. 그는 이 고려 땅뿐 아니라 천하의 약재에 두루 통달해 만재방에서 약재 거래는 모두 그가 맡고 있소이다. 그가 오면 아마도 아드님이 준비한 약재의 값을 제대로 매겨줄 것이오."

"알겠습니다."

허산왕이 고개를 끄덕였다. 그러자 전욱이 약재에 대한 관심은 잠시 미뤄두고 허소산을 가만히 바라봤다. 마치 관상을 보는 것처럼 허소산을 살피던 전욱이 문득 고개를 끄덕이며 입을 열었다.

"허 엽사."

"예, 대인!"

"아드님을 참 잘 두었소."

갑작스런 전욱의 말에 허산왕이 어리둥절해하면서도 기분이 좋은지 미소를 지으며 말했다.

"제겐 과분한 아이지요."

"사람의 인연을 과하고 부족함으로 설명할 수는 없는 거고… 내 관상을 좀 볼 줄 아는데 아주 좋은 상을 타고 태어났구려."

"그렇다면 더욱 다행이지요."

"그래, 글은 좀 아는가?"

전욱이 허소산을 보며 물었다.

"조금……."

허소산이 급작스레 자신에게 보이는 전욱의 관심이 부담스러운지 지레 경계를 하며 대답했다. 그러자 허산왕이 얼른 끼어들었다. 아마도 아들 자랑을 하고 싶은 모양이었다.

"사실 소산은 저와는 무척 다른 아입니다. 이 아이는 이미 어려서 사서… 음… 사서삼경이란 걸 모두 읽었지요. 그리고 지금은 백림촌의 유일한 서점인 송가서점의 서책 또한 모두 읽어 서점의 주인인 송씨가 매번 이 아이가 읽을 책을 구하느라 진땀을 빼고 있는 실정입니다."

"오! 그렇소? 총명해 보인다고는 생각했지만 그 정도일 줄은 몰랐구려. 그렇다면 산에 머무는 것은 좀 아깝구려."

"그렇잖아도 아들과 함께 잠시 산을 떠나볼까 생각 중이었습니다."

"흠, 개경으로 가시게? 아니, 압록을 넘어도 기회는 있지. 잠룡들이 많은 곳이니 큰 뜻을 펼치기엔 압록을 넘는 것이 오히려 좋을 수도 있을 거요."

전욱이 진지한 표정으로 충고했다. 그러자 허산왕이 고개를 저으며 말했다.

"이 아이는 상인이 되겠답니다."

"상인? 장사를 하겠단 말이오?"

"그렇습니다."

"허허, 이상한 일이로구나. 한눈에 보아도 물욕이 있어 보이지는 않은데… 사람이라면 누구나 고관대작이 되어 세상을 움직이려 하는 법인데 상인이라……. 이 땅에선 상인이 좋은 대접을 못 받는다는 사실을 알고 있느냐?"

"그런가요?"

허소산이 되물었다.

"그렇다. 칼 든 자는 강도처럼 재물을 빼앗으려 하고 먹물 든 자는 권력의 힘으로 상인을 발가벗기려 한다. 상인으로 살아가는 것이 결코 쉽지 않다는 말이다."

"하지만 대인께서는 만재방과 같은 큰 가업을 이루셨잖아요?"

"내가 상인이 된 것은 내 선택이 아니었다. 가업으로 물려받은 것을 내가 키운 것뿐이지. 그리고… 내 삶 역시 크게 성공했다고는 볼 수 없다."

"어째서요? 대인께선 해동 최고의 상인이시고 많은 존경을 받으시잖아요?"

"후후. 하지만 역시 누군가의 선물을 준비하기 위해 이렇게 동분서주하고 있는 신세 아니냐. 상인이란 그런 것이다. 항상 누군가의 마음을 얻기 위해 자신의 자존심을 버려야 하는 존재지. 이래도 상인이 되겠느냐?"

"네."

허소산이 단호하게 말했다.

"허? 도대체 왜 상인이 되려는 거지?"

"재물은 욕심없어요. 사냥과 약초를 캐어도 먹고사는 데는 큰 문제가 없으니까요."

"그렇지. 이번에도 제법 한몫 잡을 테니까."

"전 그저 천하를 여행하고 싶은 것뿐이에요. 상인이 되면 아주 먼 곳까지 가볼 수 있잖아요? 뭐 욕심은 없지만 운이 좋으면 큰 재물도 얻을 수 있고."

"그러니까 한마디로 세상 구경을 하고 싶다는 거구나. 그래서 상인이 되려 한다……. 하하, 참으로 재밌는 아이구나. 그래, 이번 참에 아예 산을 내려오시려오?"

전욱이 허산왕에게 물었다.

"사실은 이 일로 대인께 조언을 청하려 했습니다. 해서 일부러 이번 대시에 맞춰 산을 내려온 것이지요."

"음, 그랬구려. 장사꾼이 되는 일이야 뭐 어려울 것 있겠소. 그저 물건을 사고파는 일을 하면 그게 장사치지."

"혹 만재방에 자리를 하나 내어주실 수는 없는지요?"

"만재방에 들고 싶소?"

"믿을 만한 곳은 역시 만재방뿐이라……."

"하하하! 나야 두 사람 같은 인재가 만재방에 들어오겠다면 환영이오만 만재방 생활도 쉽지는 않을 것이오."

"받아주시렵니까?"

"한번 생각해 봅시다."

"고맙습니다, 대인!"

"하하, 고마울 것은 없소. 나야 장사치이니 두 사람을 얻어 이득을 보면 되는 거고. 오, 마침 오는구만!"

문득 막사의 문이 열리고 장익이 한 명의 중년인을 데리고 들어왔다. 장익이 데리고 온 인물은 그리 크지 않은 체구에 마른 몸을 지닌 사람이었는데 눈빛이 깊어 믿음이 가는 인상을 가진 사람이었다.

"찾으셨습니까?"

장익의 뒤를 따라 들어온 중년인이 전욱에게 가볍게 고개를 숙여 보였다.

"어서 오게, 삼대행수. 삼대행수가 봐야 할 물건이 있어 불렀네."

"일대행수께 말은 들었습니다."

"그런가? 이 물건들인데, 한번 보겠나?"

전욱이 탁자에 놓인 약재들을 가리키며 물었다. 그러자 만재방의 삼대행수 지몽하가 불문곡직하고 허소산이 가져온 약재들을 살피기 시작했다. 장내의 사람들은 지몽하의 손과 눈을 주시하며 침묵을 지켰다. 그렇게 한동안 계속되던 지몽하의 약재 감별은 순간 그의 질문과 함께 끝이 났다.

"이 약재는 어느 분이 채취하신 거요?"

지몽하가 허산왕을 보며 물었다.

"이 아이가 한 것이오."

허산왕이 허소산을 가리켰다.

"정말 네가 이 약재들을 채취한 것이냐?"

"네."

"모두 다?"

"그렇습니다."

"손질도 네가 한 것이고?"

이번엔 허소산이 대답없이 고개를 끄덕였다. 지몽하가 가볍게 탁자를 치며 탄식했다.

"아, 내가 세상을 헛산 건가?"

갑작스런 지몽하의 탄식에 전욱이 놀란 표정으로 물었다.

"삼대행수, 그게 무슨 말인가, 갑자기?"

"방주님, 이 약재 중 일부는 정말 대단한 것입니다. 아마 개경이나 중원으로 가져가면 수백 냥의 값을 받을 만한 것도 있을 겁니다."

"그렇게 대단한 약재들이란 말인가? 난 내가 모르는 약재들이 있어 자넬 부른 것인데……."

"귀한 것이니 세상에 흔치 않은 것이지요. 그러나 더 놀라운 것은 약재를 분류하고 손질한 이 아이의 솜씨입니다. 각 약재의 성분에 따라 분류해 서로 다른 보관법을 썼을 겁니다. 그렇지 않느냐?"

지몽하가 확인하듯 허소산에게 물었다.

"맞습니다. 약재의 보관에는 습도의 조절이 중요해서 각기 보관하는 방법을 달리했습니다."

"옳다. 약재의 보관은 결국 습도가 중요하지. 어쨌든 너의 약재 다루는 솜씨는 근 이십 년 동안 약재를 거래한 나보다 나으면 나았지 부족함이 없구나. 대단하다. 방주님!"

"말해보게."

"오늘 이 아이가 가져온 약재는 모두 이천 냥 정도의 값을 쳐줄 수 있을 것 같습니다."

"이천 냥?"

전욱이 놀란 눈으로 지몽하를 바라봤다. 물론 지몽하가 이미 개경이나 중원에 가면 수백 냥을 넘게 받을 만한 약재들이 있다고는 했지만 그건 어디까지는 물건의 주인을 제대로 만났을 때의 말이다. 특히나 약재의 경우 사는 사람의 사정에 따라 그 값이 크게 변하기 때문에 이렇게 산지에서 약재를 구매하는 경우 시중에서 팔리는 값의 이 할에서 삼 할의 값도 받기 어려운 법이었다.

그런 사정을 잘 알고 있는 전욱이기에 그가 아무리 후한 상인이라 할지라도 지몽하가 말한 이천 냥의 값은 쉽게 수긍하기 어려운 것이었다. 전욱의 놀람을 이해한다는 듯 지몽하가 말없이 약재들 중에서 가장 왼쪽에 놓인 세 개의 약재를 만재방주 전욱 앞으로 밀며 말했다.

"방주께선 이 약재들이 무엇인지 아시겠습니까?"

"솔직히 말해 잘 모르겠네. 그래서 자넬 부른 거고."

"그러실 겁니다. 이 중 하나는 저도 이름을 모르겠고, 나머지 두 개는 알 수 있을 듯합니다. 이건 아마도 수백 년 묵은 봉령일 것 같고… 어쩌면 천 년이 넘었을지도. 맞나?"

지몽하가 어른 주먹보다 조금 크면서도 돌덩이처럼 딱딱해 보이는 검은 물체를 집어 들고는 허소산을 바라봤다.

"맞습니다."

허소산이 고개를 끄덕였다.

"이건… 천년석목?"

"그렇습니다."

"그렇군. 방주님, 이 두 가지 물건만으로도 이미 일천 냥의 가치를 넘었습니다. 그러나 정작 대단한 물건은 이거지요. 이건 저도 무슨 약재인지 정확히는 모르겠습니다. 그러나 그 향으로 보건대 아마도 이 두 가지 약재보다 더 대단한 약재일 듯 싶습니다. 어떤가?"

지몽하가 다시 허소산을 보며 물었다. 그러자 허소산이 미소를 지으며 고개를 끄덕였다.

"향기만으로 그 약재의 귀함을 알아보시다니 대단하세요."

"후후, 하지만 약재의 진실한 정체를 알고 있는 너에 비할 수는 없겠지. 무엇이냐?"

"혹시 삼충이라고 들어보셨나요?"

"삼충? 삼충!"

지몽하가 놀란 눈으로 허소산을 보며 소리쳤다.

"그게 바로 삼충이에요."

"정말 이게 삼충이란 말이냐?"

"삼충을 아시는군요."

"그럼 내가 어찌 삼충을 모르겠느냐? 그런데 정말 이게 삼충이냐?"

"네."

"도대체 어디서 이걸 구했느냐?"

"과거 천년삼을 본 적이 있어요."

"천년삼! 정말 천년삼을 봤단 말이냐? 어디서?"

지몽하가 소리쳤다.

"오래전 일이에요. 돌아가신 친부께서 천년삼을 캐셨지요. 마적에게 강탈당했지만."

"아!"

지몽하가 탄식을 흘렸다.

"그때 아버지가 천년삼을 캐셨던 곳을 얼마 전 가보았지요. 그곳에서 이 삼충을 발견했어요."

"그렇구나. 천년삼이 자랐던 곳이라면 삼충이 있을 만하지."

지몽하가 고개를 끄덕였다.

"이보게, 삼대행수. 도대체 삼충이 뭔가?"

전욱이 급히 지몽하에게 물었다.

"삼충이란 삼밭에서 자라는 벌레를 말합니다. 삼의 기운을 먹고 자라 영험하기 이를 데 없는 놈이지요. 하지만 삼충을 발견하기란 결코 쉽지 않습니다. 저 또한 오늘 처음 보는 물건이지요."

"하지만 삼이 귀하긴 해도 해동에 적지 않은데 그렇다면 삼충도 구하려면 구할 수 있는 것 아닌가?"

"그것이 그렇지가 않습니다. 삼충이 살려면 적어도 삼이 밭을 이루고 있어야 하는데……."

지몽하가 삼충에 대해 자세한 설명을 시작하려는 그때 문득 천막의 입구가 급하게 열렸다.

"방주님, 큰일 났습니다!"

한 명의 중년인이 소리를 치며 급히 천막 안으로 뛰어들었다.

"뭐냐? 손님이 계시다!"

전욱이 노기를 드러내며 물었다.

"그, 그것이 아가씨께서… 아가씨께서 사라지셨습니다."

第六章
전조명

독경^{讀經}

한순간에 허산왕과 허소산은 이방인이 되었다. 그들은 여전히 방주 전욱의 막사에 있었지만 만재방 사람들에게 더 이상 그들이 가져온 물건은 관심사가 아니었다. 방주 전욱은 일남일녀의 자식을 두고 있었는데 그중 그가 늘그막에 낳아 애지중지하는 딸이 사라진 것이다.

평소 어떤 일에도 여유를 잃지 않던 만재방주 전욱의 얼굴이 차갑게 굳어 있었으며, 백림촌 대시에 참여한 만재방의 주요 인물들 모두 전욱의 처소로 모여들었다. 그중에는 흑천삼객을 상대로 무서운 무공을 드러냈던 두 노인도 포함되어 있었다.

사람들은 차갑게 가라앉은 분위기 속에서도 낮고 빠르게 대화를 나누며 만재방주의 딸이 사라진 이유를 추측하기 시작했다. 다른 때 같으면 그저 몰래 막사를 빠져나가 시장 구경을 나갔으려니 생각할 수도 있겠지만 오늘은 마상가와 흑룡문 두 상가와 도검까지 들고 북방의 상로를 다투었기에 만재방 사람들의 긴장감은 극으로 치달았다.

"그들이… 납치를 했다면 큰일입니다."

문득 한 명의 중년인이 입을 열었다. 이번 만재방의 백림촌 행에는 만재방의 일곱 대행수 중 셋이 동행했는데, 일대행수 장익과 삼대행수 지몽하, 그리고 지금 말을 꺼낸 사대행수 심온이 바로 그들이었다. 백림촌에서 거래를 하는 실무는 대부분 이 세 사람 대행수에 의해 이뤄지고 있었다.

"조명은 그리 허술한 아이가 아니네. 무공도 나이에 답지 않게 뛰어나고… 소리 소문 없이 그 아이를 막사에서 납치해 갈 사람은 많지 않네."

흑천삼객을 상대했던 노인 중 한 명인 하모극이 고개를 저으며 말했다.

"하 노사의 말씀이 맞기를 바랍니다만 때가 때인지라…… . 조명의 재주가 제법 뛰어나다고 해도 어린 나이이니…… ."

만재방주 전욱이 근심이 지워지지 않은 표정으로 말했다. 그런데 그때 문득 이방인이었던 허산왕이 입을 열었다.

"저기… 제가 한 말씀 드려도 될지…… ."

"거래에 관한 것은 나중에 이야기합시다."

장익이 지금 이 상황에서 거래를 하자는 줄 알고 조금 불쾌한 표정으로 말했다. 그러자 허산왕이 재빨리 고개를 저었다.

"거래에 대한 것이 아니라 그 방주님의 따님 이름이 조명이라고 했습니까?"

의외의 질문에 사람들의 시선이 일제히 허산왕에게로 향했다.

"맞소. 그런데 그건 왜 물으시오?"

장익이 되물었다.

"그 이름을 쓰는 아이를 오늘 오전 중에 만났기 때문입니다."

"그게 정말이오? 조명을 어디서 보았소?"

전욱이 급히 자리에서 일어나며 물었다.

"앞서 북방의 두 상가와 만재방의 고수 분들이 대결할 때 잠시 우리 곁에서 싸움을 구경했었지요. 몇 마디 말을 나누기도 했는데 그때 자신의 이름을 조명이라고 했습니다."

"으음, 그 아이가 어디로 갔는지 아시오?"

"그건 모르겠습니다. 다만 남장을 하고 있었습니다. 그래서 처음엔 남자아인 줄 알았지요."

"남장을? 그렇다면 일단 안심이군."

전욱이 한숨을 쉬며 자리에 앉았다. 그러자 노고수 하모극 역시 안도하는 목소리로 입을 열었다.

"그것 보십시오, 방주. 조명이가 스스로 막사를 나간 것이 분명합니다. 이 백림촌의 대시에는 천하에서 기이한 장사꾼들이 많이 몰려드니 그 구경을 하고 싶다고 이곳으로 오는 내내 중얼거렸지요. 더군다나 연화산의 단풍 이야기도 했지요. 아마도… 홀로 여행을 하고자 막사를 떠난 것이 분명합니다. 지난번 개경에서도 그런 일이 있지 않았습니까?"

"망할 녀석! 시장 구경이라면 방 내의 사람과 함께 다녀와도 좋을 것을!"

전욱이 혀를 찼다. 그러자 장익이 여전히 굳은 표정으로 말했다.

"아가씨께서 스스로 막사를 떠났다면 일단 다행이지만 아직 안심하기엔 이릅니다. 마상가와 흑룡문 사람들이 아직 이 백림촌을 떠나지 않고 있을 겁니다. 더군다나 그들의 배후에 누군가가 있다면 그들 역시 백림촌에 와 있지 않겠습니까? 아가씨의 존재를 아는 순간 그들이 무슨 짓을 할지 모릅니다."

"음, 그렇군. 그럼 서둘러 사람을 풀어 조명이를 찾으시게."

전욱이 서둘러 명을 내렸다. 그러자 하모극이 고개를 저으며 말했다.

"그건 좋은 생각이 아닌 것 같습니다, 방주."

"무슨 말씀이신지……?"

"지금 백림촌에 본 방의 적들이 존재한다면 분명 우리의 움직임을 살피고 있을 겁니다. 사람을 풀어 조명이를 찾는다면 그들에게 조명이 홀로 밖으로 나갔다는 사실을 알려주는 것이나 마찬가지 아니겠습니까? 타초경사의 위험이 있단 말이지요."

"그럼 어찌하면 좋겠습니까?"

"이 일은 아우와 내가 맡지요. 우리 두 사람이 백림촌을 뒤져 보도록 하겠습니다. 우리 두 사람의 얼굴을 아는 자는 그리 많지 않으니 은밀히 움직일 수 있을 겁니다. 조명이도 우리를 만나면 순순히 막사로 돌아올 겁니다."

"두 분이 나서주신다면야 안심입니다만 너무 고생을 하시는 것이 아닌지. 앞서 흑천삼객을 상대한 여독이 채 풀리지도 않으셨을 터인데……."

"하하, 그런 걱정은 마십시오. 조명이라면 우리에게도 특별한 아이가 아닙니까?"

"알겠습니다. 그럼 조명의 일은 두 분께 부탁을 드리지요."

"아우, 가세."

"예, 형님. 그러지요."

하모극이 다른 만재방의 노고수를 이끌고 서둘러 막사를 벗어났다. 그러자 장익이 입을 열었다.

"사신(四神) 중 두 분께서 나섰으니 너무 걱정 마십시오. 그분들이 어떤 분인지는 방주께서 더 잘 아시지 않습니까?"

"물론 나 또한 그분들을 믿네. 하지만 세상일이란 게 단순치가 않아서……."

전욱은 여전히 걱정스런 표정이었다. 덕분에 천막 안의 분위기는 풀릴 줄을 몰랐다.

허소산은 차갑게 가라앉은 장내 분위기를 살피다 슬며시 허산왕의 옷깃을 잡아끌었다. 허소산의 행동에 허산왕이 시선을 돌리자 허소산이 이곳을 나가자는 눈짓을 보냈다. 그러자 허산왕이 고개를 끄덕이고는 조심스럽게 입을 열었다.

"모두 분주하시니 저희는 이만 물러가겠습니다. 지금은 때가 아닌 것 같으니 내일 다시 들르지요."

허산왕의 말에 전욱이 재빨리 손을 저었다.

"아니, 아니오. 사사로운 일로 손님을 그냥 보내는 것은 장사치의 본분에 어긋나는 일이오. 이미 물건은 모두 보았고 값만 치르면 되는 일인데 뒤로 미룰 일이 무엇 있겠소. 보자. 모피는 칠백 냥을 내겠소. 괜찮겠소?"

"과분하군요."

"아니외다. 이번에 백림촌에 모인 엽사 중 누구도 허 엽사와 같이 질 좋은 모피를 가지고 있지 못할 것이오. 그리고⋯ 이 약재들은 삼대행수의 판단대로 이천 냥을 내겠다. 어떠냐?"

전욱이 허소산을 보며 물었다. 그러자 허소산이 고개를 저었다.

"그렇게는 어렵겠습니다."

"응? 내가 값을 잘못 매긴 것이냐?"

"그렇습니다."

"어째서지? 내 판단에 문제가 있었느냐?"

애초에 이천 냥이라는 값은 삼대행수 지몽하가 내놓은 가격이기에 지몽하가 전욱을 대신해서 물었다. 그러자 허소산이 침착하게 입을 열었다.

"다른 물건들의 값으로는 일천오백 냥을 받도록 하겠어요. 그러나 삼충을 더한다면 이천 냥으로는 부족하지요."

순간 지몽하가 고개를 끄덕였다.

"음, 그렇구나. 삼충의 값을 오백 냥으로 치는 것은 조금 약하지. 그래, 네가 생각하는 값은 얼마냐?"

"삼충은 귀한 약재예요. 천년삼에는 미치지 못하나 그래도 의원들에게는 영약 중의 영약으로 꼽히지요. 더군다나 이 삼충은 백두 깊은 곳에서 얻은 것이니 그 약효가 더욱 뛰어날 거예요. 값으로만 보자면 전 이 삼충을 일천 냥에 팔고 싶어요."

"일천 냥!"

장내의 사람들이 모두 놀란 표정을 지었다. 허산왕 역시 허소산이 너무 과한 값을 부른 것이 아닌가 하는 생각에 허소산의 손을 잡았다. 그런데 뒤이어 흘러나온 허소산의 말이 사람들을 어리둥절하게 만들었다.

"하지만 전 이 삼충을 방주께 그냥 드리겠어요."

"응? 그게 무슨 말이냐?"

전욱이 놀란 표정으로 물었다.

"이미 말씀드렸지만 아버지와 전 한동안 방주님께 몸을 의탁하려 하고 있잖아요. 이 삼충은 그 부탁을 들어주시는 것에 대한 감사의 선물로 드릴게요."

"허허, 이 녀석아, 네가 똑똑하기는 하지만 아직 세상물정을 제대로 모르는구나. 누가 너희 두 부자를 공으로 먹여주고 재워준다더냐? 난 상인이란다. 이득이 남지 않은 일은 좀체 하지 않아. 그래서 너희 두 부자를 우리 상단에 들여도 그냥 놀리지는 않을 거란다."

"그야 당연한 일이죠. 하지만 그래도 조금 잘 봐달라는 의미에서 드리는 선물이에요."

"그럼 그건 뇌물이 아니냐?"

"뭐, 뇌물이라고 볼 수도 있지요. 하지만 보통은 선물이라는 좋은 말을 쓰지 않나요? 방주께서도 구룡문에 주실 물건을 선물이라고 하셨잖아요?"

허소산의 말에 전욱이 깊은 눈으로 허소산을 바라보다 가볍게 미소를 지었다.

"이놈, 거래를 할 줄 아는구나. 솔직히 말해봐라. 바라는 것이 뭐냐? 나로서야 이 삼충을 구룡문에 넘기면 분명 그들과의 관계에서 큰 이득을 볼 것이다. 넌 아마도 내가 구룡문에 줄 선물이 필요하다는 걸 짐작하고 삼충을 내놓은 것일 게다. 그러니 내심으론 바라는 바가 있겠지?"

"솔직히 말해도 돼요?"

"어차피 말할 것 아니냐?"

전욱이 더욱 흥미를 드러냈다.

"좋아요. 솔직히 말하자면 아버지와 전 만재방의 식솔이 되는 것보다는 손님이 되는 것이 좋을 것 같아요."

"손님이라……. 애매한 말이구나."

"만재방을 위해 일을 하긴 하겠지만 언제든 떠날 수도 있다는 거죠. 물론 일도 억지로 맡지는 않았으면 좋겠구요."

"이런이런. 정말 손님이 되려는 거로구나."

"재물을 모으는 것이 목적은 아니니까요."

"좋아, 더 바라는 것은 없느냐?"

"때가 되어 서해를 건너는 상선이 뜨면 함께 동행시켜 주세요."

"좋다, 그리하마. 아마 네 녀석은 지금 내가 네 제안을 거부하면 만금을 준다고 해도 삼층을 넘기지 않겠지?"

"그야 모르는 일이죠."

"걸걸, 영악한 놈이로다. 좋다, 우리의 거래는 성사됐다. 허 엽사!"

"예, 대인!"

"허 엽사와 아드님은 오늘부터 우리 만재방의 손님이오. 언제 합류하시겠소?"

"글쎄요. 당장은 정리할 일도 있으니……."

"우린 이 장진호에 보름 동안 머물 거요. 그 안에 주변이 정리되면 함께 떠나시고, 만약 시간이 더 필요하면 언제라도 벽란도 만재방으로 찾아오시오. 언제든 귀한 손님으로 모시겠소."

"그저 머물게 해주시면 족합니다."

"아니, 아니오. 그랬다가는 허 엽사의 영특한 아들에게 어떤 봉변을 당할지 모르니 우리도 조심해야지. 하하하!"

비록 딸의 가출로 심난한 상태였지만 전욱은 허소산과의 거래가 무척 마음에 들었는지 연신 웃음을 터뜨렸다. 그건 아마도 삼충을 대가없이 얻었기 때문이 아니라 허소산에게서 특별한 면을 보았기 때문일 터였다.

"배려를 해주시니 고맙습니다. 그럼 저흰 이만 물러가지요. 주변이 정리되는 대로 만재방에 들겠습니다."

"좋소, 오늘 거래한 물건 값은 내일 장 대행수를 통해 전표로 전하도록 하겠소. 길을 떠나면 금자는 짐이 되는 법이니."

"그야 아무래도 상관없습니다. 소산아, 인사드려라."

"다음에 다시 뵙겠습니다, 방주님!"

허소산이 전욱에게 공손하게 인사를 했다.

"그래, 다음에 보자. 우린 좀 더 가까운 사이가 될 수도 있을 것 같다. 잘 가거라."

전욱의 말이 끝나자 허산왕과 허소산이 다시 한 번 머리를 조아리고는 전욱의 천막을 벗어났다.

전욱은 두 부자가 천막을 나갈 때까지 허소산에게서 눈을 떼지 않았다.

"마음에 드십니까?"

문득 장익이 물었다.

"진(秦)의 여불위가 그랬지? 장사 중 제일은 사람 장사라고."

"키워보시렵니까?"

장익은 익히 전욱의 사람에 대한 욕심을 알고 있었다. 전욱은 재능있는 사람을 무척 좋아했다. 비록 그들을 모두 만재방에 들이지 못한다 해도 재능있는 사람에겐 아낌없이 재물을 쓰는 전욱이었다. 그리고 그런 전욱의 사람 욕심이 오늘날의 만재방을 만들었다.

고려의 개성뿐 아니라 중원에도 전욱의 이름으로 힘을 얻을 수 있는 사람이 모래알처럼 많았다. 만재방은 그런 사람의 그물을 이용해 오늘날 거대한 상단을 이룬 것이었다. 그런 전욱의 눈이 다시 한 명의 소년을 주시하기 시작한 것이다.

"굴러들어 온 복이랄까?"

"제가 보아도 특별한 아이 같았습니다."

"문제는 있어."

"무슨……?"

"아이가 만재방의 식솔이 아니라 손님이 되겠다는 것 말이야."

"그야 서서히 만재방의 사람으로 만들면 되지요. 그건… 외람되지만 방주님께서 가장 잘하시는 일 아닙니까?"

"후후. 그런가? 하지만 소산 저 아이는 쉽지 않을 것 같아. 고집이 무척 세 보였거든."

"그래도 방주님의 그물을 벗어나지는 못할 겁니다."

"그럴까? 좋은 인연이 되었으면 좋겠어. 나도 늙었고… 후대를 생각해야지."

"그렇게까지 보셨습니까?"

"다시 볼 수 없는 기재일지도 모르겠어."

"그렇게 대단한 아인 줄은 몰랐습니다."

"두고 보게. 큰 물건이 될 테니."

전욱이 고개를 끄덕였다.

"왜 그랬느냐?"

"뭘요?"

만재방의 막사를 떠나 장진강변을 따라 내려오며 문득 허산왕이 묻자 허소산이 되물었다.

"삼충 말이다. 그건… 굳이 내놓지 않아도 되었을 텐데. 난 네가 삼충까지 가져온 줄은 몰랐다."

"서운하세요?"

"서운하긴, 단지 널 위해 쓰는 게 낫지 않았을까 해서……."

"후후, 아버지도 참. 제가 어려서부터 먹은 영약이 얼만데요. 그런데 삼충을 또 먹어요?"

"사람이란 언제든 그런 영약이 필요할 수 있으니까. 만약을 위해서라도……."

"걱정 마세요. 그럴 일은 없을 테니까. 그리고 설혹 영약이 필요한 일이 벌어져도 제겐 다 준비되어 있다고요."

"응? 무슨 말이냐?"

"삼충은 하나가 아니에요. 두 개 더 있어요."

"정말?"

"그럼요. 제 거 하나, 아버지 거 하나, 그렇게 두 개를 준비해 뒀어요."

"나야 무슨 필요가 있다고. 너나 얼른 먹어둬라."

"아유, 아버지도. 약이라고 아무 때나 먹나요. 아플 때나 먹는 거지."

"아무리 귀중한 물건도 묵히면 똥이 되는 법이란다."

"하하, 아버지도 참!"

허소산이 맑은 웃음을 터뜨렸다. 두 부자는 그렇게 느리게 장진강변을 걸어 내려와 다시 백림촌으로 돌아왔다.

*   *   *

백림촌은 날이 갈수록 흥청거리기 시작했다. 보름이 가까워지자 장은 점점 더 커졌다. 물건을 사고파는 사람뿐 아니라 장사치들을 상대로 술과 여자를 파는 사람들까지 모여들어 큰 성읍에 못지않은 불야성이 펼쳐진 백림촌이었다.

그런 부산함 속에서도 허산왕 부자의 집은 고요했다. 허산왕은 하나씩 하나씩 가업을 정리하고 있었고, 허소산은 자신의 방에 틀어박혀 서책에 파묻혀 살았다. 그렇게 사흘이 지난 날 아침 문득 허산왕이 허소산을 불렀다.

"소산아."

허산왕의 부름에 허소산이 문을 열고 고개를 내밀었다.

"시키실 일이 있으세요?"

"오늘은 나와 함께 상운암에 다녀오자꾸나."

"상운암이요? 왜요?"

"이번에 백림촌을 떠나면 한동안 이곳에 돌아오기 어려울 테니 상운암에 가서 조상님들을 위해 기도라도 하고 오자꾸나. 너도 부모님께 인사를 드려야지?"

"알았어요. 금방 나갈게요."

허소산이 보고 있던 책을 던져 놓고 얼른 옷을 차려입은 후 방문 밖으로 나섰다.

허소산이 마당에 내려섰을 때 허산왕은 이미 말 위에 올라 있었다. 허소산도 훌쩍 몸을 날려 허산왕이 그새 준비해 놓은 말에 올랐다.

"가자."

허소산이 말에 오르자 허산왕이 지체하지 않고 말을 몰았다.

뚜걱뚜걱!

굽이진 산길을 따라 말굽 소리가 묵직하게 들려왔다. 북쪽 연화산으로 이어진 산 능선들이 신령스러움을 뽐내고 있었고, 이른 가을을 타는 나무들은 어느새 녹색 옷을 벗어내려 하고 있었다.

산 아래로는 멀리 장진강과 장진호가 한눈에 들어와 선계의 풍경을 만들어내고 있었다.

"언제 봐도 좋은 풍경이에요."

허소산이 산 아래를 굽어보며 말했다.

"그러게 말이다. 막상 떠난다고 생각하니 더 살가운 풍경이로구나."

허산왕의 시선은 백림촌에 닿아 있었다.

"뭐, 결국은 다시 돌아올 텐데요."

"그래도 조상이 묻힌 곳은 남다른 법이지. 그런데 내가 늙었나?"

"왜요?"

"상운암이 이렇게 멀었나 해서 말이다."

"하하, 아버지도. 백두도 한달음에 타시는 분이."

"그러게 말이다. 오늘은 좀 멀게 느껴지는구나."

"걱정 마세요. 저기 보이잖아요."

허소산이 손을 들어 산 중턱 이십여 장 높이의 절벽 위에 서 있는 한 채의 암자를 가리켰다. 백림촌에서 상운암이라고 부르는 곳으로 구름 위에 있는 암자라 해서 붙여진 이름이었다. 백림촌 사람들에게는 신령스런 암자로 알려져서 조상의 위패를 모시거나 혹은 길일에 복을 비는 곳으로 유명했다.

더불어 상운암에서 내려다보는 장진호와 백림촌의 모습은 가히 천하제일절경이라 간혹 상운암의 존재를 아는 묵객들이 들러 잠시 쉬어가는 곳이기도 했다. 기실 백림촌에 들른 여행객은 반드시 거쳐 가야 할 명소라고도 할 수 있었다.

상운암이 눈에 보이자 두 사람은 말의 걸음을 재촉했다. 말들이 푸푸 힘겨운 소리를 내자 두 사람은 아예 말에서 내려 말고삐를 끌면서 길을 서둘렀다.

그렇게 한동안 산길을 걷기를 얼마, 상운암까지 이십여 장

정도의 거리를 남겨뒀을 때 문득 두 사람이 걸음을 멈췄다.

"서둘러라! 멀리 가지 못했을 거다!"

허소산의 귀에 거친 목소리가 들려왔다. 허소산과 허산왕이 시선을 돌려보니 상운암으로 이어진 길을 따라 다섯 명의 장년 사내가 나는 듯이 달려 내려오고 있었다.

"무슨 사람들이지?"

허산왕이 급히 내려오는 사내들을 보며 고개를 갸웃했다. 더군다나 사내들의 허리춤에는 환도가 매달려 있어서 이들이 상운암에 불공을 드리러 온 자들이 아님을 한눈에 알 수 있었다.

"정말 저들을 모르시겠어요?"

허소산이 낮게 속삭였다.

"저들을 안단 말이냐?"

허산왕이 의아한 표정으로 물었다.

"지난번 만재방에 찾아왔던 그자들 중 일부예요."

"응? 마상가와 흑룡문 사람들이라고?"

"네, 분명해요. 저들이 입은 옷을 기억해요. 그중 한둘의 얼굴도요."

"그래? 그렇다면 이상하구나. 저들은 분명 백림촌을 떠난 것으로 알고 있었는데… 이 상운암에는 무슨 일일까?"

허산왕이 중얼거리는 사이, 나는 듯이 달려온 마상가와 흑룡문의 다섯 사내가 바람처럼 두 사람을 스치고 지나갔다.

"바쁜 일이 있나 봐요."

"그러게 말이다. 혹 상운암에서 무슨 분탕질을 한 것은 아닐까?"

"상운암은 백림촌 사람들이 존경하는 스님들이 사는 곳인데 그런 곳에서 설마……."

"저들은 백림촌 사람들이 아니잖니?"

허산왕의 말에 허소산도 얼굴빛이 굳었다.

"어서 가봐요."

허소산이 서둘러 말을 끌고 달리기 시작했다.

"스님!"

허소산의 외침에 고희를 넘은 노승이 절 앞마당에 서 있다가 시선을 돌렸다.

"소산이구나."

노승이 반갑게 허소산을 맞이했다. 노승의 법명은 법철. 상운암의 주지로서 상운암에 머무는 열일곱 스님의 큰어른이었다. 허소산과는 이미 안면이 있었고, 그의 문재(文才)를 일찍이 알아봐서 허소산과의 만남을 즐거워하는 스님이기도 했다.

"무슨 일 없는 거죠?"

허소산이 거두절미하고 물었다.

"무슨 일이라니?"

"오다가 마상가와 흑룡문의 사람들을 봤어요."

"음, 그들을 보았구나."

허소산의 말에 노승 법철이 어두운 표정으로 말했다.

"그들이 무슨 일로 온 겁니까? 상운암에 무슨 해코지라도 했습니까?"

이번엔 허산왕이 급히 물었다.

"허 시주, 인사도 못 드렸구려."

법철이 가볍게 합장을 했다. 그러자 허산왕도 급히 손을 모아 마주 합장을 했다.

"암자에는 큰일이 없어 보이는데……."

허산왕이 인사를 마치고는 암자를 둘러보며 말했다. 암자라고는 하지만 제법 큰 절로 대웅전을 비롯해 네 개의 건물이 모여 있는 규모였다.

"우리야 큰 문제가 없소이다만……."

"달리 걱정되시는 것이라도 있으십니까?"

"그들은 사람을 찾고 있었소이다."

"사람이라면 누굴……?"

허산왕이 재차 묻자 스님 법철이 수심이 드리운 표정으로 말했다.

"아침 일찍 남장을 한 여아가 들렀소. 보아하니 귀하게 자란 듯했는데 상운암의 아침 운해가 아름답다는 말을 듣고 그걸 구경하기 위해 왔다 하더구려. 그런데 귀하게 자란 사람답지 않게 시종이 따르지 않았소. 어쩌면 집에서 도망을 나온 듯도 보이고. 그래서 조식을 챙겨주고 차 한 잔 대접한 후 보냈는데 그 뒤로 바로 그들이 그 아이를 찾아왔소. 처음에는 그 아이의 집에서 보낸 사람들인가 했는데 눈빛을 보니 결코 선의를 가지고 온 사람들이 아니었소."

"아! 조명 아가씨가 이곳에 들렀군요."

허소산이 탄식을 흘렸다.

"조명? 그 여아를 아느냐?"

"그 여아가 열서너 살 정도였습니까?"

이번에는 허산왕이 급히 물었다.

"그렇소이다. 하지만 나이에 비해 무척 총명해 보이더구려."

"음, 확실히 만재방의 금지옥엽이 맞군."

"만재방이라면……?"

스님 법철이 놀란 표정으로 되물었다. 만재방의 명성은 고려 전역에 퍼져 있어 산속에서 선을 추구하는 법철 스님도 그 이름을 알고 있었다.

"이번 백림촌 대시에 만재방주께서 직접 오셨습니다. 그런데 함께 동행한 방주의 따님이 사흘 전 몰래 막사를 빠져나갔지요. 아마 자유롭게 백림촌의 대시를 구경하고 연화산 단풍까지 보고 싶었던 모양입니다. 그런데… 아직도 혼자 다니고 있다니 의외군요. 그 두 사람이면 하루 새 찾을 수 있을 거라 생각했는데……."

만재방의 두 노고수가 아직 전조명을 찾지 못한 것은 확실히 의외였다. 그러나 그보다 더 큰 문제는 마상가와 흑룡문이 그녀를 쫓고 있다는 사실이었다.

"그녀가 위험하겠어요. 어서 만재방에 알려야 하지 않을까요?"

허소산이 말했다.

"음, 그래야겠구나. 스님, 사실 우리 두 부자는 얼마 후 백림촌을 떠나 벽란도로 갈 생각입니다. 그래서 조상님들의 위패에 마지막으로 향이나 사를까 해서 온 것인데 일이 급하게 되었으니 며칠 후 다시 들러야 할 것 같습니다."

"그랬구려. 어서 가보시오. 그들의 기세로 볼 때 사람을 해치는 것도 마다하지 않을 기세더구려."

법철이 얼른 고개를 끄덕였다.

"그럼 다음에 뵙지요. 소산, 서두르자!"

허산왕이 훌쩍 말에 올라 산문을 벗어나기 시작했다. 허소산이 급히 뒤를 따랐다.

두두두!

기세 좋은 말발굽 소리가 한동안 산길을 울렸다. 허소산과 허산왕 두 사람은 바람처럼 말을 몰아 백림촌으로 향하고 있었다. 그런데 앞서 상운암을 떠난 자들의 모습이 어디서도 보이지 않았다.

"아버지!"

문득 허소산이 말을 세우며 허산왕을 불렀다.

"왜 그러느냐?"

"이상해요."

"뭐가?"

"그들이 아무리 빨리 내려갔다고 해도 이쯤이면 보여야 하는데 보이지 않잖아요."

"음, 그렇구나. 그러고 보니 더 이상한 것은 앞서 떠났다던 조명 아가씨도 오는 길 위에서 보지 못했구나. 오가며 마주쳤어야 정상인데……."

"다른 길로 간 것 아닐까요?"

"다른 길? 백림촌으로 가는 길은 이 길 하난데?"

"백림촌으로 가지 않았을 수도 있어요."

"그럼 어디로 간단 말이냐?"

"연화산으로 가는 샛길 있잖아요."

"연화산! 연화산의 단풍을 보고 싶어했다고는 하지만 설마 혼자 연화산까지 가겠느냐?"

"보셨잖아요, 무척 당돌한 아가씨인 것을."

"음, 그렇다면 큰일이구나. 그자들이 조명 아가씨의 행방을 눈치챘다면 곧 따라붙었을 터인데."

"우리도 연화산 쪽으로 가봐요."

"만재방에 알리지 않고?"

"그럴 시간이 없을 것 같아요."

"하지만… 우리가 그들을 상대할 수 있을까?"

"아버진 마적들 손에서 저도 구하셨잖아요? 게다가 우린 둘이에요. 마침 활도 가지고 있고요."

허소산이 타고 있는 말 옆구리에 매달린 각궁을 두드리며 말했다.

"음, 좋다. 일단 연화산 쪽으로 가보자꾸나. 조명 아가씨를 구하지 못한다 해도 확실히 그들 손에 잡혔는지는 확인해 보는 것이 좋겠지. 가자!"

두 사람이 급히 말을 돌려 다시 산길을 타고 오르기 시작했다.

$$* \qquad * \qquad *$$

땅에 누운 용처럼 힘차게 굽이치는 산길이 깊은 계곡으로 이어져 있었다. 계곡 안쪽에선 장진강으로 이어지는 물길이 거칠게 쏟아져 내리고 있었는데, 며칠 전 내린 가을비로 인해 그 수량이 더욱 많아진 듯 보였다.

계곡 주변으로는 수천 년 동안 흐르는 물에 깎여 기이한 모양을 이룬 바위들이 널려 있었고, 그 주변으로 족히 수백 년은 되었음 직한 금강송들이 하늘 높이 솟아 있었다.

간혹 계절보다 빨리 물든 단풍 몇몇이 선홍빛 옷을 입으려는 것도 있어 계곡은 무릉도원이 이곳일까 할 만큼 신비롭고 아름다웠다.

그리고 한 사람이 그 계곡의 풍경에 빠져 시간 가는 줄 모르고 바위 위에 앉아 있었다.

"아, 나오길 정말 잘했어. 이렇게 좋은 풍경을 구경할 줄이야. 음, 이번에는 아버지도 날 쉽게 찾지 못할 거야. 이번만큼은 나도 충분히 조심했으니까. 백림촌의 대시는 보름이 지나야 끝이 나니 연화산까지는 충분히 다녀올 수 있겠지? 아, 이게 얼마 만의 자유야. 좋다!"

계곡의 풍광에 넋을 잃고 있는 사람은 만재방주 전욱의 금지옥엽 전조명이었다. 남장을 하고 있어 얼핏 보면 산을 타는 어린 소년으로 보이지만 가까이에서 본다면 갸름한 여인의 얼굴을 감출 수 없었다. 그런데 밝던 전조명의 얼굴이 금세 어두워졌다.

"이번 일로 아버지도 더 이상 날 황보가에 시집 보낼 생각을 하시지 못할 거야. 물론 황보가의 황보 공자가 제법 뛰어난 사람이긴 해도 난 아직 열세 살에 불과하다고. 시집갈 나이는 아니지. 뭐, 한 오륙 년 뒤에는 모르겠지만. 황보 공자라…… 잘생기긴 했어. 가문도 좋고. 지난번에 만났을 때 보니까 제법 남자다운 면도 있는 것 같긴 하더라. 응? 조명, 조명, 너 지금 무슨 소릴 하고 있는 거지? 넌 지금 황보 공자에게 시집가는 게 싫어서 집을 나온 거잖아!"

전조명이 스스로를 꾸짖으며 손으로 머리를 때렸다. 그리고는 훌쩍 자리에서 일어났다.

"자! 또 가보자. 이번엔 어떤 풍경이 날 반겨줄지."

전조명이 계곡 안쪽으로 이어진 길에 시선을 한 번 주고는 훌쩍 날아올라 바위에서 내려섰다. 그런데 그 순간 갑자기 전조명이 움직임을 멈췄다. 언제 나타났는지 다섯 명의 사내가 그녀의 앞길을 막아섰던 것이다.

"누구세… 냐?"

전조명이 당황한 기색이 역력한 표정으로, 그러나 입으로는 제법 호기를 가장하며 소리쳤다.

"아가씨, 길을 잘못 드셨소."

다섯 사내 중 한 명이 무뚝뚝한 표정으로 말했다. 그들의 표정에는 왠지 모르게 불쾌한 기색이 역력했는데, 마치 하기 싫은 일을 하는 사람들의 표정이었다.

"아… 버지께서 보내셨나요?"

전조명은 자신을 아가씨라고 부를 사람은 만재방의 사람들밖에 없다고 생각했다. 그러나 그러면서도 한편으로 불안한 것은 이 사람들의 얼굴을 자신이 모른다는 것이었다.

본래 전조명은 만재방에서도 총명하기로 유명했다. 그런 그녀가 만재방의 식솔을 몰라볼 리 없었다. 이들은 적어도 백림촌에 온 만재방의 식솔들이 아니었다.

"역시 만재방의 전 소저가 맞구려. 우릴 만재방주께서 보내신 것은 아니오. 그러나 아가씨를 모시러 온 것은 맞소."

"그게 무슨 말이죠? 아버지가 아니라면 왜 당신들이 날 데려가겠다는 거죠?"

"우린… 마상가와 흑룡문의 사람들이오."

사내가 살짝 얼굴을 찡그리며 말했다. 자신들의 신분을 밝히는 것이 달갑지 않은 것이 분명했다.

사내의 말을 듣는 순간 전조명은 앞뒤의 사정을 한순간에 알아챘다. 그녀 역시 사흘 전 만재방의 막사에서 있었던 분란을 보고 나온 길이었다.

"날 찾고 있었구나."

전조명의 목소리가 차갑게 변했다.

"그렇소. 아가씨를 찾느라 애를 좀 먹었소. 마침 우리가 북방으로 돌아가는 길이 아니었다면 아마도 아가씨를 만나지 못했을 거요. 아니, 아가씨가 묵었던 길마재 객잔의 주인에게 아가씨에 대해 듣지 않았다면 찾을 수 없었을 거요. 아가씨는 오히려 남장을 하지 않는 것이 좋을 뻔했소. 어린 아가씨가 남장을 하고 있으면 누구라도 관심을 갖는 법이거늘 객잔의 주인이 어찌 아가씨를 눈여겨보지 않았겠소."

사내가 정중한 충고까지 전했다.

"마상가와 흑룡문이 왜 날 찾는 거죠? 이미 싸움은 끝났고, 당신들 두 상가는 아버지께 잘못을 빌어야 할 때가 아닌가요?"

"아, 아가씨는 세상의 흉험함을 잘 모르는구려. 아마도 그래서 이런 시국에 만재방의 막사를 떠난 것이겠지. 이보시오, 아가씨, 상단과 상단의 싸움이 어찌 싸움 한 번으로 끝을 보겠소. 일단 싸움이 시작된 이상 결국 한쪽이 완전히 굴복할 때까지 싸움을 계속할 거요. 그런 의미에서 아가씨는 우리에게 무척 소중한 사람이 될 것이오. 내가 알기론 만재방주께선 아드님보다 아가씨를 더욱 소중하게 여긴다던데……."

"날 인질로 삼겠다는 건가요?"

"뭐, 결국은 그렇게 될 것이오."

"부끄럽지도 않나요. 마상가와 흑룡문이라면 그래도 해동 십이상에 포함되는 상가들인데 이런 치졸한 짓을 하다니!"

전조명이 경멸 어린 눈으로 사내들을 보며 소리쳤다. 그러 자 사내들의 얼굴에도 겸연쩍은 빛이 감돌았다. 그러나 그도 잠시, 전조명을 상대하던 사내가 고개를 저으며 말했다.

"아가씨, 물론 아가씨를 모시는 일이 정의롭지 못한 것은 우 리도 알고 있소. 하지만… 세상을 어찌 광명정대하게만 살 수 있겠소. 더군다나 만재방이나 우리 두 가문이나 모두 재물에 목숨을 거는 상가(商家), 이득을 위해선 목숨도 버리는 가문들 이 아니오."

"우리 만재방은 이런 식으로 장사하지 않아요!"

"글쎄올시다. 만재방이 거래에서 공정함을 잃지 않는다고 들 하지만 난 사실 그 이야기를 믿지 않소. 나중에 아가씨가 장성한 후 만재방의 뒤를 잘 살펴보시오. 분명 만재방에도 오 늘 우리가 한 일처럼 구린 냄새가 나는 일이 숨어 있을 테니. 장사치란 다 그런 것이오."

"흥, 절대 그럴 일 없어요!"

"휴, 좋소. 만재방은 독야청청 깨끗하다고 해둡시다. 아무 튼 우린 그렇게 정의로운 사람들이 아니니 함께 가셔야겠소."

사내가 단호하게 말했다.

"그럴 수 없어요."

전조명 역시 야멸치게 고개를 저었다.

"순순히 가지 않겠다면 험한 꼴을 당할 수도 있소."

"흥, 날 죽여서라도 데려가겠다는 건가요?"

"필요하다면!"

사내가 자못 위협적으로 대답했다. 그러자 전조명이 흠칫 몸을 떨었으나 이내 호기를 드러내며 허리춤에 천으로 둘둘 감아 감추고 있던 검을 뽑아 들었다.

"날 데려가려면 당신들도 큰 손해를 봐야 할 거야."

"아, 이 아가씨가 정말 세상 무서운 줄 모르네. 이보시오, 아가씨, 도검은 흉한 물건이오. 자신을 지키기도 하지만 주인의 목을 베기도 한단 말이오. 그 검, 당장 내려놓으시오."

"흥, 적어도 내 몸 하나 지킬 능력은 있다! 그러니 홀로 나온 것이고!"

"정말 뜨거운 맛을 봐야겠군. 이보게, 아가씨께 교훈을 좀 줘야겠네. 그래야 순순히 말을 듣지."

사내가 뒤의 동료들을 보며 말하자 그중 한 명이 앞으로 걸어나오며 대답했다.

"내가 하지. 이런 일은 시간을 끌 필요가 없어."

"중삼, 자네가 나설 줄 알았네. 하지만 손에 사정을 두게. 귀한 사람이야. 몸이 상하면 값이 떨어지네."

"걱정 말게. 고이 모실 테니."

중삼이라 불린 사내가 고개를 끄덕이고는 검을 뽑지도 않은 채 전조명을 향해 다가서기 시작했다.

"아가씨, 쓸데없는 고집 피우지 말고 함께 갑시다."

중삼이 두 손을 들어 올렸다. 아마도 박투술에 제법 능한 모양이었다.

"검을 뽑아라!"

전조명이 소리쳤다. 그러자 중삼이 피식 실소를 흘렸다.

"내가 검을 뽑으면 아가씬 반드시 피를 보게 된다오. 난 마상가의 중삼이란 사람인데 장사보다는 칼 쓰는 법에 능해 마상가에 든 사람이오. 다시 말해, 칼잡이란 말이오."

"흥. 어디 저자에서 삼류 검법을 익힌 모양이구나."

"후후후, 삼류라……. 맞소. 난 삼류무사요. 그러니 무가가 아닌 상가에서 밥을 얻어먹고 있지. 하지만 삼류무사라 할지라도 귀하게 자란 아가씨가 상대할 사람은 아니라오. 자, 그만 갑시다."

중삼이 훌쩍 신형을 날려 전조명의 오른쪽 어깨 자락을 번개처럼 낚아채 갔다. 그런데 단번에 사내에게 잡힐 것 같던 전조명의 움직임이 모두를 놀라게 했다.

"흥!"

전조명은 한순간에 몸을 회전시켜 사내의 손길을 벗어난 후 거침없이 검을 휘둘렀다.

팟!

"욱!"

전조명을 얕보고 덤벼들었던 사내가 등 쪽에 길게 검상을 입고는 신음성을 토하며 뒤로 물러났다. 전조명은 상대를 베고도 자신이 사람을 베었다는 것에 놀라 부들부들 손을 떨면서 검을 꽉 움켜잡고는 바위 쪽으로 물러났다.

"이 계집이?"

다행히 사내의 부상은 그리 깊지 않아 보였다. 그가 욕설을 쏟아내며 검을 뽑아 들려는 순간 지켜보고 있던 그의 동료가 앞으로 나서며 그의 어깨를 잡았다.

"중삼, 일단 상처를 치료하게. 피가 많이 나고 있네."

"걱정 말게. 단번에 끝장을 낼 테니까."

중삼이란 사내가 동료의 손길을 뿌리쳤다. 그리고는 서슬 퍼런 검을 빼 들고는 전조명을 향해 다가갔다.

"귀한 계집이라 검을 좀 배운 모양이구나. 하지만 알량한 장난도 이제 끝이다. 피를 보았으니 내 손이 거칠다 원망치 말거라."

"다음엔 당신의 목숨을 노릴 거야!"

전조명도 지지 않고 소리쳤다.

"오냐. 너 따위 어린 계집에게 당할 바에야 차라리 죽는 게 낫겠지. 하지만 오늘이 내 제삿날이 될 가능성은 전혀 없다. 어디, 내 검을 받아봐라!"

중삼이 허공으로 치솟더니 벼락처럼 전조명을 향해 검을 떨쳐 냈다. 중삼의 검엔 강력한 힘이 깃들어져 있어서 비록 전조명이 현묘한 검법을 익혔다고는 해도 중삼의 힘을 견뎌낼 것 같지 않았다.

전조명은 자신을 향해 떨어져 내리는 검을 두려운 눈으로 바라보고 있다가 입술을 깨물며 힘껏 검을 휘둘렀다.

휘잉!

연약한 여인의 손에서 움직인 검이 어울리지 않게 날카로운 파공음을 만들어냈다. 그리고는 한순간 자신을 향해 떨어져 내리는 중삼의 검을 비스듬히 비껴 막았다.

차릉!

비껴 부딪친 두 개의 검이 미끄러지듯 스치고 지나갔다. 그러자 강력하던 중삼의 검이 전조명에게서 벗어나 뒤쪽의 바위에 부딪쳤다.

캉!

뒤이어 전조명의 검이 이번에는 중삼의 허벅지를 베어냈다.

"악!"

이번에는 검상이 제법 깊은지 중삼의 입에서 고통스런 비명 소리가 터져 나오며 한쪽 무릎을 땅에 꿇었다.

"이번엔 죽을 거라고 했지?"

이미 싸움에 익숙해지기 시작한 전조명이 정말 상대를 죽이려는 듯 재차 중삼을 향해 검을 뻗어냈다. 순식간에 중삼이 죽음의 위기에 처했다. 전조명의 무공은 그가 생각했던 것보다 훨씬 뛰어났던 것이다.

그런데 그 순간 뒤에서 두 사람의 싸움을 지켜보고 있던 사내들 중 하나가 번개처럼 싸움에 뛰어들었다.

"그만 손을 거두시오, 꼬마 아가씨!"

카캉!

처음 전조명과 말상대를 하던 사내의 검이 중삼을 찌르려는 전조명의 검을 번개처럼 걸어냈다. 전조명이 갑작스런 사내의 등장에 놀라 급히 대여섯 걸음 뒤로 물러났다.

"아무래도 안 되겠소. 일을 쉽게 하려면 아가씨께서 좀 주무셔야 할 것 같구려."

전조명의 검을 막아낸 사내가 비릿한 미소를 흘리며 품속으로 손을 넣었다.

第七章
독(毒)

푸스스!

사내의 손이 품속을 벗어나는 순간 뿌연 안개가 전조명을
향해 일어났다. 전조명은 본능적으로 위험함을 느끼고 재빨리
몸을 뒤로 빼냈으나 그 연무의 끝이 살짝 얼굴을 스치는 것을
피할 수는 없었다.

휘이잉!

그때 산 위에서 불어온 바람이 연무를 흐트러뜨렸다. 장내
는 다시 계곡의 맑은 공기를 되살려냈다. 그러나 이미 전조명
은 뭔가 잘못되었다는 것을 깨닫고 있었다.

"무, 무슨 짓을……?"

"애초에 우리 목적은 아가씨를 고이 모셔가는 것이었소. 혹

여 누군가의 방해가 있을 수 있어 미리 준비해 둔 실혼독이
오."

"독(毒)!"

독이란 말에 전조명이 깜짝 놀라며 사내를 노려봤다. 본래
사람은 독에 대해 본능적인 두려움을 갖고 있다. 하물며 전조
명은 이제 겨우 열세 살의 소녀. 그녀에게 독은 거부할 수 없
는 두려움의 대상이었다.

"아아, 너무 걱정 마시오. 내가 쓴 독은 목숨을 해하는 독이
아니오. 아가씨는 잠시 잠이 들어 계시면 되오. 나중에는 아무
일 없이 깨어날 거요."

"흥! 그렇게는……."

전조명은 이미 다리부터 빠져 오는 힘을 느끼면서도 정신을
잃지 않기 위해 눈을 부릅떴다. 그러자 사내가 살짝 얼굴을 찌
푸렸다. 그러면서 다시 품속에 손을 넣었다.

"아마도 바람 때문에 충분한 독을 드시지 못한 것 같구려.
내 비록 비싸게 구한 독이지만 아가씨를 위해 아끼지 않고 쓰
리다."

마치 영약이라도 주는 것처럼 유들거리며 사내가 재차 독을
뿌리려는 찰나!

슈우욱!

갑자기 날카로운 파공음과 함께 두 대의 강전이 장내로 날
아들었다.

"욱!"

"컥!"

장내의 다섯 사내 중 둘이 벼락처럼 날아든 강전에 맞고 그 자리에서 고꾸라졌다. 그중 하나는 허벅지에 살을 맞았고, 다른 하나는 옆구리 쪽에 맞았는데 옆구리에 살을 맞은 자는 쉽게 고개를 들지 못하는 것이 꽤 깊은 상처를 입은 듯 보였다.

"웬 놈이냐?"

전조명을 향해 독을 뿌렸던 사내가 당황한 빛을 보이며 고개를 돌렸다. 그러나 어디서도 사람의 모습이 보이지 않았다.

"나서라!"

다시금 사내가 노한 목소리를 토해냈다. 그 순간 대답 대신 다시 두 대의 화살이 숲으로부터 날아들었다.

"흥!"

사내가 재빨리 검을 뽑아 날아드는 화살을 쳐내며 몸을 옆으로 피했다.

캉!

화살을 쳐낸 사내의 검이 부르르 몸을 떨었다. 순간 사내의 눈이 흔들렸다. 그의 검과 격돌한 화살에 실린 힘이 보통이 아니었기 때문이다.

"감히 대낮에 민가의 부녀자를 겁박하려 하다니 하늘이 무섭지도 않느냐? 썩 물러가라!"

숲 속에서 차가운 노성이 흘러나왔다. 목소리가 워낙 커서 마치 대호가 포효하는 듯 강렬한 경고였다.

"숨어서 살을 쏘는 걸 보니 네놈들도 떳떳하게 얼굴을 들이

밀 놈들이 아닌 모양이구나. 쓸데없이 남의 일에 참견 말고 가던 길이나 계속 가거라."

"흐흐흐, 그럴 수는 없는걸. 물러가야 할 건 네놈들이다. 아니면……!"

슈우웅!

급작스럽게 다시 한 대의 화살이 날아들었다. 그런데 이번 화살은 앞서 날아들었던 화살과는 조금 달랐다. 화살 앞쪽에서 번쩍이는 촉의 날카로움이 눈 밝은 사내의 눈에 확연하게 들어왔다. 더군다나 화살의 속도가 앞선 화살의 배나 되어 보였다.

탓!

사내가 훌쩍 몸을 떠올려 허공으로 치솟았다.

삭!

순간 화살이 사내의 옆구리를 번개처럼 스치고 지나갔다.

퍽!

사내를 스치고 지나간 화살이 전조명이 올라 쉬었던 바위에 박혀들었다.

"무림인이구나."

대저 바위에 화살을 박을 수 있는 궁술은 오직 내기를 쌓은 무림인만이 가능한 법. 사내의 얼굴에 더욱 경계심이 떠올랐다.

"물러가지 않으면 이번엔 네 목을 뚫어주마!"

다시 숲 속에서 경고의 목소리가 흘러나왔다. 그러나 사내는 전혀 물러갈 기색을 보이지 않았다. 대신 재빨리 몸을 움직여 계곡의 바위 뒤로 몸을 숨기며 소리쳤다.

"네놈의 실력이 제법 대단하다만 오늘은 상대를 잘못 만났다! 오지랖 넓게 남의 일에 끼어든 대가가 만만치 않으리라!"

사내가 바위 뒤로 몸을 피하자 그의 동료들 역시 재빨리 부상당한 자를 끌고는 사내의 뒤를 따랐다. 그러자 장내에는 오직 전조명만이 남아 있었는데, 전조명은 독의 기운에 휩쓸려 장내를 벗어나지는 못하고 있었지만 그래도 가물거리는 의식 속에서 장내에서 일어나는 일들을 빠짐없이 지켜보고 있었다.

"어쩌죠?"

허소산이 조금 두려운 표정으로 허산왕에게 물었다. 그들의 손에는 사냥할 때 쓰는 각궁이 들려져 있었는데, 위기의 순간 화살을 날려 전조명을 구한 것은 바로 허소산과 허산왕 두 부자였다.

"기다려라. 본래 사냥이란 기다리는 쪽이 이기는 법이란다. 저들이 언제까지 바위 뒤에 숨어 있지는 못할 거다."

"하지만 전 소저가……."

허소산이 바위에 등을 기대고 힘겹게 숨을 쉬고 있는 전조명을 보며 말했다.

"걱정 마라. 그들이 쓴 독은 극독이 아니라 실혼독이라고 했다. 실혼독은 사냥꾼들도 제법 쓰는 독인데 목숨을 위협하지는 않아. 너도 알고 있지 않느냐? 독은 나보다도 네가 더 잘 알고 있으니…….”

“그렇긴 하지만…….”

허산왕의 말대로 독에 대해선 허소산이 허산왕보다 나았다. 그러므로 허소산 역시 전조명의 목숨이 위태롭지는 않다는 것을 모르지 않았지만 그래도 어린 마음에 힘없이 쓰러져 있는 전조명이 위태롭게 보이는 것은 어쩔 수 없었다.

“섣불리 움직였다가는 외려 우리가 당할 수도 있다. 놈들은 무공을 익힌 놈들이야.”

“그럼 이대로 기다려야 한다는 건가요?”

“시간은 우리 편이다. 언젠가는 만재방의 사람들이 올 테니까.”

“과연 그들이 올까요?”

“백림촌에 조명 아가씨가 없다는 것을 확인하면 인근을 찾게 될 터. 그리되면 당연히 상운암에도 들르게 될 거다. 이후에 길은 하나, 반드시 이곳으로 오게 될 거다. 연화산 말고는 달리 구경할 데가 없다는 걸 알고 있을 테니.”

“알았어요. 아버지 말대로 기다려요.”

“그러자꾸나. 활을 걸어두어라. 무슨 수작들을 할지 모르니.”

허산왕의 말은 곧 현실로 나타났다. 마상가와 흑룡문 사내 둘이 한순간 몸을 숨기고 있던 바위를 벗어나 전조명 쪽으로 움직였던 것이다.

“그렇게는 안 되지!”

허산왕이 재빨리 몸을 일으켜 화살을 날렸다. 뒤이어 허소산 역시 매섭게 시위를 당겼다.

팡!

활시위가 만들어내는 파공음과 함께 두 대의 화살이 허공을 날아갔다.

파아앙!

화살은 마치 천신이 내리친 벽력같은 소음을 일으키며 사내들을 향해 닥쳐들었다.

"물러낫!"

사내들이 닥쳐드는 화살의 위력을 버텨내지 못하고 급히 뒤로 신형을 날렸다.

픽!

탕!

사내들을 물러나게 만든 화살 중 허산왕이 쏘아낸 화살은 다시 바위에 박혀들었고, 허소산이 쏜 것은 바위에 맞고 튕겨져 허공으로 솟구쳤다. 어른과 아이의 힘 차이도 있었지만 허산왕의 타고난 신력이 무공을 익힌 무인들도 놀랄 만큼 대단한 것이기에 일어난 일이기도 했다.

두 사람이 쏜 화살에 밀려 뒤로 물러난 흑룡문과 마상가의 사람들은 다시 움직일 엄두를 내지 못했다. 그들 역시 두 번이나 바위를 꿰뚫은 허산왕의 화살에 두려움을 느꼈기 때문이다.

그렇게 기이한 대치 속에 계곡의 시간이 흘러갔다. 시간은 정오를 훌쩍 지나 이젠 해가 서쪽에서 세상을 비추고 있었다. 산의 해는 짧으니 한두 시진 후면 계곡에는 어둠이 찾아올 터였다.

그런데 묵언의 대치가 한 시진 정도 계속되었을 때 문득 마상가와 흑룡문 사람들 중 전조명에게 독을 뿌렸던 사내가 손을 흔들며 바위 위로 몸을 일으켰다.

"잠시 얘기 좀 합시다!"

사내가 바위 위로 고개를 내밀자 허산왕이 사내의 머리에 화살을 겨누며 소리쳤다. 제법 정중한 청에 허산왕도 짐짓 정중하게 말을 받았다.

"뭐요?"

"언제까지 이렇게 있을 생각이오! 산중에서는 해가 짧은 법이오!"

"해 짧은 것이 걱정이면 그만 돌아들 가시구려!"

허산왕이 투박한 목소리로 소리쳤다.

"거래를 하는 것은 어떻소?"

"이 지경에 무슨 거래를 한다는 거요?"

"만약 당신들이 이쯤에서 물러간다면 금자 백 냥을 드리겠소!"

"이런 젠장! 난 금자 따위에 움직이는 사람이 아니오! 그런 거래라면 더 이상 거론치 마시오!"

허산왕이 단호하게 말했다. 그러자 사내가 잠시 허산왕의 목소리가 들린 곳을 노려보다 고개를 끄덕이며 소리쳤다.

"내가 오늘 대단한 강호 협사를 만났구려! 재물도 싫다는 걸 보면 이름있는 분 같은데 혹 이름을 알 수 있겠소?"

"그쪽 이름이나 먼저 들어봅시다!"

"난… 오광이라 하오!"

"좋은 이름이구려! 난… 괜찮을까?"

허산왕이 나직하게 허소산에게 물었다. 그러자 허소산이 고개를 저었다.

"만약을 위해 이름을 말하지 않는 것이 좋을 것 같아요. 저자도 본명인지 아닌지 모르잖아요."

"그렇지? 그럼 보자. 난 왕산이라 하오!"

허산왕이 자신의 이름을 거꾸로 불러댔다. 그러자 허소산이 옆에서 키득거리며 웃음을 흘렸다.

"왕산이라……. 과연 그 무공만큼이나 호방한 이름이구려! 왕 대협, 혹 어느 가문 출신인지 알 수 있겠소?"

"당신은 어느 가문 출신이오?"

"나야 그저 떠돌아다니는 무사이오만……!"

"하하하, 우린 같은 부류의 사람이었구려. 나 또한 강호를 유람하는 유객이라오!"

허산왕의 대답에 오광이란 자가 얼굴을 찌푸렸다. 한 귀로 들어도 허산왕이 하는 말에 거짓이 많다는 게 확연히 드러났다. 본래 허산왕과 같은 사람은 거짓말에 능숙하지 못하기 때문이다.

"보아하니 왕 대협은 자신의 신분을 밝히고 싶지 않은 모양이구려! 휴, 좋소이다! 강호의 일대 의협을 만났으니 오늘은 내가 한발 양보하리다! 우릴 공격하지 않겠다면 이만 물러가겠소! 허락하시겠소?"

"하하하, 자기 발로 자신의 길을 가겠다는 사람을 내가 왜 막겠소?"

"말 또한 청산유수시구려!"

오광이 심사가 틀어진 얼굴로 삐죽거렸다.

"내가 말을 그렇게 잘했느냐?"

허산왕이 다시 허소산에게 나직하게 물었다.

"아버지와 같은 달변가는 흔치 않을 거예요."

허소산이 눈을 찡긋했다.

"하하하, 그래? 똑똑한 아들 옆에 있다 보니 나도 조금은 똑똑해진 모양이구나."

"아버진 본래 현명하세요."

허소산의 말에 허산왕이 흐뭇한 미소를 지으며 고개를 돌려 여전히 머리를 내밀고 있는 오광이란 자를 보며 소리쳤다.

"가시려거든 얼른 가시오! 우리도 갈 길이 바쁜 사람이라……!"

"갈 길 바쁜 사람이 남의 일을 반나절이나 방해할 줄은 몰랐구려! 어쨌든 가기로 했으니 가긴 하겠소! 혹 나중에라도 보게 된다면 서로 모른 척합시다!"

"좋은 인연도 아니니 다시 만나지 맙시다!"

허산왕의 말에 오광이 씁쓸한 미소를 지었다.

"나도 그걸 바라오! 내 검은… 살기가 강해서 말이오!"

가면서도 협박을 해대는 오광이다. 그러자 허산왕이 호탕한 웃음으로 응대했다.

"하하하, 그렇소? 내 칼 또한 언제나 남의 살을 베길 원하고 있으니 한번 만나는 것도 좋겠소!"

"흥!"

오광이 콧소리를 한 번 내고는 더 이상 대꾸하지 않고 바위 아래로 내려갔다.

"정말 갈까요?"

허소산이 비쭉 고개를 내밀어 마상가와 흑룡문 사람들이 숨어 있는 바위 쪽을 보며 물었다.

"가겠다면 갈 거다. 저들도 만재방의 사람들이 조명 아가씨의 행방을 찾고 있다는 것을 알고 있을 테니."

"가려면 빨리 가야 할 텐데요. 아무리 약한 독이라도 독은 독인데……."

허소산이 바위에 기댄 채 기력을 잃은 듯 보이는 전조명을 보며 말했다.

"그러게 말이다. 조금 가까이 가볼까?"

허산왕이 자세를 낮게 하더니 산짐승처럼 숲을 헤치고 나가 계곡의 바위 뒤로 스며들었다. 허소산은 허산왕이 간 길을 따라 조심스럽게 계곡 쪽으로 이동했다.

그런데 두 사람이 제법 큰 바위 뒤에 몸을 감추고 장내를 살피려는 순간 갑자기 오광의 신형이 번개처럼 바위를 벗어나

좌측으로 이동했다. 전조명이 기력을 잃고 쓰러져 있는 방향이었다.

"저놈들이!"

허산왕이 노성을 흘려내며 재빨리 시위를 당겼다.

팡!

강력한 파공음과 함께 뇌전 같은 허산왕의 화살이 무서운 속도로 오광을 향해 날아갔다. 그러자 오광이 허산왕의 화살 공격을 무시하지 못하고 허공에서 몸을 튼 후 번개처럼 검을 휘둘러 화살을 막아냈다.

캉!

허산왕의 화살을 막은 오광의 검이 부르르 떨렸다. 허산왕이 재빨리 다시 한 대의 화살을 더 쏘아 보냈다. 순간 오광이 두려운 빛을 보이며 재빨리 땅 위를 굴러 화살을 피해내더니 번개처럼 왼손을 흩뿌렸다.

쐐액!

한줄기 검은 물체가 오광의 손을 떠나 전조명을 향해 날아들었다. 암기였다.

"저 죽일 놈이!"

허산왕이 재빨리 두 개의 화살을 동시에 시위에 걸어 오광을 향해 쏘아댔다. 그러자 두 개의 화살이 마치 여의주를 두고 다투는 용처럼 꿈틀거리며 오광을 향해 날아들었다.

전조명을 향해 암기를 날린 오광은 기이막측한 허산왕의 궁술에 놀라 급히 검을 휘두르며 앞서 그가 숨어 있던 바위 뒤로 몸을 날렸다.

캉!

삭!

하나의 화살은 오광의 검에 막혀 허공으로 비산했으나 다른 하나의 화살이 아슬아슬하게 오광의 등 뒤쪽을 스치고 지나갔다.

"갑시다!"

바위 뒤쪽에서 오광의 목소리가 들려왔다. 그러자 기다렸다는 듯이 흑룡문과 마상가의 사내들이 계곡의 바위들을 방패삼아 장내를 떠나가기 시작했다.

"내 저놈들을!"

허산왕이 화를 참지 못하고 떠나가는 마상가와 흑룡문 사내들을 쫓으려는데 허소산이 그의 옷깃을 잡았다.

"저쪽이 더 급한 것 같아요."

허소산의 말에 허산왕이 얼른 정신을 차리고 쓰러져 있는 전조명을 향해 달려갔다.

"이런!"

전조명 앞에 당도한 허산왕이 당혹스런 음성을 흘려냈다. 남장을 하고 있는 전조명은 의식을 잃은 듯 보였는데 그런 그녀의 옆구리에서 검은 피가 흘러내리고 있었다. 그리고 피가 흘러나오는 자리에는 여섯 개의 이빨을 가진 검은 암기가 깊숙이 박혀 있었다.

"죽었어요?"

뒤늦게 도착한 허소산이 물었다.

"죽지는 않은 것 같구나. 하지만 살기도 힘들 것 같다. 아무래도 독이 묻은 암기인 듯하구나."

"저런 망할 놈들! 왜 갑자기 아가씨에게 독 암기를 던지고 떠난 걸까요?"

"아마도 아가씨의 입을 막기 위해서겠지. 우리가 자신들의 정체를 모르고 있다고 생각하고는 아가씨의 입만 막으면 자신들이 흑룡문과 마상가 사람들이란 걸 숨길 수 있다고 생각했던 것일 게다."

"나쁜 놈들, 그렇다고 사람을 죽이려 하다니."

"일단 어떻게 손을 써야 할 텐데……."

허산왕이 다급한 표정을 지으면서도 어찌할 줄 몰라 안절부절못했다. 그러자 허소산이 재빨리 전조명 앞에 쭈그리고 앉더니 독 암기가 박혀 있는 옆구리 부근의 옷자락을 찢었다.

그러자 암기가 드러나고 암기의 독에 검게 죽은 피부가 보였다.

"이미 독이 많이 퍼진 것 같아요."

"어쩌면 좋겠느냐?"

의술과 독에 관해서라면 허산왕보다 뛰어난 허소산이었다.

"일단은 암기를 빼내야겠어요."

허소산이 말을 하면서 전조명의 옷자락을 일부 잘라 상처를 누르면서 암기를 뽑아냈다. 그러자 독을 머금은 검은 피가 꾸

역꾸역 상처를 통해 흘러나왔다.

"괜찮겠느냐?"

허산왕이 다급히 물었다.

"독이 이미 많이 퍼졌어요."

"그럼 어쩌냐? 지금 아가씨를 업고 백림촌까지 갈 수도 없고."

"그러다간 죽을 거예요."

"아, 어쩌지?"

"일단 독을 뽑아내야겠어요."

"무슨 수로? 뭐, 뭐 하는 거냐?"

허산왕이 말을 하다 화들짝 놀라 허소산의 어깨를 끌어당겼다. 어느새 허소산이 전조명의 상처에 입을 대고 독을 빨아내고 있었던 것이다.

"이래야 해요."

"아서라. 놈들이 쓴 독은 극독이 분명할 텐데 자칫 독을 삼키면 너까지 위험해져."

"하지만 이대로 죽게 내버려 둘 수는 없잖아요?"

"그래도… 그래도 안 돼!"

허산왕은 백 명의 전조명이 죽더라도 허소산의 목숨을 위험에 빠뜨릴 수는 없었다. 그런 허산왕의 마음을 알고 있었지만 허소산은 전조명의 죽음을 두고 볼 수 없었다.

"아버지, 걱정 마세요. 조심해서 빨아내면 위험은 없어요. 절 믿죠?"

"널 믿기는 하지만……."

"걱정 마세요. 독사에 물렸을 때랑 같은데요, 뭐."

"하지만……."

"글쎄, 걱정 마시라니까요."

허소산이 애써 허산왕을 안심시키고는 서둘러 전조명의 허리에 입을 대고 독을 빨아내기 시작했다.

"퉤퉤!"

허소산이 입으로 뽑아낸 독을 계속해서 뱉어냈다. 전조명의 피와 뒤섞인 독이 끊임없이 허소산의 입을 통해 빠져나왔다. 검게 물들어가던 전조명의 피부가 어느 순간부터 서서히 혈기를 되찾기 시작했다. 허소산의 입에서 뱉어내어지는 피의 색깔 역시 서서히 검은색을 버리고 붉은색을 띠기 시작했다.

"그쯤 하면 된 것 같다. 아가씨의 얼굴에도 혈색이 도는구나."

뒤쪽에서 걱정스런 표정으로 허소산을 보고 있던 허산왕이 급히 입을 열었다. 조금이라도 빨리 허소산이 독을 빼내는 일을 멈추게 하고 싶은 모양이었다.

"조금만 더요."

허소산이 여전히 정신을 잃고 있는 전조명의 얼굴을 살피며 말했다.

"됐다. 그만하면 됐어. 독의 기운은 거의 사라진 듯하다. 아마도 앞서 중독된 실혼독의 영향이 남아 있어서 깨어나지 못하고 있을 거다. 실혼독은 코와 입으로 들어간 독이니 그렇게 해서는 소용이 없어."

허산왕의 말에 허소산이 그제야 전조명에게서 떨어졌다. 그리고는 재빨리 전조명의 목에 손을 댔다. 다행히 맥은 힘차게 뛰고 있었다.

"휴, 죽지는 않겠어요."

"그러게 말이다. 다행이구나. 그런데 넌 괜찮은 거냐?"

"그럼요. 괜찮… 으음!"

호기롭게 대답하던 허소산이 갑자기 비틀거리며 신음을 흘렸다.

"소산아!"

허산왕이 깜짝 놀라 재빨리 허소산을 부축했다.

"괘, 괜찮아요."

허소산이 애써 허산왕의 손을 밀어내려 했지만 어느새 그의 얼굴은 붉게 상기되고 있었고, 전신에서 힘이 썰물처럼 빠져나가기 시작했다.

"아이구! 이걸 어쩌나. 내 그렇게 하지 말라고 했거늘. 아이구, 이걸 어쩌나."

허산왕이 독에 중독된 것이 분명한 허소산을 보며 발을 굴렀다. 그러나 독에 대해선 문외한인 허산왕이 허소산을 위해 할 수 있는 일은 없었다. 그저 조심스럽게 허소산을 바닥에 앉히고 팔다리를 주무르는 것밖에.

허소산도 문득 두려움이 밀려들었다. 분명 조심해서 독을 뱉어냈기에 이렇게 중독될 거라고는 생각지도 못했던 것이다. 그리고 일단 몸 깊은 곳에 들어온 독을 해독하는 것은 허소산으로서도 어려운 일이었다.

'설마 죽는 걸까?'

허산왕에게는 짐짓 여유를 보였으나 내심으로 허소산 역시 두렵지 않을 수 없었다. 더군다나 허소산은 이제 겨우 열세 살의 소년이었다. 허소산의 몸속으로 점점 더 독의 기운이 깊이 파고들어 왔다. 이제 발끝의 감각은 거의 느껴지지 않을 정도였다.

'어떡하지?'

허소산이 의식조차 가물거리기 시작하자 두려움에 몸을 떨었다. 아무리 생각해도 이 위기에서 벗어날 방법이 없었다.

'아, 이대로 죽는 건가?'

허소산의 정신이 까마득해졌다. 독의 기운과 죽음에 대한 공포가 그의 의식을 더욱 혼미하게 만들었다. 그런데 그렇게 혼미해 가던 의식의 저쪽에서 불현듯 기이한 글씨들이 떠오르기 시작했다.

'이건……!'

허소산은 금세 머릿속에 떠오르는 글씨들의 정체를 알아챘다. 죽음의 위기에서 떠오른 글씨들은 창고에서 찾은 오래된 구리거울에 새겨져 있던 천독공의 비결들이었다.

허소산이 자신도 모르게 힘겹게 몸을 움직여 가부좌를 틀고 앉아 천독경의 비결들을 머릿속으로 떠올리기 시작했다. 천독공의 다섯 비결은 난해하기 이를 데 없어 천재라 불리는 허소산 역시 그 의미를 오롯이 알 수는 없었으나, 그래도 그나마 첫 번째 독정(毒井)의 비결은 제법 그 의미를 음미했다.

그러나 지금 허소산은 천독공의 비결들이 의미하는 바를 음미할 여유와 정신은 없었다. 그는 그저 머릿속에 떠오르는 대로 천독공의 비결들을 외우기 시작했다. 그런데 기이하게도 천독공의 비결들을 외우기 시작하자 혼미해져 가던 정신이 서서히 또렷이 의식을 회복하기 시작했다. 그뿐만이 아니어서 마비되었던 몸이 서서히 그 감각을 되살리기 시작했다.

'이건 신기한데?'

허소산이 자신의 몸 안에서 일어나는 변화에 한편으로는 놀랍기도 하고 또 한 편으로는 기쁘기도 해 더욱 깊이 천독공의 구절 속으로 빠져들기 시작했다.

허소산의 몸에서 기이한 현상들이 일어나 생명의 씨앗이 서서히 살아나고 있었지만 옆에서 지켜보고 있는 허산왕으로서는 허소산의 몸에서 일어나는 일들을 알 리가 없었다. 다행히 호흡이 안정되어 보이기는 했으나 여전히 허소산은 눈을 감고 있었고 간혹 부르르 몸이 떨기도 했으므로 허산왕의 불안함은 크게 줄어들지 않았다.

그런데 그렇게 허소산에게 모든 신경을 쏟고 있던 허산왕이 한순간 실성한 사람처럼 몸을 날리더니 허소산의 앞을 막아서며 번개처럼 시위에 살을 먹였다. 그런 그의 앞으로 두 명의 노인이 바람처럼 달려왔다. 흑룡문과 마상가 사람들이 다시 돌아온 것이라 생각했던 허산왕이 한순간 두 사람을 보고는 안도의 한숨을 내쉬었다.

투툭!

바람에 날리듯 장내로 찾아든 두 노인이 가볍게 허산왕 앞에 내려섰다.

"당신은 방주의 처소에서 보았던 허 엽사가 아니오?"

허산왕 앞에 모습을 드러낸 노인들은 전조명을 찾아 나선 만재방의 노고수 하모극과 그의 동료였다.

"그렇습니다. 마침 잘 오셨습니다."

"이게 다 무슨… 아니, 조명아!"

하모극이 심상찮은 장내 사정을 살피다 남장을 하고 누워 있는 전조명을 발견하고는 크게 놀라 소리쳤다. 그리고는 번개처럼 전조명 앞으로 다가가 안아 들었다. 그리고는 재빨리 전조명의 호흡을 살핀 후 허산왕을 보며 차갑게 물었다.

"이게 어찌 된 일이오?"

마치 허산왕이 전조명을 이 지경으로 만든 것처럼 하모극의 추궁이 매서웠다. 그러나 허산왕은 모든 정신이 허소산에게 가 있었으므로 하모극의 모습에서 서운함이나 두려움을 느낄 사이가 없었다.

"실혼독에 당하고 독 암기에 맞아 또 다른 극독에 중독되었던 것을 소산이 입으로 극독을 빨아냈습니다. 그래서 간신히 아가씨는 숨이 돌아온 것 같은데 대신 내 아들이 저 지경이 되고 말았지요."

오히려 원망 섞인 허산왕의 말에 하모극이 이내 전후 사정을 짐작하고는 급히 안색을 바꾸며 물었다.

"아드님은 어떤 상태요?"

"모르겠습니다. 조명 아가씨의 독을 입으로 빨아내다 중독된 것 같기는 한데 저 상태로 좀체 움직이질 못하고 있습니다."

그러자 하모극이 같이 온 노고수에게 말을 건넸다.

"노제, 자네가 조명을 좀 살펴주게."

"알았습니다, 형님."

만재방의 노고수 임후가 재빨리 하모극의 손에서 전조명을 받아 들었다. 그러자 하모극이 서둘러 허소산의 곁으로 다가갔다. 그리고는 손을 허소산의 코끝에 대고 숨을 살폈다.

"음, 숨은 괜찮군."

"그런데 정신을 차리지 못하고 있습니다."

허산왕이 무공 고수인 하모극이 나서자 조금 안심이 되는 듯 재빨리 말했다. 그러자 하모극이 허산왕을 안심시키며 말했다.

"허 엽사께서는 너무 걱정 마시오. 지금 아드님의 상태는 그렇게 위중한 상태가 아닌 듯하오. 그런데……."

하모극이 문득 고개를 갸웃했다.

"뭐, 잘못된 것이라도 있습니까?"

허산왕이 하모극의 행동에 놀라 급히 되물었다.

"그게 아니라… 혹 아드님이 무공을 수련했소이까?"

"무공이요? 그런 것은 없는데 왜……?"

"음, 지금 아드님의 상태를 보건대 운기를 하고 있는 듯하오. 이건 호흡법을 배운 사람이 아니라면 불가능한 일인데… 정말 호흡법을 익히지 않았소?"

"산에서 짐승 사냥하는 법은 가르쳤지만 호흡법이니 하는 고절한 무공은 가르친 적이 없습니다."

"음, 참 기이한 일이군. 어쨌든 이런 식으로 호흡을 할 수 있다면 목숨이 위태롭지는 않을 거요."

"그래도 깨어나지를 않고 있으니……."

여전히 허산왕은 걱정이 되는 모양이었다.

"아드님이 자신의 호흡에 깊이 빠져 있기 때문에 일어나는 일이오. 이보게, 임후. 참으로 이상한 일 아닌가?"

하모극이 전조명을 안고 있는 임후를 보며 물었다. 그러자 임후라는 노인이 고개를 끄덕였다.

"그러게 말입니다. 대저 신공을 수련치 않은 사람이 삼매의 지경에 들기는 불가능한 법인데… 선기를 타고난 사람이라면 모를까. 그런데 진정 삼매에 들어 있기는 한 겁니까?"

"겉으로 보기에는 분명한 것 같네. 내 좀 살펴볼까?"

"그러는 게 좋겠습니다. 혹여 우리가 잘못 보았을 수도 있으니."

임후가 고개를 끄덕였다. 그러자 하모극이 조심스럽게 허소산의 뒤로 돌아가더니 역시 가부좌를 틀고 앉아 호흡을 가다

들었다. 그리고는 잠시 후 두 손을 들어 올려 가만히 허소산의 등에 가져다 대었다.

허소산은 다른 사람의 손이 자신의 등에 닿았음에도 전혀 변화를 일으키지 않았다. 하모극도 그 자세 그대로 눈을 감았다. 그렇게 두 사람은 기이한 자세로 다시 침묵의 세계로 빠져들었다.

하모극이 허소산과 함께 깊은 삼매의 지경에 든 지 얼마나 되었을까. 도저히 불안함을 참지 못한 허산왕이 이번에는 전조명을 안고 있는 임후에게 물었다.

"도대체 일이 어떻게 되는 겁니까?"

허산왕의 물음에 임후가 미소를 지으며 대답했다.

"걱정 마시구려. 지금 노형께서 아드님의 내기를 다스리고 있는 듯하오."

"그게 무슨 말씀인지……?"

"본래 내가의 고수들은 다른 사람의 진기를 다스릴 수 있는 법이라오. 그걸 이용해 병을 치료하기도 하오. 아마도 형님께서는 지금 자신의 진기를 이용해 아드님의 몸속에 깃든 독기를 다스리고 있는 듯하오."

"아! 그럼 독을 없앴을 수 있단 말인가요?"

"아마도 가능할 거요. 불가능했다면 이미 포기했을 테니까. 더군다나 두 사람의 신색을 보니 절대 위험한 상태는 아닌 것 같소."

"아, 그렇다면 천만다행이지만."

허산왕이 안도의 숨을 내쉬며 다시 시선을 허소산과 하모극에게로 돌렸다. 그런데 그 순간 갑자기 임후의 품에 있던 전조명이 눈을 떴다.

"넷째 할아버지……."

전조명의 입에서 가느다란 목소리가 흘러나왔다.

"조명아!"

허소산과 하모극에게 시선을 주고 있던 임후가 깜짝 놀라 전조명을 바라봤다.

"저… 안 죽었어요?"

"죽긴 누가 죽는단 말이냐. 그런데 몸은 어떠냐?"

"아, 안 죽었구나. 잠시 내려놔 주세요."

"안 된다. 독은 빼냈지만 암기에 당한 상처가 깊어."

"독이요? 무슨……?"

"네가 암기에 당한 것은 알고 있느냐?"

"네. 혼미한 상태라 미처 피하지 못했어요."

"그 암기에 독이 묻어 있었느니라."

"아, 그랬군요. 그래서 고통도 없이 정신을 잃은 거군요."

"아마 그랬을 거다."

임후의 대답에 전조명이 고개를 끄덕이다가 빙그레 미소를 지으며 말했다.

"그래도 다행이에요. 두 분 할아버지께서 늦지 않게 절 구해 주셔서……."

전조명의 말에 임후가 고개를 저었다.

"조명아, 널 구한 것은 우리가 아니다. 널 구한 건 저기 저 아이란다. 네게서 독을 빼내다가 오히려 자신이 중독되어 지금 그 독 기운을 다스리고 있는 거란다."

"할아버지, 그게 정말이에요?"

"그렇단다."

임후의 대답에 전조명이 억지로 임후의 품에서 벗어났다.

"악!"

그러나 옆구리에 입은 전조명의 부상은 가벼운 것이 아니었다. 전조명이 비명을 지르며 비틀거렸다.

"안 된다니까."

임후가 전조명을 부축했다. 그러자 전조명이 임후의 손길을 뿌리치고는 비틀거리며 허소산의 앞쪽으로 이동했다.

"아, 이 아이는……!"

"소산을 알아보시겠습니까, 아가씨?"

전조명이 허소산을 알아보는 듯하자 허산왕이 퉁명스럽게 물었다. 허산왕으로서는 전조명으로 인해 허소산이 위험에 빠졌다는 생각을 지워 버릴 수가 없었다.

"아저씨군요, 저 아이와 함께 있던."

전조명이 뒤늦게 허산왕을 알아봤다.

"그렇습니다. 설마 아가씨가 방주님의 따님일 줄은 몰랐습니다."

"죄송해요. 그때는 신분을 숨겨야 했기에……."

전조명 역시 허산왕의 말투에 깃든 원망의 기색을 느끼고 있었다.

"위험한 시기에 집을 벗어나는 것은 어리석은 행동입니다."

허산왕의 타박에도 전조명은 아무런 대꾸를 하지 않았다. 적어도 지금은 그녀가 허산왕의 말에 반박할 상황이 아니었다. 대신 전조명은 다른 질문을 던졌다.

"그럼 그들로부터 절 구해준 사람도 아저씨와 소산 저 아인가요?"

"그렇습니다."

"역시 그랬군요. 숲에서 화살을 날리고 모습을 드러내지 않아 만재방의 사람들은 아니라고 생각했어요. 감사… 드려요."

전조명이 허산왕의 눈치를 보며 고개를 숙여 보였다.

"고마울 것은 없습니다. 아가씨가 무사해서 다행이고… 그나저나 소산이 얼른 깨어나야 할 텐데……."

"셋째 할아버지가 계시니 걱정 마세요. 할아버지는 만재방 제일고수 네 분 중 한 분이세요. 분명히 아드님을 구해주실 거예요."

"그러면 다행이지만……."

허산왕은 본래 심성이 독한 사람이 아니라 전조명이 연신 굽실거리며 미안한 기색을 보이자 얼었던 마음이 금세 풀어졌다. 그런 허산왕을 보며 전조명이 빙그레 미소를 짓다가 다시 물었다.

"그들은 어떻게 되었죠? 할아버지들이 다 제압했나요?"

"그들은 아가씨께 독 암기를 던지고는 모두 도망갔습니다. 우리로서는 아가씨를 구하는 것이 우선이라 그들을 잡을 수가 없었지요. 물론 그들을 잡을 능력도 없지만……."

그러자 뒤에 있던 임후가 물었다.

"도대체 어떤 자들이 손을 쓴 것이냐?"

"아직 모르셨어요? 그들은 마상가와 흑룡문의 무사들이었어요."

"음, 역시 그들이었군. 순순히 백림촌에서 물러나지 않을 거라고는 생각하고 있었다. 조명, 이번엔 네가 큰 실수를 한 거다. 방을 떠나는 것도 시기를 보아 해야 하는 행동이야. 이번엔 방주께서도 크게 야단치실 게다."

"뭐… 각오하고 있어요. 하지만 죽이시기야 하겠어요?"

"아이쿠, 조명아. 세상에 자식을 죽이는 부모가 어디 있느냐? 하지만 이번에 돌아가면 적어도 한동안 장원에만 머물러 있어야 할 거다."

"그때는 사신 할아버지들이 절 도와주셔야지요."

"글쎄다. 이번 일은 우리도 별로 도움이 될 것 같지 않구나. 우리도 이번에 네 행동에 무척 실망했거든."

임후의 말에 전조명이 혀를 삐죽 내밀며 말했다.

"에이, 그래도 하나뿐인 제자를 도와주셔야죠."

"우린 널 제자로 받아들인 적이 없는데?"

"제가 사부로 모셨으니 제자지요."

"아이쿠, 이 녀석, 넌 정말로 네 멋대로구나."

임후가 혀를 차며 고개를 절레절레 흔들었다. 허산왕은 당돌한 전조명의 성정이 당혹스러우면서도 내심 귀여운 면을 발견하고는 가만히 미소를 지었다.

그런데 그때 문득 하모극이 허소산의 등에서 손을 뗐다. 그리고는 가볍게 십여 차례 호흡을 하더니 이내 눈을 뜨고 자리에서 일어났다.

"어떻게 되었어요?"

허산왕보다도 먼저 전조명이 하모극에게 물었다.

"몸은 어떠냐?"

하모극은 대답 대신 전조명의 상태를 물었다.

"견딜 만해요."

전조명이 피가 흥건하게 젖어 있는 옆구리를 짚으며 말했다.

"상처를 치료하지 않았는가?"

하모극이 임후에게 물었다.

"일단 금창약을 발라두었습니다. 작은 암기라 그런지 상처 자체는 크지 않았습니다. 독이 문제였지."

"다행이군."

"저 아이는 어찌 되었어요?"

다시 전조명이 물었다. 그러자 하모극은 여전히 전조명을 상대하지 않고 대신 허산왕에게 물었다.

"정말 아이가 무공을 익히지 않았소?"

"이미 말씀드리지 않았습니까?"

같은 질문을 여러 번 받자 허산왕이 불쾌한 듯 대답했다. 지금 중요한 것은 그런 질문보다 허소산의 상태에 관한 것이었다. 그런 허산왕의 마음을 읽었는지 하모극이 입을 열었다.

"아이는 걱정할 것 없소. 독은… 글쎄, 이걸 뭐라 말해야 하나."

"무슨 일인데 그러십니까?"

임후까지도 하모극의 행동이 이상한지 앞으로 나서며 물었다.

"독이 약이 되는 형국일세."

"독이 약이 되다니요?"

임후가 의아한 얼굴로 물었다.

"처음 저 아이의 몸에 손을 댔을 땐 분명 몸 안에 독기가 남아 있었네. 그런데 기이한 것은 그 독기들이 순한 양처럼 맥을 따라 이동하고 있는 거야. 마치 진기를 운용하듯이. 아이가 운기에 익숙하지 않아 간혹 벽에 부딪치기는 했지만 그래도 제법 체내의 기경팔맥을 잘 관통하고 있었네. 물론 내가 조금 도움을 주긴 했지."

"독이 기경팔맥을 돌면 죽는 것 아닙니까?"

"그게 이상하단 걸세. 분명 죽어야 정상인데 오히려 그 독기운이 저 아이의 선천지기를 북돋고 있었네."

"독이 기운을 북돋는다. 내 살다 그런 기사는 처음입니다만?"

"나도 그렇다네. 하지만 엄연한 사실이네. 더군다나 그 독

기운이 어느 순간 단전으로 들어가 내기를 형성하는 듯했네. 물론 그 기운이 미세하여 자세히 알 수는 없지만… 이상한 일이야."

"그럼 독이 여전히 아이의 몸속에 머물러 있단 말인가요?"

"그렇다네. 하지만 걱정할 것은 없네. 독의 기운이 마치 영약처럼 저 아이를 보호하고 있으니… 독이 약이 된 것 같다는 말은 그래서 한 말일세."

"정말 기사로군요. 그들이 쓴 독이 특별한 것이었나?"

"글쎄, 모르지. 암기가 남아 있으니 조사해 보면 알겠지."

하모극이 고개를 갸웃하며 허소산에게 다시 시선을 주었을 때, 마침 허소산도 긴 잠에서 깨어나 눈을 떴다.

第八章
입문(入門)

독
경
書經

"소산아, 괜찮은 거냐?"

허산왕이 눈을 뜬 허소산 앞에 바짝 다가앉으며 물었다.

"괜찮아요, 아버지. 걱정 마세요."

"정말 괜찮은 거지?"

"글쎄, 걱정 마시라니까요. 오히려 더 건강해진 것 같아요. 확실히 그 구리……."

뭔가를 말하려다 말고 허소산이 문득 시선을 돌려 하모극, 임후 두 노고수와 전조명을 바라봤다.

"괜찮은 거냐?"

허소산과 눈이 마주치자 하모극이 물었다. 그러자 허소산이 고개를 끄덕였다.

"나쁘지 않습니다. 그런데… 어느 분이 절 도와주셨나요?"

"나다. 그런데 내 손길을 느꼈느냐?"

"그렇습니다. 어르신의 손이 닿은 이후 몸 안의 기운이 이전보다 훨씬 부드럽게 움직이더군요. 감사합니다."

"고맙다는 말은 내가 해야지. 조명을 구해주었으니."

하모극의 말에 허소산이 전조명을 보며 물었다.

"상처는?"

"괜찮아. 그리고… 고마워."

"고맙긴요. 누구나 그리했을 걸요."

허소산이 고개를 젓고는 자리에서 일어났다. 그러자 허소산은 자신의 몸이 잠시 허공에 뜨는 듯한 느낌을 받았다. 물론 실제로 그의 몸이 허공에 떠오른 것은 아니었다. 그만큼 그의 몸이 이전과 달리 가벼워졌기에 오는 느낌이었다.

"그만 돌아가죠."

허소산이 허산왕에게 말했다.

"그러자꾸나. 일단 집에 돌아가 좀 쉬자."

허산왕은 허소산의 상태가 생각보다 좋은 듯해 마음을 놓으면서도 한편으로는 여전히 불안함을 느끼는 표정으로 말했다. 허산왕이 서둘러 활과 전통을 집어 들고는 계곡을 떠날 준비를 하는데 문득 하모극이 허소산에게 물었다.

"아버님께 듣자 하니 무공을 익히지 않았다고 하더구나."

"네. 전 무공을 익히지 않았어요."

허소산이 의아한 표정으로 그걸 왜 묻느냐는 듯 대답했다.

"그런데… 넌 독기를 스스로 다스릴 줄 알더구나. 네 몸에 들어간 독기가 일정한 규칙을 가지고 흐르는 것을 느꼈단다. 어찌 된 일인지 설명할 수 있느냐?"

그러자 허소산이 잠시 하모극의 눈을 바라보다 입을 열었다.

"전 어려서부터 많은 책을 읽었지요."

"이야기는 들었다. 천재란 소리를 듣는다는……."

"제가 읽은 책은 아마 수백 권은 될 거예요. 그중엔 의서도 여럿 포함되어 있지요. 의서 중에는 보양을 위한 호흡법을 기록한 것도 있는데 오늘 전 예전에 읽었던 그 호흡법에 의지해 보았지요. 그러자 신기하게도 독기가 절 해치지 않더군요. 물론 어르신께서 도와주신 이후 완전히 독기를 제거할 수 있었지만요."

"음… 네가 잘못 생각하고 있는 게 있구나."

"무엇을……?"

"네 몸에 들어간 독기는 사라진 게 아니다."

"네?"

허소산이 놀란 눈으로 되물었다. 그러자 하모극이 차분한 목소리로 설명했다.

"네 몸에 들어간 독기는 사라진 것이 아니라 한곳에 모여 잠을 자고 있는 것이다. 네 단전에 독이 모여들었단다."

"그게 정말인가요?"

"그래, 정말이다."

"그런데 왜 전 죽지 않은 거죠?"

"나도 그것이 의아하구나. 네 몸에 깃든 독이 이상하게도 네게는 해를 입히지 않는구나. 오히려 단전에 들어앉아 너의 원기를 북돋고 있다. 그래서 난 네게 독이 약이 되었다고 말했단다."

"독이 약이 되었다고요?"

"그렇단다. 적어도 네게만은."

"세상에 그런 일이 있을 수 있나요?"

"물론 무학의 견해로 보자면 완전히 불가능한 일은 아니다. 무학에서 적공이란 결국 외부의 기운을 몸 안으로 받아들여 내력을 만들어가는 일이니까. 독도 만물의 기운 중 하나일 수 있다. 그러나 독이 괜히 독은 아니지. 진기를 만들어주는 대신 생명을 앗을 수 있으니까. 그래서 독기를 내기로 만드는 것은 아주 극소수 독공의 대가들만이 할 수 있는 일이란다. 그런데 오늘 그 일이 무공조차 배우지 않은 네게 일어난 거다."

"아, 정말 신기하네요."

"그래. 하지만 신기해하고만 있을 수는 없는 일이다."

"그게 무슨 말씀이세요?"

"오늘 네게 일어난 일이 일시적인 것일 수도 있다는 말이다. 갑자기 단전에 모인 독이 살기를 띠게 되면 널 죽일 수도 있을 게다."

그러자 허산왕이 두려운 얼굴로 재빨리 두 사람 사이에 끼어들며 물었다.

"그럼 어찌해야 합니까?"

"두 가지 방법이 있소."

"어떤 방법입니까?"

허산왕은 태산이라도 옮겨올 기세였다. 그러나 하모극은 여전히 침착했다.

"하나는 정식으로 무공을 배우는 것이오. 진기의 흐름을 알고 운기의 묘법을 하루빨리 깨우쳐 단전에 깃든 독기를 제어하는 것이라오. 운기의 묘법을 깨우친다면 일단 단전으로 모인 독기가 다시 온몸으로 퍼져 몸을 상하게 하는 것을 막을 수 있을 것이고, 더 운이 좋다면 새로운 내기의 힘으로 독기를 몸밖으로 밀어낼 수도 있을 것이오. 하지만 이 일은 아무래도 시간이 걸릴 거요. 내공이란 하루아침에 쌓을 수 없는 것이니까."

"그렇지요. 무공을 가르쳐 줄 사람도 없고."

허산왕이 실망한 표정으로 대답했다.

"그 일이라면… 음……."

하모극이 뭔가를 말하려다 말고 입을 닫았다. 그러자 허산왕이 다시 물었다.

"두 번째 방법은 무엇입니까?"

"두 번째 방법은 영약을 써서 독을 몸속에서 해독하는 것이오. 하지만 이 방법도 그리 쉬운 일은 아니어서 일단 영약을 찾는 문제가 어렵고, 또한 아드님의 경우 독이 단전 깊숙이 숨어 있어 과연 약의 기운이 독의 기운을 완전히 해독할지 장담

할 수가 없소. 역시 약기운을 잘 다스릴 수 있는 명의가 필요한데 당장은……."

"아, 둘 다 쉬운 일이 아니군요."

허산왕이 탄식을 흘렸다. 그러나 하모극의 말을 듣고 있던 허소산의 표정은 생각 외로 담담했다. 그 자신에게 일어날 수 있는 비극적인 일을 들으면서도 입으로는 탄식을 흘리고 있었지만 눈에는 전혀 두려운 빛이 보이지 않았다.

"자자, 이 일의 결론을 여기서 내릴 수는 없을 것 같습니다. 일단 백림촌으로 가지요."

곁에 있던 임후가 입을 열었다.

"그러세. 오늘의 일을 서둘러 방주께 고해야 하니. 아드님의 일은 백림촌에 돌아가서 다시 생각해 보십시다."

하모극이 허산왕을 보며 말했다.

"그, 그러지요. 어르신들만 믿겠습니다."

"너무 걱정 마시구려. 일단 독의 기운은 진정되었으니 당장은 큰일이 없을 겁니다. 조명아, 가자꾸나."

"네, 할아버지."

"걸을 수 있겠느냐?"

"할아버지가 도와주셔야죠."

"이 녀석, 엄살은 아니지?"

"엄살이라뇨? 암기에 맞았는데! 여기 핏자국이 안 보이세요? 지금 서 있기도 힘들다고요!"

전조명이 부엉이 눈을 하며 말했다. 그러자 허산왕이 얼른 입을 열었다.

"숲에 우리가 타고 온 말이 있으니 아가씨를 말로 모시지요."

"그렇소이까? 그럼 잘됐군. 난 또 이 늙은이가 새파란 녀석을 업고 가야 하는 줄 알았지. 하하하!"

하모극이 오랜만에 시원한 웃음을 터뜨렸다.

"왜 그들에게 말을 하지 않은 거냐?"

허산왕이 십여 장 앞서 가는 전조명 등을 살피며 허소산에게 물었다.

"뭘요?"

"그 구리거울에 있는 천독공에 대해서 말이다. 너 아까 그 천독공에 대해 말하려다 만 것이지? 그게 네게 도움을 주었느냐?"

그러자 허소산이 단호하게 고개를 저었다.

"맞아요. 아버지, 내가 살아난 건 그 천독공 때문이에요. 하지만 그걸 다른 사람에게 말하면 절대 안 돼요."

"왜? 넌 천독공을 수련하고 싶어했잖아? 그러기 위해선 누군가의 도움이 필요하고. 저 두 사람이라면 충분히 널 도와줄 능력이 있다."

"그들의 능력을 의심하는 것은 아니에요. 하지만 그들의 마음을 믿을 수는 없지요."

"그게 무슨 말이냐? 저들이 너에게 해코지를 할 수 있단 말이냐?"

"제가 생각하기에 동경의 천독공은 굉장히 대단한 무공이 분명해요. 무공에 관해서는 일자무식인 제가 그 구결을 떠올리는 순간 독이 약이 되었단 말이에요. 더군다나 독을 단전에 몰아넣은 후에는 몸이 무척 가벼워졌어요. 구름에라도 올라앉을 수 있을 것 같았다구요."

"그래그래, 천독공이 대단하다는 건 알겠어. 하지만 그것과 저들의 도움을 받는 걸 꺼리는 게 무슨 상관이냐?"

"아버지가 보시기에 저들은 무인 같아요, 상인 같아요?"

"갑자기 그건 왜……?"

"제가 보기에 저 두 사람은 비록 만재방에 몸을 의탁하고 있지만 상인이라기보다는 무인이라고 해야 옳아요. 말과 행동이 그래요."

"그래서?"

"무인에겐 뛰어난 무공 비결이 만금의 재물보다 더 귀중하다고 하잖아요. 가끔은 목숨보다 무공 비결을 더 중하게 생각하는 사람도 있다고 하고요."

"음, 나도 그런 말은 들었구나."

허산왕이 고개를 끄덕였다. 그러자 허소산이 더욱 낮은 목소리로 말했다.

"만약 천독공의 존재를 저 사람들이 알게 된다면 아버지와 내가 위험해질 수도 있어요."

"설마 저들이 천독공을 노리고 우릴 해치려 할 수도 있다는 말이냐?"

허산왕이 말도 되지 않는다는 듯 되물었으나 허소산이 신중하게 고개를 끄덕였다.

"제 생각은 그래요."

"소산아, 네가 어려서 몹쓸 일을 겪기는 했지만 사람을 너무 의심하는 것도 좋지 못하단다."

"조심하는 거예요. 그리고 사람을 믿지 못하는 게 아니라 보물을 믿지 못하는 거지요. 보물은 일단 세상에 모습을 드러내면 이내 흉물이 된대요. 오늘 호형호제하던 사람들도 내일 보물 때문에 서로를 죽이려 드니까요. 하물며 저들과 우리는 그렇게 가까운 사이도 아니죠. 조심해서 나쁠 것은 없어요. 오히려 천독공의 존재를 드러내지 않는 것이 우리가 만재방에서 살아가는 데 훨씬 유리할 거예요. 사람들은 조금 부족한 사람들에게 더 친절한 법이잖아요?"

"하하. 네 녀석이 정말 애늙은이 같은 소리를 하는구나."

갑작스런 허산왕의 웃음에 앞서 가던 전조명 등이 두 사람을 돌아봤다. 그러자 두 사람이 멋쩍은 미소를 흘리고는 이내 입을 닫았다.

허소산과 허산왕 두 사람은 백림촌에 들어오자 이내 전조명 등과 헤어졌다. 전조명의 부상이 생각보다 가볍지 않았으므로 하모극과 임후는 서둘러 만재방의 막사가 있는 장진호 기슭으로 떠났다.

"혹여 몸에 무슨 이상이 있으면 즉시 날 찾아와라. 독은…
언제나 무서운 것이다. 그리고 설혹 아무 이상이 없더라도 만
재방에 들어오게 되면 날 한번 만나러 오너라. 내 네게 긴히
할 말이 있으니."

백림촌 입구에서 헤어지며 하모극이 허소산에게 한 말이었
다. 허소산은 간곡한 하모극의 말에 그러마고 대답하고는 이
내 그들과 헤어져 허산왕과 함께 거처로 돌아왔다.

"휴, 제법 길었던 하루지?"

허산왕이 마루에 엉덩이를 붙이고 앉으며 말했다.

"그렇긴 하지만 재미있었어요."

"재미? 이 아비는 심장이 떨어져 나가는 줄 알았다. 네가 잘
못되는 게 아닌가 해서."

"사람 목숨은 하늘에 달렸다잖아요."

"요 녀석이 또 애늙은이 같은 소리를 하는구나. 그나저나 어
쩌면 좋겠느냐?"

"뭘요?"

"주변 정리도 이제 거의 끝났으니 바로 만재방으로 갈까, 아
니면 시간을 좀 두고 갈까?"

"아버지 생각은 어떠세요?"

"글쎄. 널 생각하자면 내일이라도 만재방으로 가는 게 좋
을 것 같긴 한데……."

"제가 왜요?"

"그 독 말이다. 언제든 문제를 일으킬 수 있다고 하지 않았

느냐?"

"그건 걱정 마세요. 하모극 어른이 제가 천독공을 익히고 있다는 걸 모르셔서 하는 말씀이니까."

"뭐, 그건 그렇다고 해도 일단 네가 천독공을 제대로 수련하려면 하루빨리 좋은 스승에게 정식으로 무공을 배워야 하니 만재방만큼 좋은 곳도 없지."

"그렇긴 해요."

"난 역시 그 하모극 어른이 마음에 들더구나. 넌 그분을 믿지 못하지만."

"그렇게 보셨어요?"

"그래. 차가운 면이 있긴 한데 오히려 그게 더 마음에 들어. 본래 웃는 자가 더 위험한 법이거든."

"그런가요? 하지만 그분이 제게 무공을 가르쳐 주실까요?"

"가르쳐 줄 거다."

허산왕이 확신했다.

"왜 그렇게 생각하세요?"

"널 보는 그의 눈빛을 봤으니까."

"그분의 눈빛이 어때서요?"

"그의 눈빛은 내가 오 년 전 널 욕심낼 때의 눈빛과 같더구나."

뱃속에서 작은 기운이 지렁이처럼 꿈틀거렸다. 독기였다. 그러나 그 독기는 절대 단전을 벗어나지 않았다. 마치 말 잘 듣는 강아지처럼 단전 속에 머물며 허소산이 불러낼 때만 작은 몸을 꿈틀거려 자신의 존재를 알렸다.

"신기한 일이다. 이런 일이 내 몸에서 일어나다니. 천독공 제일결인 독정(毒井)의 비결은 천하의 모든 독을 체내로 끌어들여 단전을 독의 우물로 만들고 그 기운으로 절대의 공력을 얻는 법이라 하더니 과연 그 비결의 설명이 틀리지 않는가 보구나."

잠시 기운을 일으켜 뱃속의 독기를 확인한 허소산이 눈앞에 있는 구리거울을 들여다보며 중얼거렸다. 그의 갸름한 얼굴이 동경에 비춰져 자못 신비스런 분위기를 드러냈다.

"흠, 뭐, 나쁘지 않게는 생겼어."

허소산이 가볍게 자신의 얼굴을 쓰다듬었다. 비록 천재라거나 애늙은이 소리를 듣기는 해도 허소산의 나이 이제 겨우 열세 살. 자신의 얼굴에 한창 관심을 가질 나이였다. 물론 오늘따라 특별히 더욱 자신의 얼굴을 자세히 살피게 된 데에는 다른 이유도 있었다.

"괜찮을까? 암기에 당한 상처가 꽤 깊었는데……."

동경에는 어느새 그의 얼굴이 사라지고 전조명의 얼굴이 어른거렸다. 그러자 허소산의 가슴이 갑자기 두근거리기 시작했다.

"왜 이러지? 뭘 잘못 먹었나?"

허소산이 애써 자신의 심장을 뛰게 하는 이유를 늦게 먹은 저녁 탓으로 돌리며 동경에서 시선을 뗐다. 그리고는 벌렁 방

바닥에 누워 잠시 숨을 고른 후 나직이 중얼거렸다.

"아버지 말대로 조금 빨리 만재방에 가야겠어."

허소산이 눈을 감았다. 문풍지 사이로 가을바람이 불어왔다. 허소산이 이불을 끌어와 몸을 감쌌다. 따스한 기운이 그를 포근하게 안아주었다. 그날 밤 허소산은 꿈을 꾸었다. 꿈에서 아이는 한 여아를 만났다.

*　　　*　　　*

두두두두!

거친 말발굽이 장진강의 모래를 흩뜨렸다. 말발굽이 만든 흔적들이 장진강변에 세 줄기의 길을 만들었다. 그 길들은 장진호 기슭에 세워진 만재방의 막사로 이어졌다.

"칠대행수님 아니십니까?"

막사 입구를 지키던 사내들 중 하나가 말을 달려온 세 명의 사내 중 날카로운 눈매를 한 중년 사내 앞에 급히 허리를 굽혔다.

"방주님은?"

말 위에서 나는 듯 뛰어내린 칠대행수라는 사람이 인사는 받는 둥 마는 둥 물었다.

"호수 북쪽으로 나가셨습니다. 그쪽에 금을 파는 자들이 나타났다고 하여……."

"위치를 아나?"

"물론입니다."

"앞장서게."

"알겠습니다. 그런데 무슨 일로……?"

"지금 말할 여유가 없네."

칠대행수의 표정이 심상치 않을 것을 본 사내가 얼른 고개를 숙여 보이고는 막사 안쪽에서 말 한 마리를 끌어오더니 훌쩍 말에 올라 장진호 북쪽을 향해 달리기 시작했다. 그 뒤로 칠대행수와 그를 따라온 사람들 역시 바람처럼 말을 달렸다.

"무슨 일일까요?"

방금 전 만재방 막사 앞에 도착한 허소산이 의아한 표정으로 북쪽을 향해 급히 말을 몰아가는 사내들을 보며 허산왕에게 물었다.

"그러게 말이다. 무슨 급한 일이 생긴 모양인데……."

허산왕이 고개를 갸웃했다. 그러나 두 사람이 궁금해한다고 만재방 칠대행수가 어떤 소식을 가져왔는지 알 수는 없는 일이었다.

"일단 들어가자."

허산왕이 허소산의 소매를 끌었다. 그러자 허소산이 말머리를 만재방의 막사 쪽으로 돌렸다.

"누구시오?"

칠대행수를 안내해 장진호 북쪽으로 간 사내 대신 삼십대로 보이는 중후한 사내가 허소산과 허산왕의 앞을 막으며 물었다.

"방주님을 찾아왔소만."

허산왕은 정중하게 말했지만 그의 외모 때문인지 사내는 흠칫 경계의 빛을 보였다.

"무슨 일로 방주님을 만나려는 게요? 오늘은 본 방이 거래를 트지 않은 날이오."

"거래를 하고자 온 것이 아니오. 만재방의 식구가 되기 위해 찾아온 것이오."

"식구? 만재방에서 일자리를 구하시려는 거요?"

"이미 방주께 허락을 받은 일이에요."

허소산이 괜한 말씨름이 길어질 것 같자 재빨리 허산왕 대신 대답을 했다. 그러자 사내가 놀란 얼굴로 두 사람을 번갈아 보며 물었다.

"정말 방주님의 허락을 받았소? 직접?"

"그렇소. 수일 전 방주님을 뵙고 허락을 받은 일이오. 뭐, 우리가 예정보다 빨리 오기는 했지만……."

"아, 그러셨구려. 방주께서 직접 두 분을 방에 들이겠다 하셨으면 보통 분들이 아니시구려. 그런데 지금 방주께서는 안 계시는데……."

"무슨 일이죠?"

갑자기 뒤쪽에서 누군가의 목소리가 들려왔다. 그러자 사내가 시선을 돌리더니 황급하게 허리를 굽히며 입을 열었다.

"아가씨, 나오셨습니까? 방주님을 찾아온 사람들이 있어서……."

"아저씨!"

사내가 미처 말을 끝내기도 전에 여인의 모습으로 돌아와 깨끗한 옷을 갈아입은 전조명이 반가운 얼굴로 허산왕을 불렀다.

"이렇게 뵈니 몰라보겠습니다, 아가씨."

허산왕도 뒤늦게 전조명을 알아보고는 놀란 표정을 지으며 말했다. 그도 그럴 것이, 본래의 모습으로 돌아온 전조명은 산골 사냥꾼의 눈이 어지러울 만큼 아름다웠던 것이다.

"너도 왔구나."

전조명이 반갑게 허소산을 맞았다.

"괜찮으신 거예요?"

암기에 당한 상처가 얕지 않았는데 하루 만에 막사를 휘젓고 다니는 전조명을 보며 허소산이 걱정스럽게 물었다. 어제만 해도 걷지를 못해 말을 빌려주지 않았던가.

"호호, 괜찮아. 그런데 생각보다 일찍 왔네? 아버님께 너에 대해 자세히 들었어. 아버님 칭찬이 대단하더라? 만재방에서 장사치로 살기엔 아까운 천재라던데?"

"천재는요. 방주님이 절 귀엽게 봐주셨을 뿐이지요."

"그게 아니라던데. 아무튼 들어가요, 아저씨."

전조명이 허산왕을 보며 안으로 들기를 권했다.

"그럴까요?"

허산왕이 말고삐를 잡아끌고 만재방의 숙영지 안쪽으로 걸음을 옮기려는데 문득 전조명이 고개를 갸웃하며 숙영지 입구를 지키는 사내에게 물었다.

"추 아저씨는 어딜 갔어요?"

"아이쿠, 미처 말씀드리지 못했군요. 본가에서 칠대행수님이 오셨습니다. 그래서 추 형님이 칠대행수님을 방주님께 모시고 갔습니다."

"칠대행수님이? 무슨 일로요?"

"그것까지는 미처 듣지 못했습니다. 그런데 무척 급박한 일인 듯 보였습니다."

"그래요? 본가에 무슨 일이 있는 건가?"

전조명이 걱정스런 표정을 짓다가 이내 표정을 부드럽게 바꾸며 허산왕과 허소산을 숙영지 안쪽으로 이끌었다.

"보자. 새로 천막을 하나 쳐야겠네."

숙영지 안쪽으로 들어온 전조명이 늘어선 막사들을 돌아보며 중얼거렸다. 아마도 당장은 허소산과 허산왕이 머물 빈 막사가 없는 모양이었다. 그러자 허산왕이 재빨리 말했다.

"자리만 정해주시면 천막은 저희가 준비하지요. 필요할 것 같아 사냥을 나갔을 때 쓰는 천막을 가져왔습니다. 우린 그게 편하지요."

"그러세요? 그럼 이쪽으로 오세요."

전조명이 두 사람을 이끌고 숙영지 중앙에서 약간 동쪽으로 치우친 곳으로 이동했다. 그러자 곧 세 사람 앞에 회색의 다른 천막과 달리 눈처럼 하얀 자그마한 천막이 나타났다.

"아가씨, 또 어딜 가셨던 거예요!"

흰색 천막 앞에 세 사람이 나타나자 천막 앞에서 초조하게 서성이고 있던 십대중반의 소녀가 눈에 쌍심지를 켜며 소리쳤다.

"보현, 왜 소리 지르고 야단이니? 손님들 앞에서!"

"그럼 제가 가만히 있게 생겼어요? 당장 상처를 치료하셔야 할 분이 또 사라졌는데. 아가씨 몸이야 아프면 아가씨 고생이니 상관없지만 전 방주님과 사신 어르신들께 또 혼나야 한단 말이에요!"

"아이구, 누가 보면 네가 내 언니라도 되는 줄 알겠다!"

"어쨌든 손님이라니, 누구세요?"

보현이라 불린 소녀가 슬쩍 허산왕과 허소산을 살피며 물었다. 허산왕을 봤을 때는 무슨 도적이라도 만난 듯 화들짝 놀라던 보현의 눈이 허소산에 이르러서는 금세 화사한 웃음을 피웠다.

"흥, 보는 눈은 있어 가지고!"

보현의 표정이 변하는 것을 눈치챈 전조명이 한줄기 코웃음을 치며 보현을 흘겨보고는 이내 입을 열었다.

"이분들은 어제 날 구해주신 분들이야. 이쪽은 허 엽사님이고, 이쪽은 소산이야. 오늘부터 우리 만재방에서 계실 거야."

"아이구, 바로 그분들이셨군요? 이렇게 제 생명의 은인들을 뵈오니 너무 기뻐요. 먼저 감사드립니다."

"목숨을 구한 건 난데 왜 네 생명의 은인이야?"

전조명이 보현을 보며 쏘아붙였다.

"아가씨, 하나는 아시고 둘은 모르시네요. 만약 아가씨에게 무슨 일이 생겼다면 제가 목숨 붙이고 살 수 있었겠어요? 방주님이 바다 밖으로 팔아버렸을지도 모른다고요. 그러니 당연히 두 분이 제 생명의 은인이죠. 다시 한 번 감사드려요. 고맙다!"

보현이 허산왕에게는 가볍게 고개를 숙여 보이고는 허소산 앞으로 다가서 덥석 손을 잡으며 말했다.

"아, 뭐… 그게……"

허소산이 갑작스런 보현의 행동에 놀라 미처 대답을 하지 못하는 사이 어느새 다가온 전조명이 보현을 손을 내려쳤다.

탁!

전조명의 매서운 손길에 허소산의 손을 잡고 있던 보현의 손이 떨어져 나갔다.

"보현, 이게 무슨 짓이야? 함부로 손님의 손을 잡다니."

"전 단지 고맙다는 말을 하려던 것뿐이에요."

"보현! 너 점점 이럴 거야?"

"제가 뭘요?"

"이러다가 내 머리 위에 올라앉겠다."

"흠, 걱정 마세요. 전 몸이 무거워서 아가씨 머리 위에 절대 올라가지 못하니까요."

보현의 말대꾸에 전조명이 질렸다는 듯 고개를 젓다가 버럭

소리쳤다.

"가서 다과나 준비해 와!"

"아, 그렇군요. 손님이 왔는데 내 정신 좀 봐. 금방 준비할게요."

보현이 황급히 하얀색 천막 안으로 사라졌다.

"좀 부산하죠?"

보현이 사라지자 전조명이 허산왕을 보며 겸연쩍은 표정으로 물었다.

"재밌군요."

"재밌다뇨? 데리고 있자면 정말 피곤하다고요."

"주종 간에 이렇게 허물없이 지내니 아가씨의 너그러운 성품을 알 수 있습니다. 저 아이는 좋은 주인을 만났군요."

그러자 전조명의 표정이 살짝 어두워졌다.

"사실은 무척 고생을 많이 한 아이예요. 그래서 일부러 허물없이 지내고 있지요. 저 아이가 살아온 이야기를 듣는다면 누구도 저 아이에게 함부로 대할 수 없을 거예요."

"그렇군요. 사연이 있는 아이였군요. 어쩐지 밝은 중에도 한줄기 어둠이 있다고 느꼈지요. 본능적인 두려움이랄까? 사냥을 하다 보면 가끔 그런 짐승의 눈을 보게 되지요."

허산왕이 고개를 끄덕였다.

"잘 대해주시겠죠?"

"저희야 같은 입장인데요. 하하!"

허산왕이 험상궂은 얼굴에 어울리지 않게 맑은 웃음소리를 냈다. 그러자 전조명도 미소를 짓다가 흰색 천막 옆의 공터를 가리키며 말했다.

"이곳에 천막을 치세요. 숙영지에서 천막을 칠 수 있는 공간은 아마 이곳밖에 없을 거예요. 후후. 아무도 제 옆에 천막을 치려고 하지 않으니까요. 제가 무슨 사고를 칠지 몰라서."

전조명이 짐짓 음흉한 미소를 지으며 말했다.

"좋군요. 소산, 어떠니?"

"아, 좋아요."

허소산이 전조명의 얼굴을 뚫어지게 바라보고 있다가 갑자기 질문을 받고는 다급히 대답했다.

"자, 그럼 시작하자."

허산왕이 끌고 온 말에서 한 무더기의 짐을 내렸다. 그러자 허소산이 능숙한 손길로 짐을 풀어낸 후 흰색 천막 옆에 새로운 천막을 치기 시작했다.

허산왕과 허소산은 하루 이틀 산을 탄 사람들이 아니라서 순식간에 둘만의 천막을 완성했다. 두 사람이 천막을 치고 그 안에 가지고 온 짐을 들여놓는 데는 채 이각이 걸리지 않았다. 그럼에도 짐승 가죽을 이어 붙여 만든 두 사람의 천막은 만재 방의 숙영지에 있는 천막 중 가장 단단해 보였다.

"어머, 벌써 천막을 모두 치셨네?"

막사 안으로 들어갔던 보현이 손에 다과를 올린 작은 상을 내오며 말했다.

"이리 오세요."

보현이 나오자 전조명이 뒷마무리를 하고 있는 허산왕과 허소산을 불렀다.

"드세요. 이건 아주 귀한 것들이랍니다. 우리 아가씨는 입이 워낙 짧아서요."

"보현, 너 계속 이럴래?"

전조명이 눈에 쌍심지를 켜고 보현을 노려봤다.

"제가 거짓말을 한 건 아니잖아요?"

"흥, 하지만 먹는 걸로 따지면 나보다 네가 더 많이 먹잖아? 자꾸 이런 식이면 앞으론 이런 것 아주 안 먹어버릴 테다. 그럼 너도 먹지 못할걸?"

"아이, 아가씨도. 그냥 웃자고 한 말을 가지고 왜 그러세요?"

전조명의 말에 보현이 이내 아양을 떨기 시작했다. 그러자 전조명이 다시 한 번 보현을 노려보고는 금세 표정을 바꿔 허산왕과 허소산에게 차와 과자를 권했다.

"들어보세요. 제법 맛이 좋아요."

마침 아침 일찍 집을 나와 배가 출출하던 차라 허산왕과 허소산은 사양치 않고 다과에 손을 댔다.

"음, 이건 정말 좋은 차군요."

허산왕은 사냥꾼답지 않게 오래전부터 차를 즐겼으므로 보현이 우려내 온 차가 상품이라는 것을 금세 알아챘다.

"남쪽에서 온 햇차예요."

보현이 얼른 대답했다.

"만재방에 오니 이렇게 귀한 차도 마시게 되는군요. 허허!"

허산왕이 허허거리며 다시 차를 마셨다. 허소산은 말없이 차와 과자를 먹고 있었는데 허산왕과는 다과를 먹는 모습이 많이 달라 마치 선비가 음식을 먹듯 했다. 전조명과 보현은 슬금슬금 허소산을 훔쳐보고 있었는데, 가끔 허소산과 눈이 마주치기라도 하면 두 소녀는 얼른 딴청을 피우곤 했다.

그렇게 허산왕과 허소산이 한때의 여유를 즐기고 있을 때 문득 누군가의 목소리가 들려왔다.

"허 엽사, 일찍 오셨구려."

다과를 들던 허산왕과 허소산이 소리가 들린 쪽으로 고개를 돌려보니 하모극이 네 사람이 있는 곳으로 성큼성큼 걸어오고 있었다. 허산왕과 허소산이 얼른 자리에서 일어나 하모극에게 고개를 숙여 보였다.

"어차피 올 것, 조금 서둘렀습니다."

허산왕이 고개 숙여 인사를 했다.

"음, 잘 오셨소. 나도 사실 조금 걱정을 하고 있었소이다. 그래, 몸은 괜찮으냐?"

하모극이 허소산에게 물었다.

"네. 어르신 덕분에 괜찮습니다."

"음, 다행이구나. 독기가 확실히 잡힌 모양이다."

아마도 하모극은 비록 허소산이 독의 기운을 단전에 몰아넣기는 했지만 여전히 독의 존재가 불안했던 모양이다.

"할아버지도 않으세요. 차를 마시던 중이에요."

전조명이 얼른 하모극의 소매를 끌었다. 반면 지금까지 자기 세상처럼 떠들어대던 보현은 하모극이 나타나자 꿀 먹은 벙어리가 되어 고개를 숙인 채 하모극의 눈치만 살피고 있었다.

"보현, 할아버지 차도 좀 준비해 줘."

"예, 아가씨!"

보현이 다른 때 같으면 전조명에게 몇 마디 대꾸를 했을 텐데 지금은 마치 도망치듯 천막 안으로 사라졌다. 하모극을 무척 어려워하고 있는 것이 분명했다.

"그래, 벌써 자리를 잡으셨군."

하모극이 자리에 앉으며 허산왕과 허소산이 세워놓은 천막을 보곤 말했다.

"마침 아가씨께서 좋은 자리를 찾아주시어 수월하게 거처를 만들었습니다."

"후후. 조명이 허 엽사를 곁에 두고 싶었나 보군. 아니면 다른 데 관심이 있는 거냐?"

하모극이 전조명을 보며 묻자 전조명이 새치름히 대답했다.

"생명의 은인에게 호의를 베푸는 것이야 당연하죠."

"호의라…… 네 곁에 머물게 하는 것이 과연 호의일까?"

"무슨 말씀이죠?"

"사실 네 천막 주위에 다른 천막이 없는 이유는 만재방의 식솔들이 널 꺼려서가 아니냐?"

"그러니까 지금 제가 만재방에서 따돌림을 받고 있다고 말씀하시는 건가요?"

"새겨들었느냐?"

"할아버지!"

"후후, 농담이다. 하지만 네가 사람들을 좀 귀찮게 하는 것은 사실이지. 어쨌거나 두 사람도 조심하시게. 조명이에게 한번 잘못 걸리면 만재방 생활이 결코 평탄치 않을 걸세."

"계속 이러실 거예요?"

전조명의 눈빛이 차갑게 변했다.

"이크, 알았다, 알았어. 그만하마. 하하!"

하모극이 손을 내저으며 웃음을 터뜨릴 때 보현이 다시 모습을 드러냈다. 그녀는 조심스럽게 준비해 온 찻잔을 하모극 앞에 내려놨다.

"고맙구나."

하모극이 보현에게서 건네받은 찻잔을 입에 가져갔다. 그리고는 차를 한 모금 입에 머금더니 고개를 끄덕였다.

"잘 우렸구나."

"가, 감사합니다."

"허허. 넌 왜 날 그렇게 어려워하느냐?"

"아, 아닙니다."

"아니긴, 녀석아. 널 구해준 사람이 나란 걸 잊은 거냐?"

"아닙니다. 항상 감사하게 생각하고 있습니다."

"그런데 왜 그렇게 날 어려워하지?"

하모극의 말에 보현이 아무 대답을 못하자 전조명이 불쑥 끼어들었다.

"그건 당연한 거예요."

"당연하다니?"

"이 만재방에서 저 말고 사신 할아버지들을 어려워하지 않는 사람은 없어요. 워낙 까다로우시잖아요."

"뭐?"

"그래서 사람들이 사신 할아버지들 곁에 가지 않으려고 하는 거예요."

"하하, 조명 네가 이렇게 복수를 하는구나."

"할아버지, 이건 복수가 아니라 사실이에요. 그러니… 사람들에게 좀 친절해지세요."

"글쎄다. 난 내가 무척 친절한 사람이라고 생각했는데?"

"아이구, 정말 그렇게 생각하신 건 아니죠?"

"후후. 이놈아, 나도 알고 있다. 우리 네 늙은이가 사람들을 어렵게 만든다는 걸. 하지만 타고난 성품이 그러하니 어쩔 수 없지. 그래, 두 사람은 무슨 일을 하고 싶으신가?"

하모극이 문득 허산왕을 보며 물었다.

"글쎄요. 방주께서 돌아오시면 하명이 있으시겠지요."

"내가 방주께 듣기로 두 사람은 만재방의 식솔이라기보단 손님이라 하시더군."

"그저 방의 일에서 조금 자유롭고 싶다고 말씀드렸을 뿐이지요. 일은 일대로 할 겁니다."

"음, 그렇다면 어려운 일을 맡기지는 않으실 테니 시간적인
여유가 좀 있겠군."

"그렇겠지요."

허산왕이 대답하자 하모극이 잠시 생각에 잠겼다가 허소산
을 보며 말했다.

"때때로 내게 들를 수 있겠느냐?"

갑작스런 질문에 허소산이 의아한 눈으로 하모극을 바라봤
다.

"일에 치일 일이 없으니 가끔 날 보러 오라는 말이다."

"무슨 일로……?"

"너… 무공을 배우지 않겠느냐?"

"무공이라시면……?"

"내 어제 네 몸을 살피니 근골이 괜찮더구나. 더군다나 몸속
에 독을 품고 있으니 무공을 수련해 두면 큰 도움이 될 것이
다. 싫지 않다면 내게 무공을 배워보면 어떻겠느냐?"

"할아버지, 정말이세요?"

전조명이 놀란 얼굴로 물었다.

"내가 농을 하는 것으로 보이느냐?"

"아뇨. 그런 게 아니라 지금까지 방의 젊은이들이 모두 사신
할아버지들께 무공을 배우고 싶어했는데 아무도 제자로 들이
지 않으셨잖아요. 그런데 갑자기 소산이를 제자로 들이시겠다
니 놀라서 그러지요."

"제자라……. 제자는 아니지. 보아하니 두 사람과 만재방의

인연이 평생 이어질 것 같지는 않으니 내 제자가 될 순 없다. 내 제자는 만재방의 귀신이 되어야 하니까. 그저 적지 않은 인연에 근골이 아까워 싫지 않다면 내 무학의 한 가지를 뻗어보려는 것일 뿐. 어떠냐, 네 생각은?'

하모극이 다시 허소산에게 물었다. 그러자 허소산이 허산왕을 바라봤다. 허산왕이 가볍게 고개를 끄덕였다.

"가르침을 주신다면 열심히 배워보겠습니다."

허소산이 자리에서 일어나 공손하게 머리를 조아렸다. 그러자 하모극이 빙그레 미소를 지었다.

"좋다, 나도 네가 어떻게 변해갈지 무척 궁금하구나."

第九章
무공 스승

한때의 다감한 담소가 한순간에 깨졌다.

"어르신!"

멀리서부터 급히 하모극을 찾은 사람은 일대행수 장익이었
다.

"무슨 일이신가?"

"방주께서 찾으십니다."

"방주께서 돌아오셨던가?"

"방금 전 돌아오셨습니다."

"생각보다 일찍 돌아오셨군."

하모극이 아직 해가 중천인데 돌아온 방주 전욱의 행보를
의아해하자 전조명이 아차 하는 표정으로 말했다.

"아, 제가 그만 말씀드리지 않은 것이 있어요."

"응? 설마 또 사고를 친 거냐?"

하모극이 전조명을 돌아보며 얼굴을 찌푸렸다.

"아이, 그런 것이 아니고요, 본가에서 칠행수님이 오셨어요. 숙영지에 들지도 않고 바로 아버지를 뵈러 가셨다고 들었어요. 아마 그래서 일찍 돌아오셨을 거예요."

"칠대행수가? 무슨 일인가?"

장익은 방주 전욱과 동행했기에 전후 사정을 알 것이라 생각하고 하모극이 물었다.

"일단 가시죠. 가면서 말씀드리겠습니다."

"알겠네. 그럼 소산, 난 특별한 일이 없으면 항상 내 거처에 있으니 시간이 나면 날 찾아오도록 해라."

"알겠습니다, 어르신!"

"좋아, 그럼 다음에 또 보자고."

하모극이 남아 있던 차를 한입에 털어 넣고는 훌쩍 일어나 장익에게 다가갔다. 그러자 장익이 나직한 말로 하모극에게 무엇인가를 이야기하며 바쁘게 걸음을 옮겼다.

"무슨 일일까요?"

하모극이 사라지자 보현이 전조명에게 물었다.

"글쎄다. 분명 무슨 큰일이 생긴 것 같은데… 일단 조금 후에 아버지를 뵈면 알 수 있겠지. 그나저나, 보현."

"예, 아가씨."

"넌 왜 그렇게 할아버지를 무서워하는 거지?"

"무, 무서워하다뇨? 그렇지 않아요. 제 생명의 은인이신 걸요."

"거짓말하지 마. 넌 할아버지에게 은혜를 입어 항상 감사한 생각을 하고 있지만 한편으로는 무척 두려워하잖아. 할아버지만 나타나면 저승사자를 만난 것처럼 꼬리를 내리고. 도대체 왜 그러는 거야?"

"어르신께는 만재방 사람들 모두 다 그러잖아요."

"그거야 다른 사람들은 두려워한다기보다 어려워하는 거지. 그런데 넌 두려워하는 것 같은데?"

전조명이 반드시 대답을 듣겠다는 듯 보현을 응시하자 보현이 망설이다가 어렵게 입을 열었다.

"휴, 맞아요, 아가씨. 전 어르신이 무척 두려워요."

"글쎄, 왜?"

"그게… 어르신의 무서운 모습을 보았기 때문이지요."

"할아버지의 무서운 모습? 어떤 모습?"

"제가 어떻게 만재방에 왔는지는 아시죠?"

"당연하지. 사람을 팔고 사는 자들에게 부모님을 잃고 끌려가다가 할아버지의 구함을 받은 거잖아."

"맞아요. 그랬어요. 그런데 그때 어르신의 무서운 모습을 보았지요. 어르신께서는 그 도적놈들을 모두 죽이셨는데 그때 그 모습은 정말… 지금 생각해도 오금이 저려요. 어르신 덕분에 목숨을 구했으면서도 그때의 어르신 모습은 다시 보고 싶지 않아요."

"그래? 그렇게 무서웠어?"

"마치 염라대왕을 보는 듯했어요. 휴, 그때의 어르신 눈빛이란……"

보현이 다시 떠올리고 싶지 않다는 듯 고개를 저었다. 그러자 듣고 있던 허산왕이 입을 열었다.

"무인이란 일단 칼을 들면 야차로 변하는 법이라오. 그렇지 않다면 기세에서 상대에게 제압당하기 때문에 어쩔 수 없는 일이지."

"그럼 허 엽사님도 사냥을 할 때 그렇게 변하시나요?"

보현이 불현듯 두려운 듯 물었다. 그러자 허산왕이 빙그레 미소를 지으며 대답했다.

"난 그렇지 않다오. 본래 사냥꾼에게 최고의 덕목은 사냥감이 고통을 느끼지 않게 죽이는 것인데, 그러자면 사냥감이 죽음의 기운을 느끼기 전에 죽여야 한다오. 은밀하게, 조용히…… 이쪽 기운을 숨기고 말이오. 그러니 무인이 적을 상대하는 것과는 전혀 다르다오."

"그렇군요. 아무튼 그래서 전 어르신이 아직도 무서워요."

보현의 말에 전조명이 고개를 끄덕이며 말했다.

"뭐, 네 말을 들어보니 그럴 수도 있겠다 싶다. 하지만 사신 할아버지들은 사실 모두 좋은 분들이니 너무 무서워하지 마."

전조명이 가볍게 보현의 어깨를 쓰다듬었다. 허소산은 그 모습에서 이 말괄량이 아가씨가 사실은 사람에 대한 깊은 정을 지니고 있다는 것을 알아챘다.

'역시 아름다운 얼굴만큼 마음도 아름답군.'

허소산이 보현을 위로하는 전조명을 보며 빙그레 미소를 지었다. 그런데 그때 문득 허산왕이 전조명에게 질문을 던졌다.

"그런데 아가씨, 한 가지 여쭙고 싶은 것이 있습니다만……."

"뭔데요? 말씀하세요."

"자꾸 사신(四神), 사신 하시는데 만재방에서 사신이란 어떤 분들입니까? 솔직히 전 만재방 칠대행수는 들어봤어도 사신이란 분들에 대해선 이번에 처음 알게 되어서……."

"아, 그렇군요. 그러실 수밖에 없을 거예요. 사실 사신께서는 우리 만재방에 속해 계시기는 해도 만재방 식솔들과는 좀 다른 분들이에요."

"무엇이 말입니까?"

"그분들과 아버지는 상하의 관계가 아니지요. 물론 그분들이 만재방의 일을 돕기는 하지만 보통의 경우 그건 아버님의 지시가 아니라 부탁에 의해 이뤄져요."

"그럼 결국 손님이란 말인가요?"

이번에는 허소산이 물었다.

"아니, 꼭 그렇다고도 볼 수 없는 게, 사신 할아버지들이 우리 만재방에 들어온 것은 이미 이십 년이 훨씬 넘은 일이야. 그러니 이젠 손님이라고 할 수도 없지. 이젠 완전히 만재방의 식구가 된 거지, 뭐. 아무튼 좀 묘한 관계야. 더군다나 사신 할아버지들은 아버지의 극구 만류에도 불구하고 앞으로 당신들

뿐 아니라 그 후예들도 만재방의 사람이 될 것이라고 공언하고 아버지께 만재방의 가신이 될 것을 허락받았거든. 후후, 허락이라면 좀 이상하지. 사실은 아버지가 만재방에 머물러 달라고 간청을 해야 하는 분들인데."

"그분들은 어쩌다 만재방에 들게 된 것입니까?"

이번에는 허산왕이 물었다.

"그건 저도 잘 모르겠어요. 아무튼 아버지가 갓 만재방을 맡았을 때 몸을 의탁할 곳을 찾아다니다가 아버지와 인연을 맺게 되셨다고 해요. 솔직히 말하자면 만재방이 오늘날처럼 고려의 거상이 된 것에는 사신 할아버지들의 도움이 커요. 그분들은 직접 상행에 나서지는 않지만 만재방을 위협했던 수많은 강적들을 물리쳐 주셨거든요. 그럼에도 그분들이 외부에 크게 알려지지 않은 것은 그 일들을 무척 조용히 해결하셨기 때문이에요. 그분들은… 사실 우리와 같은 상가에 있기에는 아까운 고수 분들이시지요, 우리 만재방으로서는 행운이지만… 그런 분에게 무공을 배우게 된 것 또한 행운이고."

"아가씨도 그분들께 무공을 배웁니까?"

허소산이 물었다.

"배우긴 하지만 뭐, 정식으로 날 가르치시지는 않는 것 같아. 그냥 심심풀이 소일거리로 하시는 일이지. 하지만 오라버니에겐 좀 다른 것 같더라?"

"오라버니라면……?"

"아, 몰랐어? 내 위에 전무산이라고 오라버니가 한 분 계셔.

흥, 누구처럼 천재 소리를 듣는 사람이지."

전조명이 비꼬듯 허소산을 보며 말했다. 허소산이 슬쩍 그런 전조명의 시선을 피했다.

"전 공자에 대한 소문은 저도 들었습니다. 개경 인근에서 그 문재(文才)를 따라갈 사람이 없다고……."

허산왕이 말했다. 그러자 전조명이 고개를 끄덕였다.

"그래요. 정말 잘났죠."

"그런데 아가씨는 공자님을 별로 좋아하지 않는 듯 보이네요?"

허소산이 그로서는 조금 당돌한 질문을 던졌다. 그러자 보현이 재빨리 대답했다.

"공자님이 아가씨께 정말 잘해주시거든요. 그런데도 아가씨는 매번 공자님께 투정을 부리고 심술을 부리신답니다. 어쩌면……."

"어쩌면 뭐?"

전조명이 보현을 노려봤다.

"아, 아니에요."

보현이 얼른 입을 다물었다.

"하던 말 마저 해라. 안 그러면 더 혼날 테니."

전조명이 협박하듯 말하자 보현이 아차 하는 표정을 지으면서도 어렵게 입을 열었다.

"어쩌면 공자님이 너무 뛰어나셔서 질투를 하시는 거 아닌가요?"

"흥, 질투? 재주라면 나도 못지않아."

"그렇긴 하지만 그래도 공자님께는……."

"보현, 이제 보니 너도 오빠를 좋아하니?"

"그, 그게 무슨 말씀이세요? 제가 어찌 감히……."

"오호, 이거 얼굴이 빨개지는 것을 보니 정말인가 보네. 아이구, 우리 불쌍한 보현이를 어떡하나? 이미 오라버니에겐 혼처가 정해져 있는데. 알고 있지?"

"그럼요. 유 씨 가문의 따님과 내년쯤에 혼인을 한다는 건 저도 알고 있어요."

"아하, 그래서 무척 슬프겠구나?"

"아가씨, 그런 말씀 마세요. 아가씨야말로 공자님의 혼인 이야기가 나오면 신경질을 부리시잖아요?"

"내가? 내가 언제?"

"언제나 그랬다고요!"

전조명과 보현이 다시 주종 관계를 넘어선 언쟁을 벌였다. 그런 모습이 오히려 허소산에게는 따뜻하게 느껴졌다. 전조명에게서는 주인으로서의 권위 같은 것은 찾아보기 힘들었다.

'만재방! 좋은 사람들을 만난 건가?'

*　　　*　　　*

"금가(金家)?"

하모극이 무겁게 되물었다. 그러자 만재방 칠대행수 이덕송이 급히 고개를 숙여 보였다.

"그렇습니다."

"그들이 왜 갑자기……?"

"이유는 잘 모르겠습니다."

이덕송이 고개를 저었다. 그러자 장익이 입을 열었다.

"애초부터 금가는 개경과 벽란도의 전방을 자신의 상권이라고 주장하고 있었지요. 그러니… 새로운 주장은 아닐 겁니다."

"하지만 그렇다고 그들이 감히 우리에게 전방을 거둬달라고 요구한 적은 없지 않습니까?"

삼대행수 지몽하가 되물었다.

"그렇긴 하지만 그건 그들이 우리 만재방을 상대하기 벅찼기 때문일 뿐이지 그들에겐 언제나 본 방의 전방이 눈엣가시였을 거야."

"그럼 이제 그들에게 본 방에 그런 요구를 할 힘이 생겼다는 건가?"

하모극이 물었다.

"아마도… 뭔가 준비를 하고 그런 요구를 해오지 않았겠습니까?"

일대행수 장익이 대답했다.

"어떤 준비를 했을까?"

"준비라면 세 가지 정도를 생각해 볼 수 있습니다."

이덕송이 대답했다.

"말해보게."

전욱이 이덕송을 보며 말했다.

"첫째는 그들이 다른 상가들과 연합했을 경우, 둘째는 어딘가에서 뛰어난 고수들을 은밀히 받아들였을 경우, 그리고 세번째가 가장 문제가 되겠습니다만… 개경의 누군가가 그들의 뒤를 봐줄 경우가 있을 수 있습니다."

"세도가와 손을 잡았다?"

전욱이 눈빛을 달리하며 물었다.

"가능성이 전혀 없지는 않습니다."

이덕송이 고개를 끄덕였다. 그러자 지몽하가 입을 열었다.

"셋 모두를 동시에 시도했을 수도 있습니다."

"혹 이번 백림촌에서의 일도 금가와 연결되어 있는 것이 아닐까요?"

장익이 의심 어린 표정으로 입을 열었다.

"그럴 수도 있지. 금가라면 마상가와 흑룡문의 배후로 부족함이 없지."

"아무튼 얼마간은 바쁘겠군."

하모극이 고개를 저으며 말했다.

"일단 서둘러 돌아간다. 이곳에서의 일들은 삼 일 안에 마무리하도록 하시게."

전욱이 장익을 보며 명을 내렸다.

"알겠습니다. 그리 준비하겠습니다."

고개를 숙여 보인 장익이 다른 대행수들과 함께 전욱의 막사를 벗어났다. 그러자 하모극이 전욱을 보며 나직하게 말했다.

"일이… 심상치가 않은 것 같습니다, 방주."

"저 또한 그렇게 생각합니다. 금가가 비록 삼가 중 하나라 할지라도 감히 본 방에 정면으로 도전해 올 수는 없는데…….."

"지인을 좀 초대해야겠습니다."

"그런 수고까지야."

"아닙니다. 느낌이 좋지 않아요. 이건 아주 오래전 강호에서 살 때의 그런 느낌입니다. 늙은이의 예감은 허튼 법이 없지요."

"휴, 그렇다면 더욱 철저히 준비를 해야겠군요. 알겠습니다. 그럼 부탁을 좀 드리지요. 일단 일만 냥을 드리지요. 더 필요하면 언제든 말씀하십시오."

"후후. 일만 냥이면 쓰고도 남지요. 재물보다는 술 몇 잔으로 달려올 사람들이니까요."

하모극이 미소를 지었다. 그러자 전욱도 심각한 표정을 떨쳐 버리며 웃음을 흘렸다.

"사신 어르신들이 계신 이상 이 전욱이 뭘 걱정하겠습니까? 공연히 제가 겁을 먹은 모양입니다. 하하!"

"방주, 우리도 늙어갑니다."

"아직은 그런 말씀 하실 때가 아니지요."

"그런가요? 그나저나 오늘 그 친구들이 왔더군요."

하모극이 빙그레 미소를 지으며 화제를 돌렸다.

"그 친구들이라면?"

"그 사냥꾼 부자 말입니다."

"아, 허 엽사가 왔나요?"

"그렇습니다. 이미 조명이 자신의 막사 옆에 자리를 잡아주었더군요."

"흥미있는 부자지요?"

"그렇습니다. 아비는 제대로 무공을 배웠다면 강호제일의 호협이 되었을 듯하고 아들은 제대로 가르치면 세상을 손에 넣을 만한 재능이 있어 보이더군요."

"그렇게 좋게 보셨습니까?"

"지금까지 제가 본 아이 중 제일의 재질이었습니다."

"그렇다면 그들을 꼭 붙들어두어야겠군요."

전욱의 말에 하모극이 고개를 저었다.

"제 생각은 다릅니다. 굳이 그들을 만재방에 거두려 하지 마십시오."

하모극의 말에 전욱이 의아한 표정을 지으며 물었다.

"인재를 중히 생각하는 어르신이 그런 말씀을 하시다니 의외군요. 무슨 이유에서 그리 말씀하시는 건지……."

"그 아이의 재질이 욕심나는 것은 사실입니다. 솔직히 말하자면 그 아이의 재질과 근골은 소방주를 능가하는 것 같습니다."

"그래요?"

전욱이 더욱 관심을 보였다.

"혹 기분이 상하지 않으셨습니까?"

"하하. 자식 놈의 재질이 다른 아이에 못 미친다고 해서 화를 낸다면 세상의 모든 부모가 화병에 죽을 겁니다."

"그렇겠지요? 하지만 소방주도 방주님과 같은 생각을 하겠습니까?"

하모극의 말에 전욱의 표정이 살짝 변했다.

"무슨 의도로 하신 말씀이신지?"

"대저 한 나라든 한 가문이든 주인보다 뛰어난 수하는 눈총을 받게 마련이지요."

"무관이 그 아이를 받아들일 그릇이 못 된다는 말씀이시군요."

전욱이 하모극의 말을 빠르게 알아들었다.

"가르쳐 봐야 알겠지만 적어도 무공에 관해선 그 아이가 무관을 뛰어넘을 공산이 큽니다. 상재에 관해서는 잘 모르겠군요. 문재에선 또 어떨지……. 어쨌든 소방주는 방주와는 다릅니다. 방주께선 만재방을 키우기 위해 몸을 숙여 인재를 받아들이는 것을 마다치 않았지요. 누구라도 만재방에 도움이 될 사람은 어떻게든 인연을 맺으셨습니다. 무공에 관해서라면 우리 사신이 방주님보다 한 수 위이지만 방주께선 그를 개의치 않고 우리를 받아들이셨지요. 그래서 오늘날의 만재방이 있고 말입니다."

"그렇지요. 나로서는 만재방을 지키고 키우기 위해선 내 자존심을 내세울 처지가 아니었으니 말입니다."

"맞습니다. 그리고 사실 그게 방주님의 가장 큰 장점이시지요. 바다와 같은 그 포용력이 말입니다. 그런데 소방주에겐 그 포용력을 기대하기가 쉽지 않을 겁니다."

"그 아이의 성정이 그렇게 부족했던가요?"

"그건 타고난 성정과는 상관이 없는 일입니다. 단지 자라난 환경의 차이지요. 방주께선 만재방이 소상(小商)이었던 시절 수많은 고난을 겪으며 세상을 배우셨습니다. 그 과정에서 만재방에 이득이 되는 사람이라면 누구라도 받아들일 포용력이 길러진 거지요. 하지만 소방주는 이미 만재방이 해동제일의 상가로 성장한 이후에 자랐지요. 지금껏 누구라도 소방주를 존중하지 않는 사람이 없었고, 소방주의 재주를 칭찬하지 않는 사람이 없었습니다. 그런 소방주이므로 자신보다 못한 사람이나 아랫사람에 대한 너그러움은 있겠지만 자신보다 뛰어난 사람을 인정할 포용력을 기대하기는 어려울 겁니다."

"음, 제가 아이를 잘못 길렀다는 말씀이군요."

"방주의 잘못이 아닙니다. 그렇다고 소방주를 외지로 보내 키울 수도 없었던 문제이고. 어쨌든 이런저런 사정을 고려하면 소산과 그 아비를 만재방에 평생 주저앉힐 생각은 않는 것이 좋을 듯합니다. 그 두 사람이나 소방주 모두에게 좋지 않을 수 있으니까요. 그들은… 애초 그들이 원한 대로 만재방의 손님 정도로 족할 겁니다."

하모극의 말이 끝나자 전욱이 잠시 생각에 잠겼다가 고개를 끄덕였다.

"알겠습니다. 오늘 어르신께 좋은 말씀을 들었습니다. 두 사람의 문제도 그러려니와 무관 그 아이에 대해서도 다시 생각을 해봐야겠군요."

"어찌하시려고……?"

"일단 이번 일을 해결하고 나서 무관이를 바다 건너로 보내야겠습니다."

"중원으로 말입니까?"

"그 아이를 좀 더 큰 사람으로 만들려면 결국 내가 그늘을 거둬야겠지요. 아비 품이 넓고 따뜻하지만 언제까지 그 품속에서 살 수는 없으니 말입니다."

전욱의 말에 하모극이 고개를 끄덕였다.

"좋겠지요. 역시 방주십니다. 이미 소방주의 나이가 약관을 넘었으니 큰 곳으로 나가 경험을 쌓을 때지요. 세월이 흐르면 소방주도 방주님처럼 큰 사람이 될 수 있을 겁니다. 호부에 견자는 없으니까요."

"후후, 전 큰 사람이 아니지요. 단지 운이 좋은 사람일 뿐입니다."

"운이라…… 운도 받아들일 준비를 한 사람에게만 오는 복이지요. 어쨌든 소산 그 아이에게 무공을 가르쳐 보려 합니다."

하모극의 말에 전욱이 조금 놀란 듯한 표정을 지으며 물었다.

"전인으로 삼으시렵니까?"

"그건 아닙니다. 사제의 인연은 아닌 듯하고. 어쨌든 그런 재능있는 아이에게 제 무공을 전하는 것도 기분 좋은 일이지요. 사실은 그 아이의 재능을 확인하고 싶은 호기심 때문일지도 모르겠습니다."

"그 아이가… 나보다 운이 더 좋군요. 노사께 사사하게 되다니……."

"하하, 그런가요?"

하모극이 빙그레 미소를 지으며 대답했다.

"떠난다고요?"

허소산이 놀란 얼굴로 물었다.

"그렇다는구나. 이틀 뒤에 백림촌을 떠난다는구나."

"왜 갑자기 떠나는 거죠?"

"잘은 모르겠다만 이렇게 급히 장사를 거두는 걸 보면 벽란도 본가에 무슨 일이 생긴 것이 아니겠느냐? 본가에서 사람이 온 것도 그렇고."

"무슨 일일까요?"

"일단 시간이 지나보면 알겠지. 그나저나 어르신은 언제 찾아뵐 거냐?"

"방에 일이 생겼다면 바쁘지 않으실까요?"

허소산의 말에 허산왕이 고개를 저었다.

"그렇지 않을 거다. 본래 사신 어른들은 장사에는 관여치 않는다고 했으니 이틀 후 떠난다고 해도 특별히 바쁘지는 않으실 게다. 오히려 본가로 돌아가면 시간을 내기 어려울지도 모른다."

"그렇군요. 그럼 지금 찾아뵙지요."

"그러렴. 노사의 거처는 알고 있지?"

"네. 이미 이곳의 사정을 대충 살펴두었어요."

"후후, 똑똑한 녀석. 다녀오려무나."

"아버지도 같이 가요."

"아서라. 노사는 널 원하는 거다. 무공은 함부로 타인에게 전수하는 게 아니야. 그리고 이 나이에 무공은 익혀 무엇하리. 너나 다녀오너라."

"알았어요."

허소산이 고개를 끄덕이고는 이내 천막을 벗어났다.

"무공이라……. 확실히 우리가 다른 세계로 발을 들이기는 했구나. 시작부터 소산이 고수에게 가르침을 받게 되다니 시작이 나쁘지는 않은 것 같기도 하고. 어쨌든 조용한 삶은 끝이 났군. 하지만 한세월 바쁘게 사는 것도 괜찮겠지. 자, 나도 좀 주변을 둘러볼까?"

허산왕이 자리를 털고 일어나 걸음을 옮겼다.

하모극은 만재방 숙영지 가장 북쪽에 거처를 마련하고 있었다. 지형으로 보면 조금 높은 곳이어서 아래로 만재방의 숙영지와 더 아래 장진호의 푸른 물결이 한눈에 들어오는 곳이었다.

허소산이 하모극을 찾았을 때 그는 자신의 천막 앞에 통나무를 잘라 만든 작은 의자에 앉아 있었다. 수수한 옷차림에 조금 마른 듯한 체구, 흑백이 조화롭게 어울린 상투 튼 머리, 그리고 감은 듯 반개하고 있는 눈과 마치 바람에 날리듯 조금씩 흔들리고 있는 몸. 허소산은 하모극을 십여 장 앞에 두고 잠시 서서 그의 모습을 주시했다.

'전혀 다른 느낌이야. 마치 신선 같아.'

오늘 처음 보는 하모극이 아니건만 지금 허소산의 눈에 비친 하모극의 모습은 무척 생경했다. 흑천삼객과 생사결을 펼치던 당시의 모습은 선정에 든 지금 그에게서 찾아볼 수 없었다. 그 자체가 주변의 풍경에 온전히 동화된 모습으로 허소산에게는 다소 충격적인 모습이었다.

"왔느냐?"

선정에 든 줄 알았던 하모극의 입이 갑자기 열렸다.

"제가 방해를 했군요. 죄송해요."

허소산이 난처한 표정으로 말했다.

"아니다. 기다리고 있었다. 오너라."

하모극이 눈을 크게 뜨고 허소산을 돌아봤다. 허소산이 조심스런 발걸음으로 하모극 앞으로 다가갔다.

"앉아라."

하모극이 앞에 놓인 나무 의자에 앉기를 권했다. 그리고는 허소산이 의자에 앉기를 기다려 다시 입을 열었다.

"이틀 후에 떠난다는구나."

"들었어요. 그런데 무슨 일이죠?"

"음, 본가에 좀 급한 일이 생긴 모양이다. 덕분에 나도 이곳을 떠나면 한동안 바쁠 것 같구나. 그래서 네게 무공을 가르쳐 줄 시간을 내기가 힘들 게다."

"방의 일이 우선이지요."

"하하, 그렇긴 하지. 하지만 네게 무공을 가르치는 일도 내겐 무척 흥미로운 일이다. 그래서 말인데, 오늘과 내일은 나와 함께 있자꾸나."

"그래도 돼요? 모두 바쁘던데……."

"나야 만재방 사람이기는 하지만 장사를 하는 데는 쓸모가 없는 사람이니까."

허산왕의 말대로 하모극은 장사와는 거리가 먼 사람이었다.

"저는 좋아요."

허소산은 무공을 배운다는 생각에 한껏 고조되어 있었다.

"좋아, 그럼 어디 시작해 볼까?"

하모극이 빙그레 미소를 지으며 말했다.

허소산을 앞에 두고 무학의 원리를 설명하는 것으로 시작된 무공 전수. 그런데 시간이 지날수록 하모극은 놀랄 수밖에 없었다. 허소산의 명석함은 그가 예상했던 것 이상이어서 허소산은 하모극이 설명하는 무학의 원리들을 두 번 들을 것도 없이 깨우쳐 나가는 것이었다.

특히 허소산은 이미 서책을 통해 의술에 관한 지식을 제법 쌓고 있어서 혈과 진기의 움직임에 대해서 설명할 때도 한 번의 막힘 없이 하모극의 가르침을 받아들였다.

그렇게 시간 가는 줄 모르고 무학의 이치에 대한 가르침을 주고받는 사이 어느새 사위가 어두워지고 숙영지 위에 둥근 달이 떴다. 그러나 두 사람은 해가 지고 달이 뜬 것도 모른 채 무공 전수에 열을 올리고 있었다.

그런 두 사람이 시간의 흐름을 깨달은 것은 스스로에 의해서가 아니라 타인에 의해서였다.

"누구신가?"

허소산을 가르치는 데 정신을 쏟고 있던 하모극이 고수의 본능으로 누군가의 인기척을 느끼고는 시선을 돌렸다. 허소산 역시 하모극을 따라 시선을 돌리자 허산왕의 모습이 두 사람의 눈에 들어왔다.

"방해가 되었습니까?"

사실 허산왕은 이미 오래전부터 두 사람을 지켜보고 있었다. 해가 져도 오지 않는 허소산을 찾아 하모극의 거처에 왔다가 두 사람이 너무 진지하게 가르침을 주고받는 통에 그들을 방해하지 않기 위해 근 반 시진을 기다리고 있었던 것이다. 하모극과 같은 고수가 그런 허산왕의 존재를 뒤늦게 알아챈 것은 아마도 허산왕이 사냥감을 추격할 때의 조심성을 발휘해 최대한 자신의 기척을 숨겼기 때문일 터였다.

"아닐세. 이제 보니 날이 저문 지 오래군. 달이 떴어."

하모극이 고개를 들어 장진호 위에 뜬 달을 바라봤다. 그러자 허산왕이 두 사람 곁으로 다가서며 입을 열었다.

"식사 전이실 거라 생각해 요깃거리를 준비해 왔습니다."

"저런, 내가 괜한 수고를 끼쳤군."

"아닙니다. 아들놈을 가르쳐 주시는데 이 정도야. 그나저나 어떻습니까? 소산이 어르신의 가르침을 잘 배우던가요? 혹 부족함이 많아 노사를 힘들게 하지는 않았는지……."

허산왕으로서는 가장 궁금한 일이었다.

"후후. 날 힘들게 하기는 했지."

"네?"

내심 허소산에 대해 자신을 갖고 있던 허산왕이 하모극의 대답에 놀라 반문했다.

"자네 아들이 날 힘들게 하기는 했네. 그런데 모자라서가 아니라 너무 뛰어나서야. 내 평생 자네 아들처럼 명석한 아이는 처음 보았네. 단 반나절을 가르쳤을 뿐인데 내 밑천이 거의 드러났단 말씀이야. 이건 참 곤란한 일이지 않나? 무공을 가르친 답시고 불러들였는데 벌써 밑천이 간당간당하니 말일세."

"칭찬이 너무 과하시군요."

그제야 허산왕이 얼굴에 미소를 지으며 나직하게 말했다.

"아니, 아니야. 내 말은 한 올의 과장도 없네. 소산은 정말 뛰어난 아이일세. 하지만 몸이 머리와 같을지는 아직 모르지."

"무슨 말씀이신지……?"

"무공이란 결국 머리가 아니라 몸이 익히는 거란 말일세. 소산아!"

"네, 어르신!"

"오늘 배운 것을 항상 머릿속에 담아두어야 한다. 네가 앞으로 내게 배울 무공이든 아니면 다른 인연이 닿아 얻게 될 무공이든 어떤 무공을 익히더라도 오늘 배운 무공의 큰 원리는 변하지 않는 것이란다. 그러니 오늘 배운 것들을 항상 머리와 마음으로 되새기도록 해야 한다. 알겠느냐?"

"네, 어르신. 명심하겠습니다."

"좋아, 그럼 오늘은 이만 하도록 하자. 아버지께서 저녁을 준비해 오셨으니 여기서 요기를 함께하고 내일 아침 일찍 다시 오도록 하거라. 내일은 네게 진짜 무공을 전수해 주마."

"알겠습니다, 어르신!"

"자, 허 엽사. 그럼 출출한데 먹어봅시다."

고즈넉한 달빛이 두 부자의 어깨에 내려앉았다. 천막들 사이로 난 길이 마치 숲길처럼 깊어 보였다. 허소산과 허산왕은 천막들 사이를 지나 자신들의 거처를 향해 걷고 있었다.

"어떻더냐?"

문득 허산왕이 물었다.

"좋았어요."

허소산이 기다리지 않고 대답했다.

"배우기가 어렵지 않더냐?"

"아뇨. 크게 어렵지 않았어요. 오히려 그동안 궁금했던 것들이 모두 풀려 버린 느낌이에요. 의서를 읽을 때 막혔던 것들도 그렇고. 아버지."

갑자기 허소산이 허산왕을 심각하게 불렀다.

"왜 그러느냐?"

"구리거울에 새겨진 무공 말이에요."

"천독공 말이냐?"

"네. 그 무공… 정말 무서운 무공인 것 같아요."

"아니, 왜?"

허산왕이 의혹 어린 시선으로 허소산을 봤다.

"전 지금까지 그 천독공에 대해 사실 반신반의했어요. 물론 지난번 독에 당했을 때 그 효험을 보기는 했지만 구리거울에 새겨진 경지가 과연 가능할까 뭐 그런 생각을 했었거든요. 천독공을 남긴 사람이 지나치게 천독공의 위력을 과장한 것 같았다는 거죠."

"그런데?"

"그런데 오늘 어르신께 무학의 원리를 배우다 보니 어쩌면 동경에 새겨진 말들이 전혀 허황된 것이 아닐지도 모른다는 생각이 들었어요. 그리고 만약 그 말들이 모두 진실이라면 천독공은… 아마 세상에서 가장 무서운 무공일 거예요."

"그래? 혹 몸을 이상하게 만드는 건 아닐까? 익혀도 괜찮겠느냐?"

허산왕의 걱정에 허소산이 고개를 저었다.

"제대로 된 무공이라면 큰 문제는 없을 거예요. 이제 정식으로 무공을 배우게 되었으니 하나하나 살펴가면서 천독공을 익힐게요. 만약 조금이라도 이상이 있으면 그땐 중지할 거예요."

"그래, 조심하거라. 뭐든지 좋고 강한 것에는 그만한 위험이 도사리고 있는 법이니까."

"알았어요. 정말 조심할게요."

"후후. 너라면 걱정없지. 그나저나 이러다가 내 아들이 천하제일인이 되는 것 아닌지 몰라?"

"에이, 그런 사람은 아무나 되나요?"

"소산, 난 절대 내 아들이 아무나라고 생각하지 않는다. 넌 정말 특별한 아이야."

허산왕의 큰 손이 허소산의 작은 어깨를 감싸 안았다.

"내가 네게 전할 무공은 세 개다. 하나의 심법과 하나의 투술, 그리고 하나의 검법이 그것이다. 이 무공들은 본래 한 뿌리를 가지고 있는 것이 아니다. 네가 내 제자라면 아마도 다른 무공들을 전했을 것이나 넌 내 제자가 아니므로 이 세 개의 무공을 전하는 것으로 만족하려 한다."

하모극이 다음날 새벽처럼 찾아온 허소산에게 이 말을 했을 때 허소산은 적이 실망하지 않을 수 없었다. 하모극의 말대로라면 그가 배우는 것은 하모극 무공의 정수가 아닌 방계의 무공이란 의미였다. 그러나 다시 하모극의 말을 들었을 때 허소산은 새로운 기대로 충만해졌다.

"그렇다고 이 무공들이 절대 하찮은 것은 아니다. 어떤 의미에선 내가 내 제자에게 전할 무공들보다 더 뛰어나다고 할 수 있다."

"어째서 그렇지요?"

허소산이 물었다.

"그 이유는 이 무공들의 출처가 범상치 않기 때문이다. 사실 난 이 무공 중 오직 하나, 금강밀공만을 수련했다. 그 이유는 내가 스승으로부터 배운 심공의 부족함을 금강밀공이 보충해 주었기 때문이다. 그러니 이 금강밀공이란 심공이 결코 하찮 은 무공은 아니라는 거지."

하모극의 말에 허소산이 고개를 끄덕였다. 그러자 하모극이 다시 말을 이었다.

"나머지 두 개의 무공, 이산공과 풍로검을 익히지 않은 이유 는 이들 무공이 뛰어나기는 하지만 그렇다고 내가 본래부터 익히고 있던 가전의 무공들을 능가한다고 할 수는 없었기 때 문이다. 본래 무공이란 것은 한 우물을 파야 대성할 수 있다. 물론 검도권장(劍刀拳掌)에 모두 능통한 고수가 없는 것은 아 니다. 그러나 그들마저도 자신이 가장 깊이 깨달은 무공은 하 나일 수밖에 없다. 다시 말해, 잡다한 무공에 심력을 소비하다 보면 결국 높은 경지에 오르기는 요원하단 말이다. 그래서 난 이산공과 풍로검을 깊게 익히지는 않았다. 내 말뜻을 알겠느 냐?"

"무슨 말씀인지 잘 알겠습니다."

허소산이 공손하게 대답했다.

"좋다, 그럼 이 무공들에 대해 간단히 설명해 주마. 이 무공

들은 내가 수십 년 천하를 주유하며 얻은 무공들이다. 그래서
그 출처가 모두 다르지. 먼저 금강밀공은 남쪽의 한 사찰에서
얻은 것이다. 더 이상 중이 살지 않아 폐허가 된 사찰이었는데,
우연히 그곳에서 하룻밤 묵기 위해 들어갔다가 얻었지. 이런
귀한 심공이 왜 그렇게 방치되어 있었는지는 아직도 잘 모르
겠다. 그 내용을 살펴보건대, 해동 본류의 심공과는 좀 다르더
구나. 내 생각에는 천축에서 넘어온 심공 같은데 그 깊이로 보
아 불가의 심공이 아닌가 싶다. 이름도 그러하고."

"천축에서 온 심공이 어찌 고려 땅에 있을까요?"

"한자로 되어 있으니 원본은 아닌 것 같은데, 그 지역이 예
전 가야의 땅이었으니 어쩌면 전설의 허황옥이 아유타국에서
건너올 때 함께 온 것일지도 모르지. 전설에 의하면 그때 이
땅에 불교가 처음 전해졌다는 설도 있으니 말이다."

"그렇다면 아주 오래된 것이네요."

"그렇다고 할 수 있다. 범상한 심공이 아니니 힘써 익히도록
하거라."

"예, 어르신!"

허소산이 공손하게 고개를 숙여 보였다.

"그리고… 이 이산공은 과거 나와 인연이 있던 조방(曹龐)이
란 사람에게서 얻은 것인데 그가 죽으면서 전인을 찾아달라고
맡긴 거란다. 그 조방이란 사람은 해동에서 투술로는 다섯 손가
락에 꼽히는 사람이었으니 결코 가벼운 무공이 아닐 것이다."

하모극의 말에 허소산이 새삼스런 눈길로 눈앞에 놓인 서책

을 바라봤다.

"이제 마지막으로 풍로검이 남았구나. 이 검법은 이 세 개의 무공 중 가장 무서운 것이다."

하모극의 표정이 심각해졌다. 덩달아 허소산 역시 표정을 굳혔다.

"이 검은 내가 중원에 갔을 때 얻은 것인데… 이건 살검이다."

"네?"

허소산이 놀란 얼굴로 되물었다. 풍로검이라는 이름은 제법 운치가 있어서 그 검법이 살법일 것이라고는 전혀 생각지 못한 허소산이다. 그러자 하모극이 다시 말했다.

"이 검법은 살법에 치우친 검법이다. 그러므로 마검이랄 수도 있지. 그럼에도 내가 왜 너에게 이 검법을 전수하는지 아느냐?"

"가르침을 주시면 깊이 새기겠습니다."

하모극 같은 사람이 하는 일이라면 분명 그 의미가 있을 터였다.

"살검이라고는 하지만 이 검법은 내가 본 검법 중 세 손가락 안에 들 만큼 뛰어나다. 그러므로 살검이라 하여 사장시키기에 너무 애석한 검법이지. 그러나 또한 살검이므로 아무에게나 전수할 수도 없는 검법이다. 검법의 살기를 이겨낼 심성을 지닌 사람만이 이 검법을 익힐 수 있는 자격이 있다는 말이다. 내가 보기엔 네게 그런 심성이 있는 듯하구나. 해서 네게 이 검법을 맡기는 것이다. 내 말뜻 알겠느냐?"

"무슨 말씀이신지 잘 알겠어요. 절대 함부로 검을 쓰지 않을 게요."

"그래, 단번에 알아들었구나. 검법을 익히되 가급적이면 검을 쓰지 말거라. 세상을 살아가는 데는 특별한 일이 아니라면 이산공으로 족하리라."

"알겠습니다."

허소산이 가볍게 머리를 조아렸다.

"이제 이 무공들의 출처는 모두 밝혔으니 본격적으로 구결들을 설명해 주마. 그리고 수련하는 법 또한 가르쳐 줄 테니 잘 들어두어라. 수시로 너의 수련을 바로잡아 주겠지만 그래도 무공이란 결국 스스로 깨우쳐야 하는 법이니라."

"명심하겠습니다."

허소산이 다시 고개를 숙여 보였다.

"좋아, 그럼 금강밀공부터 시작할까?"

그날 하루 허소산은 하모극으로부터 난생처음 무공이란 것을 배웠다. 새로운 세계에 눈을 뜬 소년의 호기심은 물을 빨아들이는 솜처럼 하모극의 가르침을 받아들였다.

그 긴 하루가 지나고 또다시 하룻밤을 보낸 후 허소산과 허산왕은 만재방의 상단에 뒤섞여 백림촌을 떠났다.

第十章
벽란도

독
경
讀經

열두 대의 마차와 서른두 사람, 그리고 다시 이십 필의 말, 만재방 상단 규모는 북방의 산사람들에게는 보기 힘든 구경거리였다. 그래서 허소산과 허산왕이 포함된 만재방 상단이 예정보다 일찍 백림촌을 떠나는 날 백림촌 사람들은 거의 모두가 강변에 나와 상단 행렬을 구경했다.

송가서점의 주인 송고구는 아쉬운 기색이 역력한 표정으로 허소산 부자를 떠나보냈는데, 그러면서도 허소산에게 큰 도읍에 나가 큰 사람이 되라는 기원을 잊지 않았다. 아마도 뼛골까지 유학자인 그로서는 내심 허소산이 개경에 나아가 입신하여 출세하기를 바라고 있었을 것이다. 그러나 허소산은 그의 바람과는 달리 상인의 길을 위해 첫발을 내딛고 있었다.

오랫동안 만재방과 거래해 온 사람들이 십여 리의 길을 따라와 만재방주 전욱에게 작별을 고한 후 다시 백림촌으로 돌아갔다. 큰 상단과의 거래에 있어서 백림촌의 가난한 산사람들에게 만재방은 재신이나 마찬가지였기에 그에 합당한 예의를 보인 것이다.

　송별하는 사람들이 모두 백림촌으로 돌아가자 상단은 움직이는 속도를 높이기 시작했다. 개경까지는 관도를 따라 이동할 예정이다. 북방은 변경의 사정이 항시 불안함으로 개경까지 이르는 관도는 언제나 잘 정비되어 있었다.

　보통 때라면 도중에 서경에 들러 중요한 거래 몇 건은 처리할 수도 있었으나 본가의 사정이 다급했으므로 상단은 서경을 거치지 않고 곧바로 대동강변에서 배를 탔다.

　만재방이 준비하는 배는 모두 세 척이었는데, 배는 무거운 짐을 싣고도 빠르게 강을 거슬러 내려가 서해로 접어든 후 거친 파도를 뚫고 해안을 따라 남쪽으로 내려갔다. 그리고 백림촌을 떠난 지 채 보름이 되지 않아 예상강 하구의 벽란도에 도달했다.

　"와!"
　천재 소리를 듣는 영특한 허소산이지만 눈앞에 펼쳐진 광경에는 감탄하지 않을 수 없었다.
　"대단하구나."
　오랜만에 대처로 나온 것은 허산왕 역시 마찬가지였기에 그 역시 허소산 옆에서 탄성을 흘렸다.

두 부자의 눈앞에는 새로운 세상이 펼쳐져 있었다. 벽란도는 고려 최대의 무역 포구였다. 천하에서 온갖 상인이 집결하고, 세상의 모든 물산이 모이는 곳이 바로 벽란도였다. 요동과 왜, 중원은 물론 천축과 서역의 상인들까지 찾아드는 곳이 바로 벽란도였다.

벽란도의 광대한 규모와 화려함이 허소산과 허산왕 두 부자의 입을 다물게 하지 못했다. 섬과 섬 사이를 뚫고 들어가 내륙으로 이어지는 강과 맞닿은 곳에 위치한 벽란도는 지금껏 두 부자가 경험하지 못한 새로운 세계로 두 사람을 초대하고 있는 듯 보였다.

"놀랍죠?"

배의 난간에서 눈앞에 펼쳐진 벽란도 포구의 광경에 눈을 떼지 못하고 있는 두 부자의 등 뒤로 전조명과 보현이 다가섰다. 입을 연 것은 전조명이었다.

"이곳이 벽란도인가요?"

허소산이 물었다.

"맞아. 이곳이 벽란도야."

"정말 대단하군요."

"중원에 항주와 같은 여러 개의 대도가 있다고는 해도 벽란도 역시 항주에 크게 밑질 것은 없지. 물론 항주가 좀 더 화려하긴 하지만."

"항주에 가보셨어요?"

"한 번 가봤어. 몰래 방의 상선에 올랐는데 덕분에 일 년 쯤 외출을 금지당했었지. 하지만 뭐, 아주 재밌는 여행이었어."

"아가씨는 정말 대단하군요, 그런 여행을 다 해보고."

허소산이 부러운 듯 전조명을 보며 말했다. 그러자 전조명이 어깨를 으쓱거리면서 대답했다.

"우리 나이 또래 중에서 나만큼 재밌는 여행을 한 사람은 많지 않을걸?"

"저도 만재방의 사람이 되었으니 그럴 기회가 있겠죠?"

"글쎄. 배를 타고 바다를 건너는 일은 만재방에서도 노련한 사람들에게만 주어지는 기회이니 쉽지는 않을 거야. 하지만 뭐, 넌 똑똑하니까 금세 뛰어난 상인이 되겠지. 아, 저기 방의 사람들이 나와 있네."

전조명이 누군가를 발견하고 손을 흔들었다. 허소산이 전조명이 가리킨 곳을 보자 이십여 명의 사람이 포구 한쪽에 모여서서 만재방의 상선을 향해 손을 흔들고 있었다.

"배를 대라!"

배의 중앙에 올라 항로를 살피고 있던 전욱이 명을 내렸다. 그러자 세 척의 상선이 크게 원을 그리며 포구를 따라 돌더니 이내 만재방의 사람들이 기다리고 있는 곳에 차례로 정박했다.

"방주님!"

포구에 기다리고 있던 사람 중 셋이 한 번에 배로 날아올라 전욱에게 고개를 숙여 보였다. 사다리도 없이 단번에 배로 뛰어오르는 움직임으로 보건대 일신에 뛰어난 무공을 지니고 있음이 분명했다.

'이 만재방의 사람들은 비록 장사꾼이라고는 하지만 그들의 몸에 지닌 무공이 무인에 못지않구나. 역시 이렇게 큰 상단을 이룬 것은 그만한 이유가 있었던 거야.'

허소산이 숨겨진 만재방의 저력에 감탄하는 사이 만재방주 전욱은 마중 나온 사람들과 인사를 나누고는 어느새 배에서 내려가기 시작했다.

"짐을 내려라. 귀한 물건들이니 조심들 하라."

두 번째 상선에 타고 있던 일대행수 장익의 목소리가 허소산의 귀에 들려왔다.

"우리도 가요."

전조명이 허소산과 허산왕을 보며 말했다.

"짐은……?"

허산왕이 묻자 이번에는 보현이 대답했다.

"간단한 짐만 가지고 가세요. 나머지는 짐꾼들이 장원까지 실어올 거예요."

보현의 대답에 고개를 끄덕인 허산왕과 허소산이 선실에 들어가 간단히 짐을 꾸려 밖으로 나왔다. 그리고는 기다리고 있던 전조명을 따라 벽란도 포구에 발을 내디뎠다.

"아가씨!"

전조명이 배에서 내리자 한 명의 중년 여인과 이십대 후반의 젊은 사내가 전조명을 맞았다.

"잘들 지냈어요?"

전조명이 두 사람을 보고는 반갑게 인사를 건넸다.

"무사하셔서 다행이에요. 소식은 들었습니다."

"흠, 벌써 백림촌에서 있었던 일을 들었단 말이에요?"

"이미 이틀 전에 사람이 도착했는걸요."

"하여간 빠르기도 하지. 우리도 서둘러 왔는데……."

"어쨌든 이번 일로 한 가지는 확실해졌어요."

"뭐가요?"

"앞으로 아가씨가 가는 곳은 어디든 우리 두 사람이 따라가야 한다는 사실 말이에요."

"흥. 이젠 어딜 가나 날 감시하겠다는 거군요?"

"감시가 아니라 보호지요."

"내 몸은 내가 지킨다고요!"

"웬걸요. 이번엔 무척 위험했다고 하던데요. 부상도 당하셨다면서요?"

"그건… 뭐… 다 나았어요."

전조명이 암기에 상처 입은 옆구리를 짐짓 툭툭 두드렸다.

"독에도 당하셨다면서요?"

"독도 모두 해독되었어요. 그건 여기 소산 덕분이지만."

전조명의 말에 중년 여인이 그제야 허산왕와 허소산에게 시선을 주었다. 그리고는 침착한 목소리로 입을 열었다.'

"두 사람이 아가씨를 구해주신 분들이군요. 반가워요. 전 어려서부터 아가씨를 돌본 옥도금이라고 해요. 사람들은 옥 부인이라고 부르는데 사실 전 혼인을 하지 않았으니 그건 틀린 말이지요."

"그건 유모가 나이가 들었기 때문이에요."

곁에서 전조명이 심드렁하게 말했다.

"아가씨, 그래도 혼인을 하지 않은 사람을 부인이라고 부르면 안 돼요."

"그럼 뭐 옥 소저라고 불러 드릴까요?"

전조명이 놀리듯 물었다. 그러자 옥도금이 당황한 표정으로 대답했다.

"그, 그건 아니지만……."

"그냥 사람들 편한 대로 부르게 돼요. 호칭이 뭐가 중요하다고."

"아가씨!"

"아아, 그 이야기는 그만하고. 아저씨, 잘 계셨죠?"

전조명이 이십대 후반의 사내에게 묻자 사내가 가볍게 고개를 숙여 보이며 말했다.

"저야 아가씨가 없으니 할 일이 있나요. 제가 따라갔어야 하는데……."

"저도 이번엔 아저씨가 정말 필요했었어요. 다행히 목숨은 구했지만."

전조명이 고개를 끄덕였다. 그러자 사내가 허소산과 허산왕에게 다가오더니 가볍게 두 손을 모아 보이며 말했다.

"두 분에 대한 소식은 들었습니다. 오룡이라고 합니다. 아가씨를 호위하는 사람이지요. 이번 길에 동행하지 않아 걱정이 많았는데 두 분 덕분에 아가씨가 무사하셨으니 감사드립니다."

오룡은 정중했다. 사냥꾼 티를 아직 벗지 못하고 있는 허산왕과 허소산 부자임에도 불구하고 오룡은 두 사람에게 진심으로 고마워하는 듯 보였다.

"난 허산왕이라고 하고, 이 아이는 아들인 허소산이라고 하오. 만나서 반갑소이다. 이젠 한식구이니 잘 지내봅시다."

이미 오십을 넘은 나이의 허산왕이었으므로 그는 오룡에게 편하게 말을 했다.

"불편한 일이 있으면 언제든 절 찾아주십시오. 아가씨의 목숨을 구해주셨으니 제게도 생명의 은인과 같으십니다."

오룡이 다시 한 번 머리를 조아렸다.

"무슨 말씀을! 아무튼 잘 부탁드리오."

허산왕도 가볍게 고개를 숙여 보였다.

"자자, 인사는 그만하고 이제 장원으로 가자구요. 말은?"

전조명이 옥도금에게 묻자 옥도금이 고개를 저었다.

"마차를 가져왔어요."

"마차를? 왜 말이 아니라 마차예요?"

"아가씨, 여긴 벽란도예요. 보는 눈이 많다고요."

"그래서 뭐가 어째서요?"

"말만 한 여자가 말을 타고 다니는 걸 보면 누가 좋게 말하겠어요. 더군다나 지금 아가씨는 황보가의 공자와……."

"아! 그 말은 그만해요!"

전조명이 차갑게 말했다. 그러자 옥도금이 급히 입을 다물었다. 일단 전조명이 정색을 하자 옥도금은 감히 전조명의 말에 대꾸를 하지 못했다.

"어쨌든 말이 없다는 거죠?"

"네, 아가씨."

"뭐, 어쩔 수 없죠. 그래, 마차는 어딨어요?"

"이쪽으로 오십시오."

오룡이 앞서서 일행을 포구의 안쪽으로 이끌었다.

두두두두!

마차가 바람처럼 관도를 달렸다. 만재방의 장원은 벽란도의 포구에서 반 시진가량 떨어져 있었기에 말이나 마차를 타지 않으면 한참을 걸어야 도착할 수 있는 거리였다.

허소산은 마부석에 오룡과 함께 앉아 있었다. 마차의 크기가 네 명 정도 탈 수 있는 넓이였기에 허산왕을 마차 안에 앉게 하고 자신은 오룡과 함께 마부석에 자리를 잡은 것이다.

"핫!"

오룡의 시원한 목소리가 허공을 가르자 말들이 더욱 속도를 내기 시작했다.

"소문은 들었다."

문득 바람결에 오룡의 목소리가 들려왔다.

　"무슨……?"

　자신에게 한 말임을 깨닫고 허소산이 고개를 돌려 되물었다.

　"하 노사의 가르침을 받는다고?"

　전방을 주시하며 고개를 돌리지 않고 오룡이 말했다. 그의 말과 표정에서 숨길 수 없는 부러움의 기색이 나타났다.

　"운 좋게 그렇게 되었어요."

　"맞아. 정말 운이 좋은 거야. 만재방의 모든 젊은이들이 꿈꾸는 게 뭔지 아느냐? 그건 바로 사신 어르신들의 제자가 되는 일이지. 어쩌면… 만재방의 젊은이들이 널 질시할 수도 있다. 행동에 각별히 조심해야 할 거야."

　"충고 고마워요. 하지만 만재방의 사람들이 절 질투할 필요는 없을 것 같아요."

　"무슨 소리지? 어르신의 제자가 된 것이 너에겐 그리 중요한 일이 아니란 말이냐?"

　오룡이 조금 불쾌한 표정으로 물었다.

　"그게 아니라 전 어르신의 제자가 아니란 말이에요."

　"뭔 소린지 모르겠군. 좀 전만 해도 어르신께 무공을 배운다고 했잖느냐?"

　"무공을 배우는 것은 맞아요. 하지만 어르신은 절 정식 제자로 받아들이지는 않으셨어요. 무공도 어르신의 진신절예가 아니라 어르신이 강호에서 우연히 얻은 것들을 가르치고 계시죠. 어르신은 자신의 정식 제자는 만재방에 뼈를 묻을 사람이어야 한다고 하셨어요. 그 말은 만재방의 식구들 중에서 제자를 고르시겠다는 말이지요. 그러니 어르신의 제자가 되고 싶은 사람이라면 절 질투할 게 아니라 어르신의 눈에 들기 위해 노력해야 할 거예요."

허소산의 말에 갑자기 오룡의 눈에 생기가 돌았다.

"그 말이 정말이냐? 어르신이 그런 말씀을 하셨어?"

"그럼요. 제가 만재방에 영원히 있지 않을 거란 걸 어르신은 처음부터 알고 계셨지요. 그래서 독문 무공이 아니라 다른 무공을 가르쳐 주시는 거예요. 물론 다른 무공이라고 해도 대단히 뛰어난 무공이지만요."

"음, 그런 일이 있었구나. 알았다. 내 방의 젊은이들에게 네 이야기를 알리마. 너에 대한 적의가 사라질 것이다."

"그래 주시면 고맙고요."

허소산이 빙그레 미소를 지었다. 그러자 오룡이 좀 더 친근한 어조로 입을 열었다.

"그런데 소문에 의하면 네가 천재라는 소리가 들리던데, 정말이냐?"

"하하. 제 아버지가 아들 자랑을 좀 심하게 하세요."

"하지만 그런 소문이 허투루 나지는 않지. 글을 좀 하느냐?"

"서책은 좀 읽었어요."

"얼마나?"

"그럭저럭……."

허소산이 말꼬리를 흐렸다.

"내가 이런 것을 물어보는 것은 만재방에서 일을 하자면 둘 중 하나를 선택해야하기 때문이란다."

"둘 중 하나요?"

"그래. 상가라고는 해도 일하는 사람의 부류는 정해져 있다. 굳이 나누자면 문무(文武)로 나뉜다고 할 수 있다. 원행을 나가는 경우 상단을 호위하고 물건을 지키는 사람과 물건을 사들이고 내파는 거래를 담당하는 사람이라고 할 수 있지. 물론 양쪽의 일을 완전히 구분할 수는 없지만 그래도 만재방의 사람들은 그 둘 중 한쪽의 일에 탁월해야 크게 성공할 수 있단다. 장 대행수님을 알지?"

"네. 이번에도 장 대행수님을 통해 만재방에 들어온 거예요."

"그랬니? 그 장 대행수님의 경우는 무를 통해 대행수의 자리에 오른 분이라고 할 수 있다. 물론 거래에도 뛰어나시지만 그래도 뿌리는 상단의 호위에서 시작하신 분이지. 반면에 오늘 방주님을 마중 나간 이 대행수님은 처음부터 장사로 잔뼈가 굵으신 분이다. 이렇게 만재방의 일곱 명 대행수님들조차도 그 시작이 문과 무로 나뉜단다. 너도 이 둘 중 한 길을 택해야 할 거야. 그래야 제대로 된 가르침을 받게 될 테니까. 넌 어떠냐? 어느 쪽이 마음에 들지?"

"오 대협께서는 어느 쪽이세요?"

"홋! 대협은 무슨. 그냥 형이라고 불러."

"그래도 돼요?"

"그럼. 일개 호위가 대협 소리를 들으면 남에게 욕이나 먹지. 뭐, 어쨌든 나야 보다시피 장 대행수님처럼 무공으로 커볼 생각이란다. 그래서 아가씨의 호위를 맡고 있는 거지."

"아가씨 호위는 형님 혼자 맡고 계세요?"

"아니. 나 말고 두 사람이 더 있다."

"어떤 분들이죠?"

"이환과 왕자건이란 사람인데 제법 재주가 뛰어난 친구들이지."

오룡의 말에 허소산이 빙그레 미소를 지었다.'

"그분들은 형님의 아랫사람들이군요?"

"응? 어찌 그걸 알았지?"

"형님의 말과 표정에서 그렇게 느껴졌어요."

"이제 보니 눈치도 무척 빠르구나."

"사냥을 하려면 눈이 좋아야지요."

"하하하. 하긴 그렇지. 앞으로 기대가 되는데? 상가에서 생활하는 일도 눈치가 빨라야 유리한 법이니 말이다."

"형님이 많이 도와주세요."

한 채의 장원이 벽란도 북쪽 기슭 둥글게 만을 그리며 이어진 해안선 너머 웅진현이 바라보이는 곳에 자리 잡고 있었다. 시야가 좋아 사방의 모든 움직임이 눈에 들어왔고, 또 벽란도로 드나드는 상선들도 한눈에 파악할 수 있는 곳에 위치한 장원이었다.

두두두!

허소산 등이 타고 있는 마차가 작은 언덕길을 빠르게 올라 챘다. 비록 여섯 사람이 타고 있었지만 마차를 끄는 두 마리의 말은 북방에서 사들인 명마인지라 힘들이지 않고 언덕 위 만 재방의 장원 앞까지 일행을 데려다 놓았다.

"다 왔다. 내리자."

오룡이 먼저 마차에서 뛰어내렸다. 허소산이 오룡을 따라 내리자 마차 문이 열리고 전조명을 앞세워 마차 안에 타고 있 던 사람들이 밖으로 나왔다.

"아! 이제 돌아왔네!"

보현이 작은 산에 감싸인 듯 서 있는 장원을 보며 소리쳤다.

"네가 많이 피곤했던 모양이구나."

옥도금이 보현을 보며 말하자 보현이 고개를 끄덕였다.

"이번 상행은 쉽지 않았어요. 더군다나 아가씨의 일도 있어 서……."

"오냐, 알았다. 다음부터는 널 보내지 않으마."

"아니, 아니에요. 그런 말이 아니라……."

보현이 얼른 고개를 저었다.

"그러니 요것아, 엄살떨지 말고 어서 아가씨 짐이나 챙겨."

"알았어요."

보현이 입을 비쭉 내밀고는 다시 마차로 들어가 간단히 가 져온 짐을 챙기기 시작했다.

"아가씨, 안으로 드세요."

옥도금이 권하자 전조명이 오룡을 보며 말했다.

"오 대협께서 이분들을 총관께 모셔다 드려요. 일단 만재방
에 들었으니 총관 어른을 뵈어야 할 거예요. 그리고… 총관님
께 이 두 분의 거처로 와룡각이 좋겠다고 전해주세요."

"알았습니다, 아가씨. 절 따라오시지요."

오룡이 가볍게 고개를 숙여 보인 후 허산왕을 보며 말했다.
그러자 허산왕과 허소산이 오룡을 따라 장원의 정문을 향해
걸음을 옮겼다.

"만재방에서 어른이랄 수 있는 사람을 꼽자면 총관님과 사
신 어른들, 그리고 칠대행수님들이지요. 이분들이야말로 만재
방을 이끄는 실질적인 분들이라 할 수 있습니다. 방주께서는
혈족이 귀해서 친인 분들이 계시지 않습니다. 그래서 더더욱
이 열두 분의 어른을 귀하게 여기시지요. 그분들 중에서 사신
어른들은 거의 상행에 관여치 않으셔서 외부에 잘 알려지지
않았고, 결국 대외적으로는 칠대행수님들이 만재방을 대표한
다고 할 수 있습니다. 하지만 그건 외부의 시선이고 사실 만재
방에서 이인자라고 할 수 있는 사람을 꼽자면 지금 뵐 공 총관
님이라고 할 수 있습니다."

오룡이 허산왕, 허소산 앞에서 걸으며 그들이 지금 만나러
가는 만재방의 총관에 대해 빠르게 설명을 늘어놓았다.

"공 총관님은 전대 방주님 때부터 만재방을 지켜온 분이지

요. 이재에 밝고 현명하실 뿐 아니라 성품도 온화하셔서 만재방의 모든 사람들이 존경하는 분입니다. 특히 사람 보는 눈이 좋으셔서 일곱 대행수님의 경우도 거의 모두 공 총관님에 의해 발탁된 분들이지요."

오룡은 두 사람을 거대한 만재방의 중앙에 있는 기와집으로 데리고 갔다. 크기가 사방 이십여 장은 족히 됨 직한 기와집은 사방으로 들창이 나 있었다. 그리고 오늘은 날이 좋아서인지 창들을 모두 올려 처마에 걸어놓아 그 안의 사정이 한눈에 들어왔다.

기와집 안쪽 중앙에는 거대한 대청이 있었는데, 그곳에는 십여 개의 서탁이 놓여 있고 그 서탁에 적지 않은 사람들이 모여 무척 분주하게 움직이고 있었다.

"이곳은 만재루라는 곳입니다. 우리 만재방의 대소사가 모두 이곳에서 처리되지요. 물론 방주님의 처소가 따로 있기는 하나 실질적으로는 이곳이 만재방의 중심입니다."

오룡이 빠르게 설명을 하고는 걸음을 섬돌 위로 올렸다. 그러자 만재루 입구에 서 있던 두 명의 사내 중 한 명이 오룡에게 아는 척을 했다.

"오 형 아니시오?"

"하 형, 오늘이 번이신가 보구려."

"그렇소이다. 오늘은 방주님이 돌아오셨기에 좀 바쁘구려. 그런데 만재루엔 무슨 일이시오? 아가씨도 돌아왔으니 바쁘실 터인데."

"총관님을 뵈러 왔소."

"총관님을요? 그럼 시간을 잘못 맞추어 온 것 같소."

"아니 계시오?"

"방주님이 오셨으니 당연히 마중을 나가셨지요."

"그렇소? 그런데 왜 포구에서 뵙질 못했을까?"

"시전에 있는 점포에서 뵙겠다고 하셨소이다."

"음, 그럼 이걸 어쩌나."

오룡이 난감한 표정을 짓고 있는데 갑자기 만재루 앞마당 저쪽에서 한 노인이 세 명의 중년 사내를 거느리고 모습을 드러냈다.

"아니, 어찌 벌써 돌아오셨지?"

오룡과 말을 나누던 사내가 놀란 표정을 짓더니 부리나케 뛰어나가 노인을 맞이했다.

"총관님, 어찌 이리 일찍……?"

"왜, 내가 일찍 돌아와서 실망했는가? 나 없는 동안 좀 쉬려고 했는데 말이야."

노인이 빙그레 미소를 지으며 말했다.

"무슨 그런 말씀을. 그런데 정말 어찌 되신 일인지요?"

"음, 조금 급한 일이 있어 방주님의 얼굴만 뵙고 바로 왔네. 그나저나 오룡 자네가 무슨 일인가?"

노인이 재빨리 허산왕과 허소산을 살피며 물었다. 허소산은 노인의 눈길에서 이 노인이 온화한 얼굴 속에 날카로운 정기를 숨기고 있다는 걸 느꼈다.

"인사 시킬 사람들이 있어 총관님을 뵈러 왔습니다."

"그래? 이 사람들인가?"

이젠 노인이 정면으로 허산왕과 허소산을 살피며 물었다.

"그렇습니다. 이번에 방주님의 북행에서 인연이 닿아 만재방에 든 사람들이랍니다."

"백림촌 허 엽사시군."

노인이 이내 허산왕에게 아는 척을 했다. 그러자 허산왕이 한 걸음 앞으로 나서며 고개를 숙여 보였다.

"허산왕이라고 합니다. 이 아이는 아들인 허소산이라고 하는데 만재방에 몸을 의탁하러 왔습니다."

외모와 달리 정중한 허산왕의 말투가 마음에 드는지 노인의 얼굴에 한줄기 미소가 새겨졌다.

"이미 그대들에 대해서는 방주께 말씀 들었네. 방주께서 각별히 신경을 써달라고 하시더군. 아가씨의 생명의 은인이자 방에 든 사람이긴 하나 손님 같은 사람들이라고 말이야."

"방주께서 그렇게까지……. 고마운 말씀이군요."

"자자, 일단 안으로 들어가세."

노인이 허산왕와 허소산을 만재루의 대청 안쪽으로 이끌었다.

"돌아오셨습니까."

노인이 만재루로 들어서자 한 명의 중년 사내가 노인을 맞이했다. 그러자 루 안에서 바쁘게 움직이던 사람들이 일제히 자리에서 일어나 노인에게 고개를 숙여 보였다.

　"바쁜데 나 신경 쓰지 말고 일들 하게. 부총관은 좀 들어오게. 자, 들어들 갑시다."

　노인이 허산왕과 허소산을 데리고 대청과 연결되어 있는 오른쪽 방으로 들어갔다. 그러자 역시 동쪽으로 들창이 열려 있는 고즈넉한 방이 나타났다. 대청의 분주함과 달리 동쪽 방은 무척 조용해 상가에 딸린 방이라고 여겨지지 않았다.

　"앉으시게들."

　노인이 함께 들어온 사람들에게 자리를 권했다. 허산왕과 허소산은 노인의 맞은편에 자리를 잡고 앉았다.

　"난 공우보라고 하네. 만재방의 총관을 맡고 있지."

　사람들이 자리에 앉자 노인이 새삼스레 자신의 소개를 했다.

　"말씀 들었습니다."

　허산왕이 고개를 조아렸다. 그는 본래 호방한 성정의 사람이었으나 만재방에 들어서는 무척 행동을 조심하고 있었다.

　"음, 좀 전에도 말했지만 나도 자네 부자에 대해선 며칠 전부터 제법 많은 소문을 들었네. 특히 자네의 아들을 무척 만나고 싶었지."

　공우보가 허소산에게 시선을 돌렸다. 그러자 허소산이 공우보의 시선을 회피했다. 사람의 심장까지 꿰뚫어 보는 것 같은 공우보의 시선이 조금 부담스러웠기 때문이다.

　"아들에게 관심을 보여주시니 고맙습니다."

허산왕이 허소산을 대신해 입을 열었다.

"관심을 둘 수밖에. 하 노사가 제자로 거둔 아이이니 어찌 관심을 두지 않을 수 있을까."

공우보의 말에 오룡이 재빨리 끼어들었다.

"하 어르신께서 정식으로 제자로 들이신 것은 아니랍니다."

"무슨 말인가?"

공우보가 의아한 표정으로 물었다.

"하 어르신께서는 만재방의 젊은이들 중에서 정식 제자를 들이시겠다고 하셨답니다. 소산의 경우는 만재방에 뿌리를 내릴 인연은 아니라고 보아 독문 무공이 아니라 방계의 무공을 전하신 것 같습니다."

"음, 그러셨나? 그렇다면… 영원히 만재방 사람이 될 생각이 없다는 거군."

공우보가 앞뒤 사정을 깨닫고는 허산왕에게 물었다.

"그렇습니다. 방주께도 말씀드렸지만 잠시 몸을 의탁하는 것으로……."

"음, 알겠네. 그렇다면 그에 맞는 일을 맡기는 것이 좋겠군. 부총관!"

"예, 총관 어른!"

공우보가 부르자 대청에서 함께 들어온 중년 사내가 대답했다.

"이 두 사람은 일단 선인각에 거처를 정해주시게."

"선인각에 말입니까?"

중년 사내가 조금 놀란 얼굴로 물었다.

"일단은 방의 귀한 손님으로 대하는 것이 옳을 듯하이."

"알겠습니다."

중년 사내가 고개를 끄덕이는데 문득 오룡이 입을 열었다.

"외람되지만 한 말씀 드려도 될지……."

"응? 말해보게."

공우보가 선선히 고개를 끄덕였다.

"이곳에 오기 전 아가씨께서 총관 어른께 전해달란 말이 있습니다."

"그래, 조명이?"

"그렇습니다. 이 두 사람을 와룡각에 머물게 하고 싶다고 하셨습니다."

"와룡각에?"

"그렇습니다. 아무래도 생명의 은인들인지라……."

"음, 와룡각이라……. 부총관 생각은 어떤가?"

공우보가 중년 사내를 보며 물었다.

"아가씨께서 원하시는 일이라면 괜찮지 않을까요? 물론 최근 방의 상황이 혼란스러워 와룡각에 외인을 들이는 것은 조심해야 하나 이 두 사람은 아가씨의 목숨을 구한 사람들이니……."

"음, 알겠네. 그럼 그렇게 하도록 하지. 두 사람은 일단 와룡각에 머물도록 하시게."

"저희야 등 대고 누울 수 있는 곳만 있으면 족합니다."

허산왕은 와룡각이 어떤 곳인지 모르기에 가볍게 대답했다.

"하하하. 역시 산에서 산 사람이라 그런지 호방하군. 와룡각에 머물면서 방의 사정을 좀 익히시게. 연후에 방주님과 상의해 방에서 할 일을 정하시면 될 것 같네."

"알겠습니다."

"그리고 한 가지 당부를 좀 하세."

"말씀하십시오."

"본래 자네들이 묵을 와룡각은 소방주와 조명 두 사람이 거처하는 곳이네. 다시 말해 방주님의 혈육이신 분들이 거하는 곳이란 말이지. 그래서 제법 방비가 튼실하기는 하나 최근 들어 방의 사정이 무척 혼란스럽다네. 그래서 만약의 경우 와룡각에 외부의 침입이 있을 수도 있네. 그러니 두 사람도 각별히 와룡각 안팎을 잘 살펴주시게."

"저희야 산에서 살던 사람들이라……."

"사냥꾼의 눈이 누구보다 매섭다는 건 알고 있다네. 더군다나 자넨 무공을 익힌 자들을 물리칠 수 있는 궁술을 익히고 있다 들었네."

아마도 공우보는 허산왕이 전조명을 위험해서 구한 상황에 대해 자세히 알고 있는 모양이었다.

"도움이 될지 모르겠지만 최대한 노력하겠습니다."

"좋네. 와룡각에 머문다면 따로 사람을 붙이는 것보다 오룡 자네들 청풍삼검이 이 두 사람에게 만재방의 대소사를 알려주는 게 어떨까?"

"알겠습니다. 그리하겠습니다."

"좋아, 그럼 일단 두 사람은 와룡각 소속으로 해두겠네. 나중에 다시 보세."

공우보가 웃으며 축객령을 내렸다. 그러자 허소산 부자가 얼른 자리에서 일어나 오룡과 함께 공우보의 거처를 벗어났다.

"그래, 금가의 소식은?"

허소산 부자가 방을 나가자 공우보가 재빨리 부총관이라 불린 중년 사내에게 물었다. 그러자 중년 사내가 고개를 숙이고 은밀히 말을 하기 시작했다.

오룡은 만재루를 벗어나자 장원의 동쪽으로 길을 잡았다.

"우리야 그저 다른 일꾼들이 머무는 방 하나면 족한 것을……."

허산왕이 와룡각에 머무는 것이 부담스러운 표정으로 말했다.

"아가씨께서 두 분을 특별하게 생각해 그리하고자 하신 것이니 거절치는 마시지요."

"뭐, 거절하려면 총관님 앞에서 했을 거요."

"하하, 그렇군요. 어쨌든 앞으로 한동안 함께 지낼 터이니 잘 지내보시지요."

"부탁은 내가 해야 하지 않겠소? 잘 부탁하겠소."

"저야 이미 소산 아우와 호형호제하게 되었으니 어려워 마시고 필요한 일이 있으면 절 찾으십시오."

"허허. 소산과 벌써 그런 사이가 되었구려."

"소산과 같은 아이라면 누구나 금세 호감을 가질 수밖에 없지요."

"하하, 그렇소?"

아들의 칭찬에 허산왕의 입이 귀에 걸렸다.

"그런데 만재방에 도대체 무슨 일이 있는 거죠?"

허소산이 만재루를 나오면서부터 뭔가를 골똘히 생각하다가 문득 오룡에게 물었다.

"음, 아직 모르고 있었나 보구나."

"방에 일이 생겼다는 것은 백림촌에서부터 알고는 있었지만 무슨 일인지는 자세히 듣지 못했어요."

"그렇구나. 사실 이 일은 방에서도 소수의 사람만이 알고 있는 일이지. 난 소방주님이 거하는 와룡각에 있다 보니 알게 되었지만."

"아버지와 제가 알면 안 되는 일인가요?"

"뭐, 그런 것은 아니다. 단지 아랫사람들에게 알려지면 방이 혼란에 빠질까 봐 윗분들이 말을 아끼는 것뿐이란다."

"도대체 무슨 일인데 그러는 것이오?"

허산왕도 호기심을 드러내며 물었다. 그러자 오룡이 갑자기 심각해진 얼굴로 입을 열었다.

"혹 해동의 상가(商家)들에 대해 알고 계십니까?"

"내가 아는 것이야 만재방과 북쪽으로 오는 몇몇 상가 정도네."

"그렇다면 먼저 현재 해동의 상가들에 대해 아서야겠군요. 물론 이번에 방에 생긴 일을 설명하기 위해서도 그렇지만 앞으로 만재방에서 살아가기 위해서도 필요한 것이니까요. 현재 고려 땅을 주름 잡고 있는 상가로는 열일곱 개 상가를 꼽습니다. 흔히들 이방삼가십이상(二邦三家十二商)이라고 부르지요."

"이방삼가십이상이라……."

허산왕이 오룡의 말을 되뇌었다.

"그중 이방이 고려제일을 다투고 그 뒤를 삼가가 받치며 다시 십이상이 삼가의 뒤를 잇고 있지요."

"분명 만재방은 이방 중 하나겠지요?"

허소산이 웃으며 물었다.

"물론이지. 만재방을 빼고 어찌 고려의 상가를 논하겠니."

오룡도 미소를 지으며 대답했다. 그리고는 다시 허산왕을 보며 말을 이었다.

"어쨌든 이 열일곱 개의 상가는 고려 각지에서 경쟁하기도 하고 때로는 서로 손을 잡기도 하면서 해동의 상권을 움직이지요. 그중에서도 이방삼가 다섯 상가의 경쟁은 무척 치열하다고 할 수 있습니다. 수십 년 동안 이방삼가는 보이지 않는 곳에선 칼부림도 서슴지 않았지요."

"상가들의 싸움이 강호 무가들의 싸움보다 더 처절하다는 것은 알고 있네. 재물이라는 것이 귀신도 부린다고 하니까."

허산왕이 살짝 눈살을 찌푸리며 말했다.

"맞습니다. 상가들의 경쟁이란 간혹 나라의 큰 정변으로까지 이어지지요. 어쨌거나 이 경쟁에서 이방, 그러니까 우리 만재방과 사해방은 언제나 승자였지요. 반면 삼가에 속하는 금가와 철가, 그리고 염가는 마지막 순간에 이방의 힘을 넘어서지 못하고 항상 무릎을 꿇었습니다."

"음, 그렇게 매번 패배하고도 삼가가 여전히 위세를 떨치고 있다는 건 그들의 저력도 결코 만만치 않다는 말이겠군요."

허소산이 불쑥 말했다.

"소산, 넌 정말 똑똑하구나. 맞다. 비록 이방이 삼가의 도전을 매번 물리치기는 하지만 이방도 삼가를 상계에서 완전히 몰아낼 힘은 없단다. 그러니 이 이방삼가는 사실 거의 동등한 수준의 상가들이라고 볼 수 있지."

"그런데요?"

허소산이 오룡의 말을 재촉했다. 오룡은 아예 걸음을 멈추고 신중하게 입을 열었다.

"그런데 그 삼가 중 한 곳인 금가가 우리 만재방에 정면으로 도전해 왔단다."

"도전이요?"

"그래. 본래 금가는 고려와 바다 건너 중원에까지 각지에 전방을 가지고 있는 큰 가문이다."

"전방이라면? 고리대금을 한단 말이군."

이번엔 허산왕이 말했다.

"그렇습니다. 고리대금은 아무래도 이문이 제일 많이 남는 사업 중 하나지요. 본래 삼가에 속하는 상가 중 금가는 고리대금을, 염가는 소금 중개를, 그리고 철가는 광산으로 일가를 이루었지요. 이 세 사업은 기실 보통의 상가들은 손을 댈 수 없는 것들입니다. 모두 관의 뒷배가 없으면 시도할 수조차 없는 사업들이니까요."

"그렇지."

허산왕이 고개를 끄덕였다.

"더군다나 이 세 사업은 무척 이문이 많이 남는 장사이기에 물밑에서 치열한 경쟁이 벌어지기 때문에 삼가의 가주들은 항시 살수들을 고용하고 있을 정도입니다."

"살수라……. 내 염상들이 독하다는 말은 많이 들었지만 금가와 철가가 그렇다니 의외군."

"사람들은 염상이 무섭다고 하지만 사실은 금가의 독함에 비할 바가 아닙니다. 그들은 금자에 미친 사람들이니까요."

"그들이 왜 만재방에 도전을 한 건가? 단순한 세력 다툼인가?"

"그 이유는 정확히 모르겠습니다. 본래 만재방이 전문적으로 전방을 운영하는 것은 아니지만 중한 거래처들을 위해서 이 벽란도와 개경, 그리고 중원 항주에 전방을 두고 있지요. 그런데 금가에서 이번에 이 세 곳의 전방을 거둬달라는 요구를 해온 것입니다."

"사업을 거두라는 요구는… 본래 강한 쪽이 약한 쪽에게 해야 할 것 같은데……."

"그래서 걱정인 겁니다. 그들이 감히 우리 만재방에 그런 요구를 했다는 것은 분명 무언가 믿을 만한 구석이 있다는 의미가 되니까요."

"음, 그렇군. 이제 보니 생각보다 심각한 일이군."

"상대가 금가라 방주께서도 무척 걱정하고 계실 것입니다. 그들의 독함이란……."

오룡이 고개를 절레절레 흔들었다.

"혹 백림촌에서의 일도 그들이 사주한 것 아닐까요?"

허소산이 물었다.

"아가씨의 일 말이냐?"

"그전에 그 흑룡문과 마상가가 북로의 상권을 놓고 도전해 온 것도 있지요. 그때 방주께서는 분명 두 상가 뒤에 배후가 있을 거라 하셨거든요."

"그렇지. 그 두 상가가 비록 해동십이상에 들어간다 해도 감히 우리 만재방에 도전할 수는 없으니까. 어쩌면… 금가가 관여했을 수도 있겠지."

"어지러울 때 들어왔구만."

허산왕이 주변을 두리번거리며 중얼거렸다.

"그래도 큰일은 없을 겁니다. 만재방의 저력은 생각보다 대단하니까요. 자, 그만 가시죠. 저기 보이는 것이 와룡각입니다."

오룡이 손을 들어 장원의 동쪽 끝 숲에 들어앉은 세 채의 기와집을 가리켰다. 기와집들은 서로 꼬리를 물고 둥글게 자리

잡고 있어서 그 이름처럼 용이 숲에 누워 있는 형상을 하고 있었다.

　허소산이 와룡각을 보며 크게 숨을 들이마셨다. 드디어 산을 떠난 허소산 부자의 앞에 새로운 삶이 시작되려 하고 있었다.

『독경(毒經)』 2권에 계속…

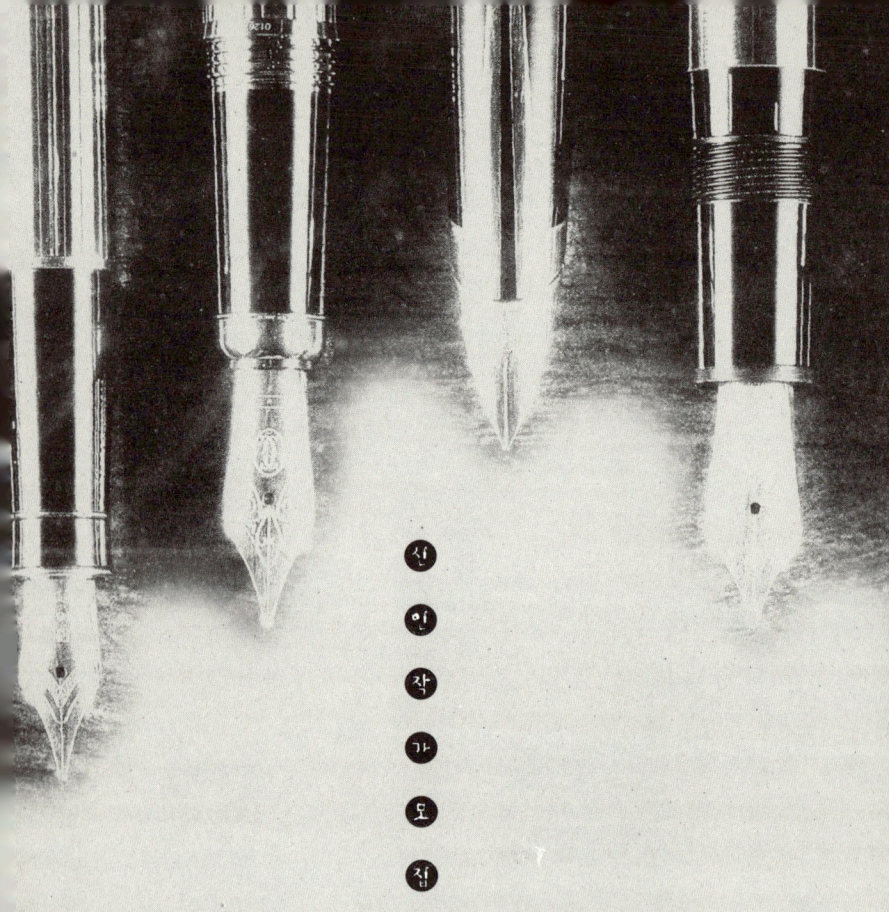

신
인
작
가
모
집

시작이 반이라고 했습니다.
작가의 길에 대한 보이지 않는 벽을 과감히 깨뜨리십시오!
청어람은 작가 지망생 여러분들의
멋진 방향타가 되어드리겠습니다.

저희 도서출판 청어람에서는
소설 신인 작가분들을 모집합니다.
판타지와 무협을 사랑하시는 분들의 많은 참여를 바랍니다.
소정의 원고(A4용지 150매)를 메일이나 우편으로 보내주시면
검토 후 출판 여부를 알려드리겠습니다.

주소:경기도 부천시 원미구 심곡2동 163-2 서경B/D 2F 우편번호 420-822
TEL:032-656-4452 **FAX:**032-656-4453
http://**www.chungeoram.com**
e-mail:chungeoram@chungeoram.com

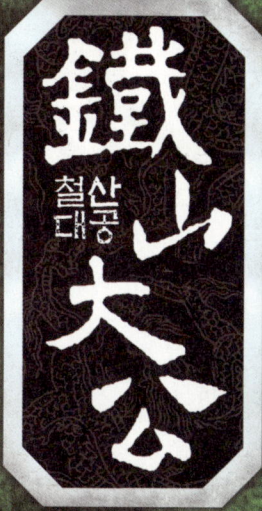

용호객잔

龍虎客棧

설경구 新무협 판타지 소설

낙양 변두리에 위치한 허름한 용호객잔.
폐업 직전까지 몰렸던 용호객잔에 복덩이,
천유강이 저절로 굴러 들어왔다.
그런데… 이 객잔 좀 수상하다?

독문병기는 낡은 주판, 중원상왕을 꿈꾸는 객잔주인, 용사등.
독문병기는 마른 걸레, 끔찍이 못생긴 점소이, 용팔.
독문병기는 식칼, 긴 독수공방 끝에 요리와 혼인한 숙수, 장유걸.
독문병기는 이 빠진 도끼, 사연 많은 남장여인, 문우령.
독문병기는 얼굴, 기억을 잃어버린 절세미남 신입 점소이, 천유강.

"중원의 상왕이 되리라!"

현실감각이라고는 찾아보기 힘든
용사등의 허황된 선언이 천하를 혼란에 빠뜨린다.
바람 잘 날 없는 용호객잔의 평범한(?) 일상에
중원의 이목이 집중된다.

Book Publishing CHUNGEORAM

유행이 아닌 자유추구 -
WWW.chungeoram.com

GOD BREAKER

Unterbaum

이상혁 판타지 장편 소설

운터바움
신들의 파괴자

나를 제거할 자, 그를 다스리는 한 권의 책.
찾아 펼쳤으리. 그리하지 않으면 나는 불타리.

세계의 근거, 그 자체인 거대한 나무, 바움.
그 아래에서 살아가는 생명들의 세상, 운터바움.
윈델은 신탁에 따라 바움을 파괴할 책을 찾아 떠나고
맨 처음 그의 손이 책에 닿는 순간 운명이 격변한다.

십 년을 모신 주인이자 친구, 세베리아를 비롯
세상 모든 것이 자신의 존재를 잊어버린 상황에서
윈델은 존재의 증명을 위하여 운명과 싸우기 시작한다!

나무의 파괴자 '엠베르크' 란 무엇인가?
모두가 잊어버린 '나' 는 대체 누구인가?

「데로드 앤드 데블랑」, 「카르마 마스터」의 뒤를 잇는
이상혁 작가의 정통 판타지 대작!

「운터바움-신들의 파괴자」!

Book Publishing CHUNGEORAM

守護武士
수호무사

각사 新무협 판타지 소설

소년은 오직 소녀를 위하여 검을 들었다
가슴에 담긴 지키고자 하는 뜨거운 열망.

"이제는 지킬 것이다."

단 하나 남은 소중한 인연, 무유화를 지키려
악의에 휩싸인 무림을 수호하기 위하여
윤, 세상에 서다!

그의 용혈검이 떨치는 무상류와 구천류가
모든 악을 쓸어내리라!

**지키는 자!
수호무사 윤, 그를 기억하라.**

Book Publishing CHUNGEORAM

유행이아닌 자유추구 -
WWW.chungeoram.com